Ernst von Wolzogen

Das gute Krokodil und andere Geschichten aus Italien

Ernst von Wolzogen

Das gute Krokodil und andere Geschichten aus Italien

ISBN/EAN: 9783743446366

Hergestellt in Europa, USA, Kanada, Australien, Japan

Cover: Foto ©Andreas Hilbeck / pixelio.de

Manufactured and distributed by brebook publishing software (www.brebook.com)

Ernst von Wolzogen

Das gute Krokodil und andere Geschichten aus Italien

Das gute Krokodil

und andere Geschichten aus Italien

von

Ernst von Wolzogen

Berlin W
F. Fontane & Co.
1893

Meinem lieben Freunde

Kunst= und Reifegenoffen

Ewald von Zedtwitz

in herzlicher Verehrung gewidmet.

Das gute Krokodil.

1*

Wer auf Capri den Spuren des Kaisers
Tiberius nachgeht, der kommt wohl zu der Mei=
nung, daß dieser berühmte Kinderschreck doch viel=
leicht etwas anderes noch gewesen sein muß, als
nur ein stumpfsinniger Wüterich, ein wahnsinniger
Bluthund. Mit Grausen erfüllen uns die Be=
richte der alten Geschichtsschreiber über die Aus=
geburten des römischen Cäsarenwahnsinns; aber
mit einem Grausen, welches die Phantasie so
mächtig aufrührt, daß es oft in den tragischen
Schauder der Bewunderung umschlagen möchte.
Ein Herrscher, der für den mächtigsten Thron
der Erde geboren ward, muß schon ein recht
kleiner Geist sein, wenn er nicht bald die Men=
schen verachten lernt, diese Horde von Speichel=
leckern und Fuchsschwänzern, die nur bäuchlings

zu ihm herankriecht und sich für die Gnaden=
geschenke, wie für die Fußtritte despotischer Laune
mit gleicher Demut bedankt. Der aber ist kein
kleiner Geist, der an dem Narrenstolz, der ver=
haßte Gott feiler Sklaven zu sein, kein Genügen
findet, dessen Seele nicht stumpf, dessen Sinne
nicht schlaff werden in dem ewigen Taumel
zwischen brutalem Genuß und Todesangst, son=
dern sich aus Furcht und Verachtung heraus in
die Arme der Natur retten, um ihre Liebe un=
abläſſig bis zu seinem letzten Atemzuge zu werben
vermag, mit nimmer müder Einbildungskraft,
wie ein echter Künstler stets beflissen, nicht sich
die Geliebte zu unterjochen, sondern sie immer
mehr zu idealisieren und dadurch gerade den Ge=
nuß der schwärmerischen Hingabe, der sich klein
fühlenden Sehnsucht nach der übermenschlichen
Schönheit und Reinheit bis zur religiösen Exstase
zu steigern. Auf dem schönsten Punkte der herr=
lichen Felseninsel baut sich der welt= und menschen=
müde Kaiser ein Märchenschloß, von dem aus
sein Auge nach der einen Seite hin das uferlose,
tiefblaue Meer überschaut, das unten in schwin=
delnder Tiefe die senkrecht aufsteigenden Klippen
umbrandet, und nach der anderen Seite hin die
lange, vielgewundene Küstenlinie, das kräftige

Zickzack und die weicheren Wellen der Bergland=
schaft, grauen Fels und strotzendes Dunkelgrün,
den unvergleichlich schönen Meerbusen, an dem
der Vesuv mit seinem ewig rauchenden Lager=
feuer die Wache hält, stets bereit, Tod und Ver=
derben auszuspeien über die hell leuchtenden,
lustigen Städte, die an seinen Abhängen hinauf=
klimmen und bis an das spielende, lockende Meer
hinunter sich schmiegen, sorglos wie Kinder
zwischen Feuer und Wasser sich ihres Daseins
freuend.

Und auf dem Sessel von Elfenbein und Gold
sitzt der daseinskranke Cäsar, dort auf dem Altan
über dem rauschenden Abgrund — Sonnengold
und blauer Himmel, weiches Wogenrauschen und
der halb betäubende, halb erfrischende Hauch aus
Blumenduft und salzigem Meeresodem gemischt
umfluten ihm die müden Sinne, daß ihm die
Pulse rascher schlagen und tiefe Sehnsucht nach
Reinheit und Schönheit sein liebeleeres Herz
erfüllt.

Einsam, liebeleer — und Herr der Welt
zu sein!

Düster sinnend ziehen seine Brauen sich zu=
sammen. „Ich und die Natur! O du ewige
Schönheit, o du allbelebendes Licht, wenn nur

diese Augen, diese Nerven, dieses Hirn allein dich zu fassen, deine Wunder nachschaffend zu begreifen wüßten, wenn nicht diese lügnerische, feile Menschenbrut zwischen mir und dir stünde, die mich selbst zur Bestie herabwürdigt, dann wäre ich ein Gott, dein stolzer Herrscher und dein liebendes Kind zugleich. Daß ich sie alle vernichten könnte, um mit dir allein zu sein, du göttliche Mutter! Alle, alle möcht' ich sie sterben sehen!"

Ein unbeschreiblich verächtliches Lächeln spielt um seine blassen Lippen. Er richtet den sehnigen Stiernacken stolz empor und winkt einem Kämmerer: „Führt die Verdammten zum Tode! Von dieser Klippe soll man sie hinabstürzen ins Meer! Ich bin gnädiger Laune: die Elenden sollen in Schönheit sterben."

Droben auf seinem Altan steht er hoch aufgerichtet, der Furchtbare, die Arme verschränkt unter den Purpurfalten der Toga, den Kopf ein wenig vorgebeugt — und so verfolgt er mit dem scharfgespannten Blick eines feinen Kunstkenners das grausig-schöne Schauspiel. Sein Ohr bleibt taub gegen das wahnsinnige Wehgeschrei der Todgeweihten. Herrliche Gestalten sind's, die ihm sein griechischer Freigelassener ausgesucht hat zu solchem Augenschmaus. Die Häßlichen und die Alten, die mag man in der Stille abthun mit Strang und Schwert. Diese schönen nackten Leiber von Männern und Weibern, von freien Römern, von griechischen und asiatischen Sklaven und Sklavinnen brauchen nicht des Helios-Mithra allsehendes Auge noch auch das Auge des Cäsars zu scheuen. Hei, wie man sie fliegen lehrt, die zitternden Staubgeborenen, wie die weißen Leiber durch die strahlende Lichtflut hinunterschießen und sich überschlagen, zwei-, drei- und mehrmal! Optime, optime! Das macht ihnen keine syrische Gauklerin, kein ägyptischer Akrobat nach. Und er klatscht in die Hände wie im Theater und nickt dem feisten Griechen, dem geschmackvollen Veranstalter des Schauspiels, gnädig zu: „Optime, optime!“ — — —

Und dann bricht er auf. Mit einer verächt= lichen Handbewegung weist er den Troß von sich, der sich ihm anschließen will. Einzig sein Lieb= lingsknabe, ein junger Sicilianer mit blaßbraunem Antlitz und brennenden Schwarzaugen, darf ihn begleiten. Auf seine starken Schultern stützt er sich, während er stumm den schmalen, steilen Pfad hinunterschreitet durch üppige Weingärten hin= durch und dann die Steintreppe hinab, vorbei an dem gewaltigen natürlichen Felsenthor, zur Mithrasgrotte. Er heißt den Jüngling sich draußen lagern und tritt allein durch den engen Felsspalt in das Allerheiligste. Auf seinen Ruf erst soll er kommen, um ihm den kaiserlichen Rücken zu geißeln; denn strengem Fasten und schmerzvollen Selbstpeinigungen muß er sich unterwerfen, um in den höchsten Grad der Eingeweihten aufzusteigen, vom aquila zum accipiter, vom Adler zum Habicht.

Amphitheatralisch steigen im Hintergrunde der Höhle die steinernen Bänke auf, ein Sinnbild des Stufenganges der geistigen Entwickelung zur Vollkommenheit, und acht Thüren aus verschiedenem Metall verschließen ebenso viele Felsenlöcher, die zu der kleineren Nebenhöhle führen.

Auf der untersten Bank läßt der Cäsar sich nieder und gedankenvoll schweift sein Blick hinaus über das herrliche Bild, das der hohe Halbkreis der vorn offenen Höhle massig umrahmt, hinaus in die Unendlichkeit von blauem Meer und blauem Äther. Und sein Geist versenkt sich in die Mysterien seines Gottes Mithra, des unbesiegten Sonnengottes, zu dem er betet in seinen heiligen Stunden, dem er am 16. eines jeden Monats eigenhändig einen jungen Stier zum

Opfer schlachtet, des Mithra mit den zehntausend Augen und zehntausend Ohren, des Allwissenden und Allweisen, des Schlaflosen, Unbeirrten, der alle Gedanken, Worte und Werke der Menschen kennt und richtet, der daherfährt als gewaltiger Krieger auf gleißendem Schlachtwagen, angethan mit goldenem Helm und silbernem Panzer und begleitet von den Genien der Gerechtigkeit, des Segens, des Fluches und der Reinheit.

„Wahrheit, Reinheit — wo finde ich sie? Mithra, du unbesiegtes Licht, erleuchte mich, daß ich sie finde!"

So seufzt der Herrscher der Welt tief auf und zermartert Hirn und Herz in mystischer Sehnsucht — einsam — liebeleer!

Dann wirft er die Purpurtoga von sich, entblößt seinen Leib und ruft den Sicilianer mit der Geißel herbei. — — — — — — —

———————————————————

Noch heute sind in jener Höhle die steinernen Rundbänke, stufenweise aufsteigend, die künstlichen und natürlichen Felsenöffnungen zu sehen, welche einst durch die geheimnisvollen Metallthüren verschlossen waren, und die Reisehandbücher nennen die Höhle ‚Grotta di Mitromania‘; aber die rührend harmlosen Capresen von heute wissen mit dem tiefsinnigen Mithraswahn der Alten nichts mehr anzufangen und haben die versteckte Höhle mit der prachtvollen Aussicht recht verschmitzt in „Grotta di Matrimonio" umgetauft, in der vielleicht nicht ungerechtfertigten Annahme, daß die kühle, verschwiegene Einsamkeit des Ortes wohl besonders geeignet sein möchte, den deutschen und britischen jungen Herrschaften, die etwa der Zufall hier zusammenführt, den Gedanken an die Begründung eines neuen heiligen Ehestandes ganz besonders nahezulegen. —

An einem sonnigen Maitage dieses Jahres hatte auf derselben Steinbank, auf welcher einst der sehnsuchtskranke Cäsar sein Hirn mit tiefen Fragen an die Gottheit zermarterte, ein wunderliches Pärchen Platz genommen. Aber keine flirtenden Sprößlinge Albions waren das, noch blonde, schmachtende Reichsdeutsche, sondern zwei kleine Capresen, ein braunes Prachtmädel von zehn und ein finsterer, zerlumpter Bube von zwölf Jahren. Sie saß auf der hohen Steinstufe und ließ die hageren, braunen Beinchen mit den etwas großen Füßen, die noch nicht den Boden erreichten, leicht übereinander gelegt herabhängen, während die kleinen derben Händchen eine blanke Sichel im Schoße hielten. Das bunte Kopftuch

war ihr in den Nacken heruntergeglitten, und die
unbändige Fülle nachtschwarzer Ringellocken um=
rahmte tief über Stirn und Schläfen züngelnd
das reizendste Medusengesichtchen mit dem trotzigen
Mund und den großen unheilkündenden Augen.
Das Bürschchen, noch weit ärmlicher als das
Dirnchen, fast nur in Lumpen gekleidet, lag
auf dem Bauch lang ausgestreckt neben ihr auf
der Bank, die Ellbogen aufgestemmt und den
dunkeln Strauskopf auf die hohlen Hände gestützt,
und starrte wie verzückt der Kleinen in die sünd=
haft schönen Augen. Ein großes Bündel Gras,
das er ihr an den steilen Abhängen schneiden
geholfen hatte, lag zu ihren Häupten auf der
nächst höheren Stufe.

„Was habe ich dir gethan, Concetta? Warum
bist du nicht mehr gut zu mir wie früher?" fragte
der Knabe mit gepreßter Stimme, halb zornig
halb schmerzlich.

„Weil du ein schlechter Bube bist."

„Was soll ich machen? Kann ich dafür, daß
ich nicht anders bin? Wer ist denn gut zu mir?
Ich habe ja auch keinen Vater und keine Mutter,
die mich gut sein lehren."

„Aber du hast im Gefängnis gesessen, und der
Büttel hat dich durchgeprügelt. Das ist eine Schande.

Und sie sagen alle: wenn du groß bist, würden sie dir einmal den Kopf abschlagen."

„So, sagen sie das, die Teufel?! Nun vielleicht wissen sie es! Ich mache mir gar nichts daraus groß zu werden. Ich werde doch immer ein Leben haben, schlimmer als ein Esel. Schlag du mir lieber gleich den Kopf ab, Concetta, wenn du doch nicht mehr gut zu mir sein willst! Ich habe dir ja auch die große Schande gemacht. Wozu bin ich noch nütz auf der Welt? Da, pack' deine Sichel fest und schlag' tüchtig zu!"

Er umspannte ihr Handgelenk hart mit seinen Fingern, hob ihr so die Hand, in der sie die Sichel hielt, in die Höhe und schob dann seinen Körper ein wenig vorwärts, um den Kopf in ihrem Schoße zu vergraben.

„Nein, nein, laß mich!" rief das Mädchen und bog den Oberleib weit zurück, die dunkeln Augen ängstlich weit geöffnet.

Aber er ließ ihr Handgelenk nicht los. „So schlag' doch zu, dummes Ding," knirschte er dumpf in ihren Schoß hinein, und gleichzeitig riß er mit einem kräftigen Ruck ihren Arm herunter, daß die blitzende Sichel gerade auf seinen Nacken herabfuhr.

Hätte ihn die scharfe Schneide steiler getroffen,

so hätte es zum mindesten eine schlimme Wunde ge=
geben. So aber traf die Klinge fast flach auf den
bloßen Nacken und nur die Spitze bohrte sich, durch
das zerfetzte Hemd hindurch, ziemlich tief in die
Schultern hinein, so daß alsbald die schmutzige
Leinwand sich voll Blut saugte.

Entsetzt ließ das Kind die Sichel fallen und
stieß, laut aufweinend, den Kopf des Knaben von
ihrem Schoße fort.

In diesem Augenblick betraten zwei Fremde
durch das niedrige Felsenthor die Höhle, ein alter
Herr, untersetzt, maßvoll beleibt mit eisgrauem,
martialischem Schnurrbart und kurzgeschorenem
Haupthaar, ganz in hellen Flanell gekleidet. Ihm
folgte auf dem Fuße ein junges Mädchen, schlank
und doch zierlich, frisch und doch zart. Auf dem
blonden Köpfchen trug es einen leichten Basthut
von der Größe eines ansehnlichen Wagenrades,
über dessen Kopfteil eine bunte capresische Seiden=
mütze gezogen war. Das süße, noch halb kind=
liche Gesichtchen, das unter diesem gewaltigen
Schattenspender Schutz suchte, wäre auch dann
noch schön zu nennen gewesen, wenn seine weichen
Linien und Flächen weniger zart und edel ge=
wesen wären — eine Schönheit mehr zum Lieb=
haben als zum Bewundern, weil Herzensgüte,

kindlicher Frohsinn, Klugheit und gesunde Rein=
heit daraus hervorleuchtete. Ein hübscher capre=
sischer Junge, mit dem Malgerät der jungen
Dame beladen, folgte den beiden.

„Papa, Papa, sieh doch bloß! Nein, wie ent=
zückend!" rief das junge Mädchen auf deutsch,
indem sie den vorsichtig die ausgetretenen Stein=
stufen hinabschreitenden alten Herrn mit Ungestüm
am Arme packte.

„Was denn? Wo denn?" brummte der Alte
gutmütig. „Kind, wirf mich nur nicht die Treppe
'runter!"

„Sieh doch bloß die beiden Kinder dort! Ist
das nicht ein Bild zum Malen?"

„Alle Wetter, ja, du hast recht! Ein paar
großartige Schmutzfinken! Besonders das kleine
Herzchen da mit den ängstlichen Augen! Na,
meinetwegen kannst du gleich das Hauptverfahren
eröffnen. Ich ruhe mich gern ein Stündchen
hier aus und versuche es mit Signor Morganos
Trabucos."

Während dieser kleinen Rede war die junge
Dame zu den Kindern getreten und hatte dem
weinenden Mädchen freundlich die erhitzten Wangen
gestreichelt. Plötzlich rief sie ganz erschrocken:
„Vater, sieh doch nur; der arme Junge!"

Sie ließ das Mädchen los und wandte sich rasch dem Knaben zu, der bei ihrer Annäherung auf die Füße gesprungen war und ihr halb scheu, halb unmutig den Rücken gewandt hatte. Trotz seines leichten Widerstrebens hielt sie den großen Buben fest, indem sie mit dem linken Ellbogen seinen schwarzen Lockenkopf an sich drückte, während sie sich eifrig daran machte, die Wunde bloß= zulegen, daraus er so arg blutete.

Der alte Herr trat herzu und besichtigte den Schaden. „Reg' dich nicht auf, Cordel! Hat nicht viel zu sagen. Ordentlich abspülen mit reinem Wasser und dann ein Pflaster drauf! Daran werden wir noch nicht sterben, haha!" Er klopfte dem Burschen freundlich auf die un= verletzte Schulter, entzog ihn den sorglichen Armen seines Töchterchens und drehte ihn zu sich herum. „Übrigens auch 'n famoser kleiner Kerl das! Sieh bloß die Leidenschaft in dem Gesicht! — Come ti chiama, mio figlio?" fragte er mit sehr schlechter Aussprache den finster Dreinblickenden.

Der erwiderte in gleichgültigem Tone, ohne aufzublicken: „Pietro Roccabillo."

„Hoho, Pietro Crocobillo! Famoser Name!" lachte der alte Herr.

„Roc=ca=bil=lo," wiederholte der Knabe scharf

betonend und sah mit unwilligem Stirnrunzeln zu dem spaßhaften Fremden auf.

„Ach was!" rief der. „Das kann ich nicht behalten. Wenn wir gute Freunde bleiben sollen, laß mich dich Crocodillo nennen!"

Cordula, die leidlich geläufig italienisch sprach, suchte dem finster dreinblickenden Burschen den wohlmeinenden Scherz ihres Vaters begreiflich zu machen. Sie legte ihm dabei ihre vornehm schlanke weiße Hand auf den Kopf und bog den ein wenig in den Nacken herab, so daß er ihr ins Gesicht sehen mußte, und fragte ihn weiter aus: „Thut es denn sehr weh?"

„Fa niente! Macht nichts!" versetzte Pietro tonlos.

„Wie bist du denn nur zu der Wunde ge= kommen?"

Er zuckte die Achseln.

Concetta fing wieder an zu weinen. Die junge Deutsche wandte sich nach dem Kinde um und bemerkte die Sichel in seiner Hand. „Ah!" rief sie lebhaft. „Ihr habt euch wohl geprügelt? Und da hat die Kleine mit der Sichel nach dir geschlagen?"

„Fa niente!" sagte Pietro wieder traurig ge=

lassen, ohne den Blick von dem zarten Gesichte der jungen Dame abzuwenden.

„Er hat gesagt: ich soll ihm den Kopf abhauen," wandte sich die kleine Concetta weiner= lich anklagend an den alten Herrn, der sie nicht verstand und verwundert den Kopf schüttelte.

Auch Fräulein Cordula glaubte nicht gehört zu haben und wiederholte zweifelnd: „Den Kopf abschlagen? Kinder, nein, seid ihr toll?! Mein armer Crocodillo, was ist dir denn passiert, daß du so jung schon sterben wolltest?"

„Fa niente!"

„O, o, fa niente und immer fa niente! Armer kleiner Kerl, willst du mir nicht sagen, was dir das Herz abdrückt?"

Pietro schüttelte traurig den Kopf. „Fa niente!"

„Er ist sehr arm," erklärte Concetta ernsthaft.

„So, so! Wo wohnen denn deine Eltern? Willst du uns nicht zu ihnen führen?"

„Hab' keine."

„O Ärmster! Wo wohnst du denn?"

„Nirgends. Bald da, bald da, wie 's kommt."

„Ja, hast du denn niemanden, der für dich sorgt?"

„Wer mich braucht zur Arbeit, der giebt mir

zu essen. Ich fahre nachts mit den Fischern hinaus, und dann schlafe ich mich im Boote aus. Und jetzt kommen die Wachteln bald, da brauchen sie mich auch."

„Und hast niemanden, der dich lieb hat?!" Dem schönen Mädchen wurden die Augen feucht bei der Frage.

„Fa niente!"

So wehvoll bitter kam es heraus. Und der Knabe ward dunkelrot dabei und senkte die schweren Augenlider scheu zu Boden.

Corbulas Vater, von Stracknitz hieß er und war Oberst a. D., begann ungeduldig zu werden. „Fa niente und immer fa niente! Sonderbares Krokodil! Verschwatz' dich hier nicht, Cordel! Sieh lieber zu, daß der Bengel seine Wunde ausgewaschen kriegt. Wasser wird's hier wohl nicht geben. Da wird er schon da hinauf müssen nach dem nächsten Hause."

„Ja, das glaube ich auch," versetzte das junge Mädchen. „Ich werde mitgehen und die Ge=schichte beaufsichtigen. Es ist ja nur die Treppe hinauf und hinunter. Wenn du so lange auf mich warten willst, Papa, ich bin in zehn Minuten wieder da."

„Na deine zehn Minuten kenn' ich, Kindchen.

Aber lauf nur! Wir haben ja Zeit. Sage dem Jungen: er soll sich heute Nachmittag im „Kater Hiddigeigei" bei mir melden. Ich will ihm eine decente Hose verehren und vielleicht auch noch ein Hemd dazu."

„Das ist recht, Papa. Nein, wie thut mir bloß der arme Junge leid!" Und ihre Linke leicht um Pietros unverwundete Schulter legend, schritt sie zu dem Eingang der Höhle empor, während die kleine Concetta ärgerlich, daß. sie so wenig beachtet worden war, mit ihrem Grasbündel auf dem Kopfe finster blickend hinterdrein schritt.

„Addio buono Crocodillo — a rivederci!" rief der Oberst in seiner lauten, gutmütig poltern= den Art den Davonschreitenden nach. Dann steckte er eine Trabucos an und wollte eben ein kleines Selbstgespräch über die Niedertracht des italienischen Tabaks beginnen, als der Knabe, der Cordulas Malgerät trug und der bisher un= beachtet beiseite gestanden war, rasch auf ihn zutrat und ihm eifrig zuraunte: „Nix buono Crocodillo — brutto Crocodillo!"

Der Oberst nahm eine komisch strenge Miene an und schüttelte abweisend Kopf und Zeigefinger: „No, no, no, nix brutto — buono Croco= dillo — molto povero e buono Crocodillo!"

Der Junge machte ein ganz aufgeregtes Gesicht, rückte dicht an den alten Herrn, der sich auf die Steinbank niedergelassen hatte, heran und begann ihm mit äußerst beweglichen Mienen auseinanderzusetzen, daß der Schützling seiner Tochter mit nichten ein gutes Krokodil, sondern vielmehr und zweifelsohne ein über die Maßen nichtsnutziges, gottverlassenes und höchst gemeingefährliches Krokodil sei, so da wegen unterschiedlicher Scheußlichkeiten — brutte porcherie — im schwarzen Loch gesessen und von Gerichts wegen schandhafte Prügel erhalten habe.

All sein Wortschwall und seine gerechte moralische Entrüstung — die Capresen sind nämlich ein gar sittsames, tugendstolzes Völkchen — war aber an dem alten Herrn von Stracknitz verschwendet. Denn wie sehr er auch die Ohren spitzen und ein über das andere Mal: „Wie? Was sagst du? Potz tausend! Sprich langsam, du Lausbub!" dazwischenrufen mochte, der krausen Rede dunkler Sinn blieb ihm trotz alledem ein Geheimnis. Er gab schließlich dem kleinen Lästermaul einen freundschaftlichen Klaps und hieß ihn auf gut deutsch den Rand halten.

Der Knabe zog sich ein paar Schritte zurück, um aus dem Bereich der drohenden Hand zu

kommen und rief noch einmal mit einer letzten
Anstrengung, sich verständlich zu machen, indem
er nach der Richtung wies, in welcher der arme
Pietro davongegangen war: „Questo ragazzo, nix
buono — grande Lausbubi!"

„Ach was, laß mich in Ruh': tutti Lausbubi!
Wenn du nicht gleich den Schnabel hältst, sollst
du mal sehen, mio figlio!" grunzte der Oberst
behaglich lachend und machte Miene, mit seinem
Stock auf den hartnäckigen Verleumder loszugehen.

Und der freche Spatz tanzte rückwärts vor
dem alten Herrn her, machte ihm eine lange
Nase und sang: „Du biße o'ri'tt, mein Kin'!"

„Ha, tolle Bagage!" brummte der Oberst
vergnüglich. „Da kann man recht sehen, wie
wahre Bildung des Geistes und Gemütes sich
überall da, wo der Deutsche hinkommt, mit
reißender Schnelligkeit verbreitet!" — — —

Das der Mithrasgrotte zunächst gelegene
Haus gehörte den Eltern der kleinen Concetta.
Eine alte Muhme, die allein im Hause herum-
schaffte, brachte das erbetene Wasser herbei, nicht
eben mit allzu großer Dienstwilligkeit und auch
nicht, ohne einige übelwollende Bemerkungen über
den schlechten Charakter des Bürschchens anzu-

bringen, der solchen Samariterdienst gar nicht wert sei.

Corbulas liebliches Gesicht rötete sich vor Zorn über die Hartherzigkeit der Alten, aber sie sagte ihr kein Wort, sondern machte sich ohne weiteres daran, Pietros Wunde zu waschen. Gefährlich war sie ja nicht. Die Blutung hörte auch gar bald von selbst auf, und sie konnte, nachdem sie ihm ein gewöhnliches englisches Pflaster aufgelegt hatte, das sie nebst anderen nützlichen Kleinig=keiten in einem Taschennecessaire bei sich trug, die Behandlung für beendigt erklären. Ehe sie ging, wandte sie sich freundlich an die kleine Concetta, die finsteren Antlitzes dabei gestanden war und kein Auge von der schönen blonden Dame gewendet hatte.

„Sei gut zu dem armen Jungen, Kleine!" sagte sie, ihr die weichen braunen Wangen strei=chelnd. „Wer wird so böse Augen machen! Man muß sich ja fürchten!" Und zu Pietro sich wen=dend, fragte sie lächelnd: „Sie ist wohl deine kleine Braut? Ihr habt euch wohl lieb?"

„Die?!" rief der Knabe fast verächtlich, in=dem er Concetta einen zornigen Blick zuwarf, und dann senkte er den dunklen Krauskopf zur Seite und fügte mit einer wegwerfenden Hand=

bewegung hinzu: „Die ist wie alle.“ Langsam, scheu hob er die Lider empor, und sein brennender Blick suchte Cordulas blaues Auge, während er ganz leise, wie im Selbstgespräch, flüsterte: „Für Sie, Fräulein, will ich beten, daß Sie hundert Jahre werden mögen und alle Heiligen Ihnen helfen sollen.“

Wie das klang! Wie der große Junge sie ansah! Das Fräulein von Stracknitz wurde ganz verlegen dabei. „Hundert Jahre, Gott bewahre mich!“ lachte sie gezwungen und dann schritt sie rasch über die Schwelle und die wenigen Steinstufen von der Hausthür hinunter.

Sie war kaum zehn Schritte weit gegangen, als sie Concettas Stimme hinter sich herrufen hörte: „Signorina, un soldo!“

Daß sie die Bettelei doch nie vergessen können! Ärgerlich wandte sich Cordula um und fragte scharf: „Perchè? Weshalb?“

„Per l’ acqua,“ sagte die Kleine aufbringlich geschäftsmäßig und hielt ihr das schmutzige kleine Händchen hohl entgegen.

Oben auf der Treppe stand die Alte und wiederholte mit häßlichem Jammerton: „Aber ja, Fräulein, erbarmen Sie sich — ein soldo fürs Wasser! Es ist mein Eigentum.“

„Seid ihr Christen?" rief das schöne Mädchen in ehrlichem Zorn, wandte dem Bettelvolk den Rücken und schritt rasch den Weg zurück, den es gekommen.

Was das Kind für böse Augen hatte, als es um den soldo bat! Nun lachte es hinter ihr her, und die Alte keifte.

Als sie wieder am Eingang der Höhle angelangt war, hörte sie hinter sich einen Stein den Abhang hinabkollern. Sollte das wütende kleine Ding.... Corbula wandte sich rasch um, und da sah sie, wie das gute Krokodil, die Treppe verschmähend, ihr nachlief, in kecken Sätzen über die Terrassen der Oliven- und Feigenpflanzungen herunterspringend. Sie wartete, daß er herankommen sollte; aber sobald er bemerkte, daß sie ihn sah, verbarg er sich hinter einem dicken Ölbaum. Seltsamer Knabe! — — — — — —

Sobald der Oberst von Stracknitz am Nachmittag das Gäßchen betrat, welches von Paganos berühmten Gasthaus zum Bier-, Kaffeehaus und Allerweltskramladen des Signor Morgano, genannt „Zum Kater Hiddigeigei", führt, ward er auch des Pietro Roccadillo ansichtig, der, von anderen herumstrolchenden Buben mißtrauisch beobachtet, sich schon stundenlang hier herumdrückte.

„Holla, bonus, da ist es ja, eccolo — das gute Krokodil," rief er dem Knaben schon von weitem laut entgegen. Und dann, als er herangekommen war, zupfte er ihn am Ohre und sagte: „Aha, Crocodillo macht schon ganz hungrige Augen! Sein Herz verlangt nach einem Paar Hosen. Nicht wahr, amico? Commandi pantaloni, mio figlio? Jo voglio tibi facere uno presento — capito? Was siehst du mich denn so dumm an, Krokodil? Ach, hol' der Teufel das Italienisch! Das Wichtigste scheint mir für dich zunächst mal ein Hembe zu sein." Er beugte sich zu dem Buben herunter und zupfte ihn am Ohrläppchen, während er ihm gleichzeitig hineinschrie: „Amico Crocodillo, tu voglio uno — uno — uno — na, zum Donnerwetter noch mal — uno Schemisetto!"

Pietro sah ihn hilfloser an denn zuvor und zog achselzuckend die Brauen hoch, um sein Nichtverstehen auszudrücken. Dabei blickte er fragend und mit einer beredten Geste nach der Richtung des Gasthauses.

„Ach so, du meinst, wo meine Tochter ist? Die sitzt jetzt oben über ihrem Tagebuch und verfaßt einen unsterblichen Bericht über ihre Begegnung mit dem berüchtigten Bandito Lausbubi Pietro Crocodillo in der grotta di matrimonio. Capito?"

Wieder zuckte der Junge die Achseln: „Eh, fa niente!"

Eine Schar von deutschen Landsleuten, die sich schon von weitem über die Bemühungen des Obersten vergnügt hatten, gingen vorüber. Ihnen klagte der alte Herr sein Leid. „Es ist gräßlich mit diesen Rangen. Mein klassisches Italienisch verstehen sie gar nicht — und man kann doch nicht alle Dialekte reden! — Na, vorwärts, en avant — avanti, maledetto spitzbubi!"

Damit ergriff er das schon ganz eingeschüch= terte arme Krokodil in Ermangelung eines Kragens beim Nacken und schob es wie einen abgefaßten Verbrecher vor sich her unter dem Hohngelächter der Gassenbuben nach Signor Morganos Laden. Es gelang ihm, seine Wünsche der üppig schönen Wirtin „Zum Kater Hiddigeigei," die eine große Übung im Verstehen des unmöglichsten Fremden= Italienisch besitzt, begreiflich zu machen, und nach einer Verhandlung, die noch keine Viertelstunde gedauert hatte, drückte er dem freudig überraschten Krokodil ein rotes Flanellhemd in die Arme und obendrein verehrte er ihm noch eine schöne bunte banda, eine wollene Leibbinde, wie sie die Ca=

prefen fo gerne tragen. Und dann eskortierte er ihn
wieder rückwärts zu Pagano und ließ sich die
entschieden mißbilligende Miene des Oberkellners
wenig anfechten, sondern bugsierte ruhig den zer=
lumpten kleinen Strolch durch die kühle, gewölbte
Vorhalle hindurch die Treppe hinauf und dann
über den steinernen Viadukt und das Brücklein
hinüber, welches den Wein= und Orangegarten
durchschneidet, nach dem Oberstock des Seiten=
gebäudes, in welchem seine Zimmer gelegen waren.
Ein weiteres steiles Steintreppchen führte zu
einer loggia hinauf, deren Eingang so dicht von
üppig wuchernden Clematisranken umsponnen war,
daß sie einer grünen Laube glich. Und in dieser
Laube saß, von dem Mauerbogen verdeckt, Fräu=
lein Cordula von Stracknitz über ihrem Tage=
buch — aber nicht allein. Ein junger Italiener,
ein großer, sehr hübscher Mann mit dunkelbraunem
Spitzbart, saß neben ihr und sprang beim Ein=
tritt des Obersten ein wenig erschrocken und vor
Überraschung ein wenig errötend auf die Füße.

„Ah, mein Herr Oberst!“ rief er möglichst
laut und unbefangen auf französisch, indem er
sich artig verbeugte. „Sie sind erstaunt, mich
hier zu sehen! Ich bitte Sie, meine Entschuldi=
gungen anzunehmen. Ich bin soeben mit dem

Dampfſchiff angekommen, und der Zufall hat mich hier faſt zu ihrem Nachbar gemacht. Im Vorübergehen bemerkte ich ihr Fräulein Tochter hier, und da habe ich mir erlaubt ..."

„Eh bien! Va bene! Seien Sie uns will=kommen, Herr Doktor!" unterbrach ihn der alte Herr ein wenig unwirſch, indem er ihm äußerſt kräftig die Hand drückte, und ein wenig ironiſch fügte er hinzu: „Ihre Patienten ſcheinen alſo immer noch ſo liebenswürdig zu ſein, ſich an= dauernd der beſten Geſundheit zu erfreuen. Na, bitte, behalten Sie Platz und entſchuldigen Sie mich noch für ein paar Minuten. Ich habe es übernommen, hier dieſen jungen Landsmann von Ihnen mit einer menſchenwürdigen Bekleidung zu verſehen." Damit öffnete er die Thür und ſchob das Krokodil, das unterdeſſen mit leidenſchaftlicher Spannung bald den jungen Italiener, bald das blonde Fräulein angeſtarrt hatte, ein wenig un= ſanft ins Zimmer hinein. Die vielen Blumen, die in verſchiedenen Gläſern, ja ſogar in der Waſſerkanne auf dem Waſchtiſch ſteckten, ſowie die über das Bett gebreiteten duftigen Kleidungs= ſtücke verrieten es als das der Tochter. Das kleinere Stübchen des Vaters lag nebenan. Und dahinein puffte nun auch der alte Herr ſeinen

Schützling. Während er aus dem Grunde seines Koffers das recht abgetragene Beinkleid vorsuchte, mit dem er den armen Burschen glücklich machen wollte, brummte er fortwährend ärgerlich vor sich hin.

Es war ihm nämlich gar nicht recht, daß dieser hübsche junge Doktor Marajuolo sich schon wieder eingefunden hatte. Sie hatten sich zufällig in Bologna kennen gelernt und ihn dann ebenso zufällig fast an allen Orten Italiens, auch wo sie sich nur wenige Tage aufhielten, wieder getroffen. Jedesmal hatte der durchtriebene junge Fant den freudig Überraschten gespielt und eine neue, seltsame Erklärung des Zusammentreffens zum Besten gegeben. Ja auch die nächstliegende Erklärung, nämlich seine tolle Verliebtheit in die entzückende junge Preußin lag schon vor, allerdings nur in Gestalt eines etwas allgemein gehaltenen, aber äußerst feurigen Liebesgedichtes, welches er dem Fräulein bei Gelegenheit des letzten Abschieds für ewig in Neapel in ihr Stammbuch geschrieben hatte. Was er sonst an dem mündlichen Verkehr der beiden beobachtet hatte, war zwar recht harmloser Natur: Signor Marajuolo war ein aufgeweckter liebenswürdiger Bursche, anscheinend auch ein Gentleman; aber es war dem Obersten doch ein gräßlicher Gedanke, sich den jungen Arzt, der eingestandenermaßen ein sehr geringes Vermögen, aber desto mehr freie Zeit besaß, als ernsthaften Freier vorstellen zu sollen. Cordula war erst sechzehn Jahre alt, obwohl jedermann sie nach ihrem Wuchse wie nach dem bei aller jugendlichen Unbefangenheit doch sehr sicheren Auftreten und ihrer Art zu reden einige Jahre älter geschätzt hätte. Er dachte gar nicht daran, sein Nesthäkchen, seinen allerliebsten, immer heiteren Reisekameraden herzugeben und nun gar einem so unkontrollier= baren Ausländer, mit dem man sich gar nicht einmal ordentlich verständigen konnte — denn auch das Französisch des guten Obersten, wenn es auch zum Verkehr mit Kellnern und Portiers ausreichte, entsprach doch nicht höheren schwieger= väterlichen Anforderungen.

Er hörte nicht auf, seinem beklemmten Vater= herzen durch ein ganz bärenmäßiges Gebrumm, untermischt mit etlichen halblauten Kernflüchen, Luft zu machen, während er in seinem Koffer nach der Hose wühlte. Und als er sie gefunden, warf er den Kofferdeckel mit einem derartigen Knalle zu, daß das erschrockene Krokodil glauben mußte, es komme ihn am Ende doch jämmerlich schwer an, sich von jenem in Ehren blank ge=

wordenen Bekleidungsstück so plötzlich trennen zu
sollen. Und als es ihm der alte Grimmbart
mit einem nicht eben einladenden „ecco, mein
süßer Schweinebraten!" vor die Nase hielt, da
machte Crocodillo eine zaghaft abwehrende Ge=
bärde, die zu besagen schien: „Aber, mein Herr,
das kann ich ja gar nicht annehmen!"

„Ach was, hab' dich nicht! Non te avere!
Runter mit den Lumpen und rin in den neuen
Menschen!" Dann holte er einen großen Bogen
Packpapier herbei und breitete den mitten im
Zimmer glatt auf dem Boden aus. Pietro
sperrte Mund und Augen weit auf. Er hatte
keine Ahnung, was diese Vorbereitung zu be=
deuten haben mochte.

Der Oberst wies mit einer einladenden Hand=
bewegung auf das Papier. „Non capito, dusse-
lino carissimo? Ecco, da schmeißt du den alten
Plunder drauf, und dann machen wir im Hurrah
von allen Seiten die Klappe zu. Fermate la
clappa! Verstehst du? Damit die etwaigen kleinen
braunen Springer sich nicht etwa einfallen lassen,
sich hier bei mir häuslich einzurichten. Und dann
nimmst du das Packet unter den Arm, läufst,
was du laufen kannst, nach der Marina hinunter
und versenkst es vermittelst eines Steines im

Meerbusen von Neapel, wo er am tiefsten ist. Capito?"

„No signore!"

„Puh! Himmel Element noch mal! Tu a piccoli bestii — cosi!" Er brachte ein leicht knackendes Geräusch mit seinen Daumennägeln hervor. „Pulcinelli enfin! Capito?"

„Si, si, signore!" rief Crocodillo, und zum erstenmal erhellte ein strahlendes Lächeln des Verständnisses sein düsteres Gesicht.

„Na Gott sei Dank! Denn mal avanti, Crocodillo!" Eine überaus deutliche Gebärdensprache half glücklich weiter, nachdem der erste sichere Boden zu einer Verständigung gewonnen war. In weniger als zwei Minuten hatte Pietro den alten Adam abgeworfen und sicher in den großen Bogen verpackt. Die Hose des Herrn Obersten wurde sehr einfach dadurch passend gemacht, daß so viel umgeschlagen wurde, als die Beine zu lang waren, und alles, was um die Taille herum und weiter hinten als überflüssig erschien, energisch zusammengerafft und vermittelst eines Bindfadens abgeschnürt wurde. Zu dieser würdigen Bekleidung seines unteren Menschen stand das neue rote Hemd und die bunte Leibbinde vortrefflich. Aus Pietro, dem Lumpenmatz, war im

Handumdrehen ein wahres Gassenbuben-Gigerl geworden. Mit einem gewissen Vaterstolz stellte der Oberst den also Verwandelten seiner Tochter und ihrem Anbeter vor.

Ja, er war wirklich ein prächtiger Bursche. Cordula klatschte vor Vergnügen in die Hände und rief: „Bravo, bravissimo!" Aber dann machte der Doktor eine spöttische Bemerkung über den unförmlichen Zwickel am Hosenbund, der sie zu lautem Lachen reizte. Und sieh da, der hübsche Junge, der freudig errötend vor ihr gestanden und mit rührend bittendem Blick auf ein freund= liches Wort von ihr gewartet hatte, zog plötzlich wieder finster die dichten Brauen zusammen, stieß zwischen den weißen Zähnen eine Ver= wünschung hervor und rannte davon wie ein verfolgter Dieb.

„He, holla, Crocodillo!"

Er hörte nicht. Patt, patt, patt klatschten die nackten Sohlen die Treppe hinunter über das Brückchen und über den Estrich des Mauersteiges. Fort war er.

„Schämen Sie sich," wandte sich Fräulein Cordula an den jungen Arzt. „Sie haben dem armen Schelm durch ihren Spott seine ganze Freude verdorben."

3*

„Hätte sich doch wenigstens bedanken können,“ knurrte der Oberst.

Und Signor Marajuolo lachte ein wenig gezwungen und sagte: „Ich glaube, Sie überschätzen das Zartgefühl unserer Ragazzi denn doch etwas. Ich werde dem Kerlchen bei nächster Gelegenheit eine Handvoll Kupfer zuwerfen. Da sollen Sie einmal sehen, was er mir für andere Augen macht.“

„Ich glaube, da dürften Sie sich sehr irren,“ erwiderte Fräulein von Stracknitz ein wenig gereizt. „Unser Krokodil scheint mir ein Charakter zu sein. Der hat einen Kopf und ein Herz für sich.“

„Das letztere glaub’ ich nun schon ganz bestimmt nicht,“ neckte der Doktor. „Denn das Herz haben Sie ihm schon gestohlen, mein Fräulein. Haben Sie nicht bemerkt, wie er Sie mit seinen Blicken verschlingt? Ach, wir armen Italiener sind ja alle hilflos gegenüber einer zarten, gretchenblonden Nordländerin.“

„Ach gehen Sie, seien Sie nicht langweilig!“

Das Fräulein schien ernstlich verstimmt. Den Doktor brachte die Wahrnehmung dieser Verstimmung aus dem Fahrwasser seines munteren Geplauders, und der Oberst war so schlechter Laune, als ihm dies bei seiner heiteren Gemütsart überhaupt möglich war. Schändlich! Da drüben im Kater Hibbigeigei saß ein Häuflein Landsleute, lustiges Künstlervolk, auch ein paar fidele Graubärte darunter, beim Löwenbräu, und statt mit denen gemütlich lustig zu sein, mußte er nun hier sitzen und mit scharfgespitztem Ohr diesem verwünschten französischen Geplapper folgen, um einer etwaigen gefährlichen Wendung vorzubeugen und seines Kindes argloses Herz vor einer Überrumpelung zu hüten. Wie erlöst atmete er auf, als es endlich sieben schlug und die Glocke zum pranzo läutete. — —

Zur Nacht stellte sich ein seltsames Musikantenpaar in den Wirtschaften ein, ein buckliger, zwergenhafter Guitarren- und ein langer, dürrer, säbelbeiniger Klarinettenspieler. Es war eine wunderbare, linde Vollmondnacht. Wie ein Baldachin von hell indigofarbenem Sammet spannte sich der wolkenlose Himmel über das leise atmende Meer aus. Und wie geblendet von dem nixenhaften silbrigen Geflimmer zwinkerten die kleinen Sternenaugen nervös wie im Morgengrauen. Das lustige junge Volk der Nordländer hatte die beiden Musikanten mit Jubel begrüßt und auf das flache Dach eines Häuschens auf Morganos Grundstück heraufgeholt.

Zschrimplimplim zirpte und gluckte die Guitarre,

und dazu quietschte die Klarinette eine vergnügte Polka. Wie Spinnbeine tanzten die dürren Finger des Spielers auf den Klappen herum, und bei jeder besonders kecken Fioritur, bei jedem kichernden Trillerchen beugte sich der hagere alte Geselle selbstgefällig blinzelnd zu dem Buckligen hinab, als wollte er ihm diese kleinen Frivolitäten ganz privatissime ins Ohr blasen. Ja schließlich hüpfte er sogar überaus zierlich von einem Bein aufs andere — in dem gespenstischen Mondlicht anzuschauen wie ein betrunkenes Skelett, das die Mondsucht aufs Dach gelockt hat.

Und neben diesen spaßhaft grausigen Schemen das warme blühende Leben: lachende junge Mädchen in hellen Kleidern, ein paar Nordlands=recken, die für die paar kurzen wonnigen Ferien=wochen glücklich ihrer Bärenhaut entschlüpft waren, und etliche junge Italiener, Maler zumeist, die die fliegenden blonden Mädchenzöpfe entzückend fanden und wie gepeitschte Kreisel herumwirbelten. Der rauhe Asphalt raspelte hörbar an den Sohlen all der Stiefel und Stiefelchen, und Süßholz raspelten die Germanen und Romanen in allerlei deutschen und welschen Zungen — ganz besonders aber Signor Marajuolo, der seine federleichte Elfe Corbulina kaum aus den Armen ließ. Und wenn eine Tanzpause eintrat, dann lehnte er mit ihr über die Brustwehr des Daches — da sahen sie die runden Wipfel der Federpalmen in Paganos Garten sich scharf ab= zeichnen gegen den hellen Nachthimmel und weiterhin die weißen Häuser mit den muslimisch flachen Kuppeldächern aus dem grünen Schatten der Gärten hervorleuchten, und dann die gewaltige schwarze Masse des Felsenkegels mit den Trümmern des Tiberiusschlosses auf seiner Spitze und weiter bis hinaus in die lichte Dämmerung das schlum= mernde Mittelmeer. Und Cordula wippte elastisch auf den Zehen, schwang sich sitzlings auf die Mauer, faltete die Hände im Schoß und schwärmte auf französisch den Mond an, so gut das gehen mochte, und der Doktor lehnte sich lässig zurückgebeugt auf seine Ellbogen und starrte mit gierig auf= saugenden Augen das reizende Kindergesicht an, das in dem märchenhaften Silberlicht blaß erschien wie die Engel des Ghirlandajo. Er sagte gar nichts, er fand nur von Zeit zu Zeit einen neuen süßen Namen für die Holde, den er wie bittend vor sich hin flüsterte. Jedesmal schauerte sie wohlig zusammen, die Vielgetaufte — und das unmusikalische Herz klopfte ein rasches Vierachtel, mochte gleich die schnar= rende Guitarre energische Dreiviertel schlagen.

„Wollen wir nicht wieder tanzen? Walzer bleibt doch das Schönste.“

Und hoch atmend, Brust an Brust, drehten sie sich im Kreise — zur Beruhigung. Es war ihr alles so neu, so unwiderstehlich berauschend, so — mit einem einzigen, alle irdischen Glückseligkeiten umfassenden Mädchenworte ausgedrückt — so himmlisch! Daheim hatte sie erst einen Ball mitgemacht, so ein Lämmerhüpfen mit lauter nieblichen Herren, vom Leutnant abwärts bis zum Gymnasiasten — und das hatte ihr gesundes Seelchen so kühl gelassen! Dies hier jedoch, das wollte sie gefährlich dünken — giftig wie ein romantisches Theaterstück, Dekoration, Beleuchtung, Kostüm — o, zu Hause konnten sie sich so etwas gar nicht vorstellen! Wie sich wohl ihre ältere Schwester, die schon so lange mit dem gesetzten Premier verlobt war, in dieser Umgebung ausgenommen hätte, haha!

„Ich möchte von heute an nur noch Orangeblüten im Knopfloch tragen.“

„Warum?“

„Weil sie Ihnen so sehr gleichen, Mademoiselle, und weil die Bräute sie im Haar tragen.“

„O, Monsieur, bei uns nicht, da tragen sie Myrten. Ich habe auch ein Stöckchen zu Hause, aber das wird wohl so bald noch nicht blühen — wollen wir nicht einmal sehen, was aus meinem Papa geworden ist?"

„Was glauben Sie wohl, was monsieur le colonel mir antworten würde, wenn ich ihn fragte, ob er . . . ."

Sie ließ ihn nicht ausreden, sondern sprang leichtfüßig die steile Steintreppe hinunter und hielt rasche Umschau unter den Bier zechenden Herren, die da in dem engen Gärtchen beisammen saßen. Der Oberst war nicht darunter.

Und schon stand Signor Marajuolo wieder neben ihr und sagte zutraulich: „Unser Papa wird auf der Piazza sitzen bei vermouth con seltz."

„Mein Papa, wenn ich bitten darf!" Und sie drohte ihm lächelnd mit dem Finger.

Da erhaschte er die Hand und drückte einen heißen Kuß darauf. Sie standen gerade in dem engen Mauerpförtchen, im Begriff, auf die Gasse herauszutreten.

„Buona sera, signorina!" rief da eine jugendliche Altstimme sie plötzlich an, und aus dem dunkeln Schatten hervor tauchte die Gestalt Pietro Roccadillos.

„Ah, bist du wieder da, mein gutes Krokodil? Was treibst du hier?"

„Ich habe hier auf der Treppe gesessen und zugesehen."

„O, hast du auf mich gewartet?"

„Nein, ich — ich wollte Sie nur sehen."

„Mein guter Junge!"

Doktor Marajuolo biß sich auf die Lippen und lachte ärgerlich auf. Dann langte er ein Zweisoldostück aus der Westentasche und warf es dem Knaben zu: „Da, fang'!"

Es sprang klirrend aufs Pflaster. Pietro bückte sich nicht darnach. Seine finsteren Augen blitzten auf — und er wandte dem Geber den Rücken.

„Eh — was Teufel, so stolz? Oder hast du heut' schon so viel Maccaroni gegessen, daß alle deine irdische Sehnsucht befriedigt ist?"

„Ich habe heut' noch gar nicht gegessen!" versetzte der Knabe trotzig.

„Ach, Ärmster! Bist du denn nicht schrecklich hungrig?" rief Corbula mitleidvoll.

Er zuckte die Achseln. „Fa niente!"

Und da bückte sich das Fräulein von Stracknitz, hob das Kupferstück von der Erde auf, drückte es ihm in die Hand und sagte: „Da, Kind, nimm! Sei nicht närrisch!"

„Danke!" sagte Pietro ganz leise, und dabei sah er sie an — und es zuckte ihm so seltsam um die Mundwinkel.

Sie strich ihm noch einmal leicht über den schwarzen Krauskopf und dann schritt sie rasch davon die enge Gasse hinauf zur Piazza. Der junge Arzt ging an ihrer Seite — aber von Myrten und Orangeblüten sprachen sie den Abend nicht mehr! Und seltsam, ihr war auf einmal wieder ganz frei und leicht zu Sinn, so daß sie laut zu trällern begann, irgend etwas ganz Dummes, Lustiges. Die süße Angst, das Ahnungsfieber war auf einmal verflogen, und sie war sich wieder klar ihrer sechzehn Jahre bewußt, und daß sie noch gar nicht daran dachte, sich irgend einem fremden Manne zu eigen zu geben. Für sie war ja die Welt noch so schön, daß sie allen Menschen gut sein mußte, und vor keinem einen Respekt haben konnte als vor ihren Eltern, die sie da hineingestellt, und vor sich selbst, die sie das Leben so meisterlich zu genießen verstand. — — —

Am andern Morgen mit dem Frühschiff fuhr der Doktor Marajuolo nach Neapel zurück. Er hatte am Abend zuvor beim Abschied erklärt, daß eine dunkle Ahnung ihm sage, er werde ge=

rade zurecht kommen, um in seiner Sprechstunde einen Patienten vorzufinden. — — —

Als die Stracknitzens am andern Morgen bei guter Zeit zu einer Besteigung des Monte Solare aufbrachen, wurden sie beim Überschreiten der Piazza Zeugen einer argen Katzbalgerei unter capresischen Schulkindern. Über die breite Stein= treppe, welche zur Kirche und zur Post hinauf= führt, flüchtete ein kleines Mädchen von acht Jahren und hinter ihr her ein lärmender Buben= troß, allen voran der Pietro Roccabillo mit wut= verzerrtem Antlitz. Das Mädchen hatte mit beiden Händen den langen Rock bis über die Kniee emporgerafft und die nackten braunen Bein= chen trippelten mit eidechsenartiger Geschwindig= keit die Stufen hinunter. Dennoch hätte sie der Bursche, der immer zwei, drei Stufen auf ein= mal nahm, fast bei dem nachflatternden Haar erwischt, wenn nicht im letzten Augenblick, gerade als die wilde Jagd am Fuß der Treppe an= gekommen war, ein anderer Knabe ihn an dem kunstlosen Zwickelbausch zu packen gekriegt hätte, vermittelst welches der Oberst seine Hose passend gemacht hatte. Der Ruck war so heftig, daß Pietro sich unsanft auf das Pflaster setzte und der andere Bube, der ihn ergriffen hatte, von hinten über seinen Kopf weg auf ihn fiel. Andere stolperten über das Hindernis, so daß sich im Umsehen ein ganzer Knäuel von Buben, mit Füßen und Fäusten einander bearbeitend, auf dem Boden wälzte, während die übrigen unter wütendem Geschrei und Gezappel sämtlicher Gliedmaßen im Kreise herumsprangen.

„Brutto Crocodillo!" war der allgemeine Schlachtruf, dazwischen höhnende und hetzende Zurufe.

Plötzlich lichtete sich das Wirrsal ein wenig. Ein paar von den Buben hatten sich erhoben, Pietro dadurch ein wenig Luft bekommen und so den untersten seiner Widersacher von sich abzuwälzen vermocht. Jetzt sprang er auf die Füße und teilte blind wütend und blitzgeschwind rings im Kreise Faustschläge aus. Das schuf ihm freie Bahn und er stürzte von neuem auf das kleine Mädchen los. Das war mit ein paar raschen Sprüngen in der Ecke, welche der Glockenturm des Rathauses mit der Brustwehr der Aussichtsterrasse bildet und wo ein Haufen Pflastersteine aufgeschichtet lag. Das Kind packte einen großen Stein, schwang ihn mit beiden Armen über seinen Kopf empor....

Im nächsten Augenblick hätte Pietros Schädel

zerschmettert sein können, wenn nicht eine in der
Nähe stehende Frau rasch herzugesprungen, dem
wütenden kleinen Geschöpfe in den Arm gefallen
wäre und ihm den schweren Stein entrissen hätte.
Andere Leute mischten sich ein und suchten mit
lauten Scheltworten und handgreiflichen Ver=
mahnungen die Buben auseinander zu bringen,
die sich eben anschickten, aufs neue über den
armen Pietro herzufallen.

Inzwischen waren auch der Oberst und seine
Tochter näher getreten und erkannten in dem sich
immer noch mit zornfunkelnden Blicken gegenüber=
stehenden Pärchen ihren Freund, das Krokodil,
und seine kleine Liebste, die Concetta. Corbula
suchte aus dem Mädchen eine Erklärung des
Streites hervorzulocken, während der Oberst dem
Pietro die Hand auf die Schulter legte und mit
mildem Vorwurf ausrief: „Aber mio buono
Crocodillo, che cosa facere! Te picavit la
tarantella? Hat dich denn die Tarantel ge=
stochen?“

Da drängte sich der ganze aufgeregte Chorus
um den alten Herrn nnd schrie auf ihn ein:
„Brutto Crocodillo! Brutto, brutto, bruttissimo!“
Und alle zugleich bemühten sie sich, ihr hartes
Urteil durch Schilderung des Vorgefallenen zu

erklären, wovon aber natürlich der gute Oberst
kein Wort verstand.

Aus der kleinen Concetta war auch kein Wort
herauszubringen gewesen, und das Fräulein von
Stracknitz wandte sich daher mit gütigem Zuspruch
an Pietro: „Sag' mir's doch: was hat dir die
Kleine gethan?" Und sie neigte ihr Ohr zu dem
Munde des Knaben hinab.

„Sie hat etwas sehr Schlechtes von Ihnen
gesagt," flüsterte der ihr zu. „Da wollt' ich sie
schlagen, wie sie es verdient, die Nichtswürdige —
aber sie sind ja alle gegen mich."

Cordula errötete tief und unwillkürlich drückte
sie dem Bürschchen, das mit bebenden Lippen
und glühenden Augen zu ihr aufschaute, fest die
Hand, während sie ihm doch mütterlich strafend
zu Gemüte führte, daß ein braver Bursche kein
schwaches kleines Mädchen schlagen dürfe, auch in
gerechtem Zorne nicht. Und dann erklärte sie
ihrem Vater den Zusammenhang.

„Aha!" grunzte der Oberst, legte seinen Arm
schützend um Pietros Schultern und rief, nach=
drücklich jede Silbe betonend, der aufgeregten
Schar zu: „Questo buono Crocodillo — voi tutti
maledetti lausbubi!"

Gelächter, Gejohle und entrüstete Gegener=

klärungen antworteten ihm. Er aber ließ sich
solches wenig anfechten, sondern nahm seinen
Schützling bei der Hand und geleitete ihn, von
Cordula gefolgt, durch die drohende, hohnlachende
Schar hindurch nach dem Halteplatz der Wagen.
Eine Minute später rollte ein leichtes Gefährt
auf der Straße nach Anacapri davon und neben
dem Kutscher auf dem Bocke leuchtete Pietro
Roccabillos rotes Hemd. Anstatt des früheren
Leibtrabanten, der sich auch in der Schar seiner
Feinde befunden hatte, sollte er heute der Sig=
norina das Malgerät tragen. —

Es war erst zehn Uhr, als die drei auf dem
Gipfel des Monte Solare anlangten, und doch
sengte die Sonne schon heiß auf ihre Scheitel,
und der Aufstieg kostete Schweiß genug. Im
dürftigen Schatten der mittelalterlichen Mauer=
reste ließen sie sich nieder, um ein wenig zu Atem
zu kommen. Sie waren ganz allein auf dem
sonnigen Gipfel, auch der Hirt, der als Neben=
erwerb hier oben Brot und Orangen feilzubieten
pflegt, ließ sich nicht blicken. Der Oberst hatte sich
eine Cigarre angesteckt, und Cordula lehnte ihren
Kopf mit geschlossenen Augen gegen seine Schulter.
Pietro hockte vor den Beiden auf dem steinernen
Boden und starrte in die blaue Ferne hinaus.

„Nu sag' mal, mein Junge," redete ihn der alte Herr an. „Hast du wohl eine Ahnung, wie zauberhaft schön dein Stückchen Vaterland eigentlich ist?"

Pietro starrte ihn verständnislos an. Da plötzlich huschte es wie Wiederschein einer starken inneren Bewegung über sein braunes Gesicht. Auf allen Vieren kroch er dicht an des Obersten linke Seite, richtete sich halb auf, schmiegte kindlich zärtlich seinen Krauskopf an seines Wohlthäters Wange und küßte ihn — küßte ihn immer wieder und wieder.

Der alte Herr ließ es ruhig geschehen, klopfte den Buben lachend auf den Rücken und brummte wohlwollend: „Na, na, was ist denn das? Wie komm' ich zu der Auszeichnung, mein gutes Krokodil — oho, der Schlingel! Ich glaub' gar — den Alten küßt er und die Junge meint er. Sieh bloß, Cordelchen, den Schmeichelkater!"

Des jungen Mädchens Augen glänzten feucht. „Armes, einsames Herz," sagte sie, ihres Vaters Hand drückend, „wie wohl ihm das bißchen Liebe thut!" — — —

Die vierzehn Tage, die Stracknitzens für ihren Aufenthalt in Capri angesetzt hatten, näherten sich ihrem Ende. An ihrem vorletzten Tage wollten sie noch, den günstigen Wind benutzend, eine Bootfahrt nach Sorrento unternehmen. Das Krokodil, das die ganze letzte Zeit über ihr treuer Begleiter gewesen, war überglücklich, mitfahren zu dürfen.

Jeder, der den Knaben früher gekannt hatte, wunderte sich über die Veränderung, die binnen so kurzer Frist mit ihm vorgegangen war. Nicht nur, daß ihm die ausgedienten Hosen des Herrn Obersten jetzt verhältnismäßig gut saßen — das gnädige Fräulein hatte sie eigenhändig für ihn zugestutzt — nein, auch der Ausbruck seines Gesichtes, sogar sein ganzes Wesen hatte sich verändert. Die Falten zwischen den Augenbrauen, der mißtrauisch gespannte Zug um den Mund waren verschwunden. Aus den schönen schwarzen Augen blitzte nicht mehr wilde Leidenschaft, sondern kindlicher Froh= mut, und aus dem trotzig verschlossenen Buben, der sonst selbst für teilnahmevolle Fragen immer nur das fast verächtlich verzichtende „Fa niente" zur Antwort gehabt hatte, war nun fast eine muntere Plaudertasche geworden. Freilich, jene naive Zudringlichkeit, die so viele hübsche capreser Kinder auszeichnet, welche die nachsichtige Be= wunderung der Fremden verwöhnt hat, vermochte er sich nicht so im Handumbrehen anzueignen.

Doch dies konnte ihm nur zum Vorzug gereichen. Den Stracknitzens wurde übrigens nicht nur von den zahlreichen jungen Feinden und Neidern Pietros, sondern auch von vielen erwachsenen Insulanern ihre Vorliebe für das mißratene Gemeindekind übel vermerkt, und einer der ehrenfesten Säulen des kleinen Gemeinwesens hatte es sogar für seine Pflicht gehalten, den Obersten vor dem gefährlichen Burschen zu warnen und ihm haarklein die Schandthaten zu berichten, die ihm verdientermaßen zu schwarzem Loch und Prügeln verholfen hatten. Aber trotzdem besagte Greuel derart beschaffen waren, daß er sie seiner Tochter nicht wiedererzählen durfte, ließ sich der wackere Herr doch nicht irre machen. Ja, er würde sogar gern des armen Burschen Bitte, ihn mit nach Rom zu nehmen, erfüllt haben, hätte er nur gewußt, was er dort mit ihm anfangen sollte und nicht die Überzeugung gehabt, daß eine Verpflanzung auf fremden Boden dem armen schutzlosen Schelm kaum zum Heile gereichen könnte. Sollte ihm die warme Sonne der Menschenliebe vergebens ins Herz geschienen haben? Er war ja ein starker, tapferer Bursche: wenn das Vertrauen und die Daseinslust, die jetzt so frisch aus seinem jungen Gemüte auf=

sproßten, nicht durch gar zu böse Erfahrungen wieder erdrückt würden, dann mußte es ihm doch gelingen, sich durchzukämpfen durch die harte Jugend eines armen Waisenkindes und ein brauch= barer Mensch zu werden, ein braver Arbeiter, ein kühner Korallenfischer, wie sein Vater gewesen war — warum nicht? —

Das Mittagsdampfboot kam eben an, als die Barke, welche die Stracknitzens nach Sorrent führen sollte, das Segel aufsetzte und unter den ersten Passagieren, welche an Land stiegen, befand sich — Doktor Marajuolo, dem die unheimliche Gesundheit seiner Patienten schon wieder einmal einen Feiertag gewährte.

Da stand er und lupfte artig sein weißes Hütchen. „Mademoiselle, monsieur le colonel, me voilà!“

„Ah, signor dottore!“ rief der Oberst ihm überlaut zu. „Je suis charmé de vous revoir — hol' dich der Teufel!“ fügte er ein wenig leiser, aber seiner Tochter immer noch verständ= lich, hinzu.

„Pfui, Papa!“ gab Corbula ebenso leise und deutlich zurück, und dann lachte sie ihren getreuen Anbeter überaus lieblich an und lud ihn ein, an der Fahrt teilzunehmen, falls er versprechen könne, nicht seekrank zu werden. O, sie wollte den bösen Papa auch einmal ärgern! Es war ja heller Sonnenschein. Der Mondnachtzauber von neulich hatte keine Macht mehr über sie — sie fühlte sich ganz sicher! Selbst wenn der Papa unterwegs einschlafen sollte, das gute Krokodil war ja noch da, sie zu beschützen.

Das gute Krokodil setzte nun freilich mit nichten seine freundlichste Miene auf, als der junge Arzt mit einem kühnen Satze in die Barke sprang — ebensowenig wie dieser den kleinen Landsmann mit besonderer Herzlichkeit begrüßte. Aber das vermochte doch die gute Laune der jungen Herrschaften nicht zu trüben. Und sie lachten und scherzten während der köstlichen Fahrt so harmlos und unbefangen, daß auch der alte Herr schließlich gute Miene zu dem gefährlichen Spiel machte.

Nach kaum einstündiger Fahrt landeten sie in Massa Lubrense. Dort nahmen sie sich einen Einspänner und jagten in fast beständigem Galopp die vielgewundene, an prachtvollen Aussichten reiche Straße nach Sorrent bergauf, bergab. Auf der berühmten Terrasse des Hotels Vittoria ließen sie sich ein vortreffliches Diner auftragen, und die köstlichen Weine, die es dazu gab, be-

geisterten den Obersten dermaßen, daß er zur
Entrüstung der zahlreichen korrekten Englishmen,
die dort wie an allen anderen weltberühmten
Aussichten in ihre Tauchnitz edition vertieft
saßen, sein Lieblingslied hell hinaus schmetterte,
Schumanns „Wohlauf noch getrunken den funkeln=
den Wein!" Ja, seine Stimmung war sogar
derart gehoben, daß er ganz seinen heimlichen
Groll gegen Corbulas Anbeter vergaß und für
den Rest des Nachmittags dessen Arm nicht mehr
aus dem seinen ließ und ihm zu wiederholten
Malen versicherte, er halte ihn für einen guten
Jungen, brave garçon, und einen famosen Kerl,
monsieur fameux.

Der Abend dämmerte bereits, als die fröh=
lichen Herrschaften sich von dem entzückenden Blick
auf den Golf von Neapel losrissen, um den Heim=
weg anzutreten. Und als sie in Massa ankamen,
war es Nacht geworden und es machte dem alten
Herrn nicht geringe Beschwer, in der dichten
Finsternis die schlecht gepflasterten, unzähligen
Stufen zu überwinden, die, zwischen Orangen=
gärten und schmalen, hohen Häusern hindurch sich
windend, steil zum Strande hinabführen. Cor=
bula überließ den Vater der Führung des Doktors
und sprang leichtfüßig mit dem Krokodil voraus,

An einer Biegung des Treppenweges, wo es ganz besonders finster war, hing sich plötzlich der Knabe so schwer an ihren Arm, daß sie stehen bleiben und sich zu ihm herabbeugen mußte. „Kind, was willst du?" fragte sie ein wenig erschrocken.

Und Pietro brachte seinen Mund nahe an ihr Ohr und flüsterte ihr zu: „Nicht wahr, Fräulein, Sie werden den Herrn Marajuolo heiraten?"

Cordula zuckte zusammen und lachte ein wenig gezwungen. „Was für Gedanken? Ich bin ja erst sechzehn Jahre alt, ich will noch lange nicht heiraten."

„Wirklich nicht — bei Gott nicht?"

„Nein, du dummer Junge, bei Gott nicht!"

Da riß Pietro ihre Hand an seine Lippen und drückte drei, vier, fünf eilfertige Küsse darauf. Und dann sprang er in großen Sätzen ihr vorauf und fing gar an zu singen. Es war das erste Mal, daß sie ihn singen hörte! — —

Märchenhaft schön war die nächtliche Heimfahrt. Es war, als wenn der Vesuv mit dem Monde einen besonders hübschen Spaß für diese weiche Mainacht verabredet hätte. So oft die langsam ziehenden Wolken die halbe Silberscheibe freigaben, begann auf den plätschernden, spritzenden Wogenkämmen ein lustiger Heckenfeuer= und Irrlichttanz. Und wenn die Wolken das kühle Himmelslicht wieder auslöschten, reckte der alte Vulkan seine Feuerzunge gen Himmel, das lodernde Fanal des Segenspenders und Zerstörers Prometheus, den Götterzorn und Menschenwitz wohl in Ketten legen, aber nimmermehr töten kann. Die Masse des Berges verschwand in der Finsternis, also daß die Flammengarbe irgendwo in den Wolken zu wurzeln schien; verschlungen auch vom undurchdringlichen Dunkel waren die zahlreichen weißen Städte, die vom Kap Miseno bis zur Punta della Campanella die beiden weit geschwungenen Buchten von Sorrent und Neapel umlagern, und nur ihre unzähligen Lichter hingen gleich einer bescheidenen Fünkleinguirlande in anmutig gewelltem Auf und Nieder über dem rauschenden Meere. Dann kam wieder der Mond hervor und die irdischen Feuerzeichen verblaßten. Seltsames Spiel: hier unten mit allen Sinnen faßbar, dem Geist und Gemüt wohl vertraut, der leuchtende Beweis, daß das heiße Flammenherz der Mutter Erde nicht aufgehört hat zu schlagen, daß der emsigen Menschlein schöpferischer Geist nicht ruht — und droben an dem kalten, in stählernem Graublau verdämmernden Nachthimmel das neckische Blinzeln zahlloser unendlicher Sonnen, denen nur gelehrter Rechenkünstler mühselige Arbeit einen Platz in der unbegreiflichen Unendlichkeit angewiesen hat, die dem sinnenden Gemüte nichts sagen können und auf alle Fragen des grüblerischen Menschengeistes die Antwort schuldig bleiben.

Der Wind war ungünstig. Statt langweilig hin und her zu lavieren, zogen es die Barcajuolen vor zu rudern.

So lange die Fahrt im tiefen Schatten der steilen Küste dahinführte, genossen die Teilnehmer das unvergleichliche Wasserfeuerwerk des Meerleuchtens. Von den Rudern troffen bei jedem Auftauchen die Funken hernieder und hinter dem Steuer brodelte ein Flammenstrudel, der einen mählich verblassenden Schweif hinter sich herzog. Die beiden Nordländer schwelgten im Entzücken über das berauschende Schauspiel, das sie zum erstenmale genossen. Der Oberst versuchte mit seinem Stock leuchtende Buchstaben ins Meer zu schreiben, und das junge Paar lehnte über Bord und warf sich lachend und jauchzend Hände voll feuchter Funken zu.

Bei der Punta della Campanella verließ die Barke den Uferschatten, um ins offene Meer hinaus und in gerader Linie nach Capri hinüberzusteuern. Da gewann das Mondlicht Kraft und machte dem Feuerwerk ein Ende. Die vier Seeleute stimmten mit rauhen Kehlen ein kunstloses Lied an von kaum faßbarer, seltsamer Melodik mit den so charakteristischen, häufigen Vorschlägen nach der kleinen Terz hinunter. Das melancholische Gegröhl rief ein lebhaftes Schlafbedürfnis in dem Obersten hervor, und er streckte sich auf der schmalen Bank der Backbordseite zum Schlummer aus, während der Doktor Marajuolo und Corbula auf der Steuerbordbank nahe zusammenrückten — denn es begann kühl zu werden. Das Krokodil war spurlos verschwunden. Es hatte sich in der kleinen Kabuse im Vordersteven auf der zusammengeballten Segelleinwand wie eine Katze zusammengerollt und mochte da wohl den Schlaf des Gerechten genießen; denn es war in der vergangenen Nacht mit den Fischern lange bei der Arbeit gewesen.

Das flüsternde Gespräch der beiden jungen Leute war verstummt. Corbulas helle Augen blickten träumerisch in die schimmernde Nacht hinaus und des Italieners feurige Blicke schienen wie erstarrt in Bewunderung ihres zarten Profils. Vorsichtig stahl er seinen Arm um ihre

Schultern, und dann plötzlich zog er sie fest an sich und küßte die sanft Widerstrebende auf Wangen, Augen und Lippen und stammelte fast unhörbar: „Je t'aime, je t'adore!"

Sie drückte ihn von sich ab ohne Heftigkeit, aber auch ohne Koketterie und ließ es schweigend geschehen, daß er vor ihr auf die Kniee sank, ihre Hände faßte und flehend zu ihr aufblickte. Eine kurze Weile waren ihr Herz und Sinne wie benommen. War das das Ende, wie es kommen mußte? War sie nun nicht mehr sie selbst allein, sondern eines anderen Teil geworden? Was sie in schwülstigen Romanen von der berauschenden Macht des ersten Liebeskusses gelesen, bedeutete das auch für sie eine Entscheidung über ihr ganzes Leben, einen unwiderstehlichen Zwang, sich hinzugeben der Laune des fremden Mannes?

Sie löste ihre Hände aus den seinen und drückte sie an ihre Schläfen. Ihr Herz pochte just ein wenig rascher in der Brust — aber der kurze Rausch war verflogen. Sie zürnte dem hübschen jungen Manne nicht, der in zärtlichem Ungestüm mit seinen warmen Lippen den letzten Punkt unter das unvergeßliche Gedicht gesetzt, welches ihre mitschwingende Empfindung unbewußt in schwelgendem Schauen von so viel Schönheit gestaltet hatte. Aber dieser Mann und seine Liebe galten ihrem Herzen nicht mehr als die blutrote Lohe des Vesuv, das Meer=leuchten, der Mondeszauber. Eines wie das andere genoß sie mit kindlich dankbarem Über=schwang des Glücksgefühls.

Und nun beugte sie sich zu ihm herab und flüsterte ihm mit leisem Vorwurf zu: „Stehen Sie auf, ich will das nicht. Nicht so! Da — setzen Sie sich wieder her, bitte — und seien Sie ganz vernünftig — hören Sie — sonst wecke ich den Papa!"

Mit einem drollig betrübten Gesicht nahm Signor Marajuolo seinen Platz wieder ein. Seine Eitelkeit fühlte sich nicht wenig gekränkt, daß es ihm nicht gelungen war, dies junge Mädchenherz zu berücken. „Sind Sie mir sehr böse?" fragte er kleinlaut.

„Aber nein, gar nicht! Das dürfen Sie aber nicht wieder thun."

Der Doktor wurde für den Rest der Fahrt recht einsilbig. — So schwärmerisch — und zu=gleich so kühl verständig! Das konnte er nicht fassen. — —

Eine Stunde später — sie hatten im ganzen

drei Stunden zum Rückweg gebraucht — legte die Barke wieder bei der großen Marina an. Es war finstere Nacht und gar nicht so leicht, den alten Treppenweg zwischen den hohen Gartenmauern, den die kleine Gesellschaft der Kürze halber gewählt hatte, ohne gefährliches Stolpern über schlechtes Pflaster und ausgetretene Stufen hinaufzukommen. Signor Marajuolo mußte also wieder dem alten Herrn seinen Arm leihen, während Cordula mit dem Krokodil als Spitze voraufmarschierte.

Pietro hatte dem Fräulein die Hand gereicht und ging, sie just ein wenig nachziehend, zwei Schritt vor ihr. Er konnte im Finstern sehen wie eine Katze und führte seine holde Gönnerin in vielgewundener Schlangenlinie nur über glatte Steine und sichere Stufen. Als sie einmal stehen blieb, um ein wenig zu verschnaufen, hing sich Pietro schwer an ihren Arm und drückte seinen Kopf zärtlich an sie.

„Was ist dir, mein Junge, was willst du denn?"

„Gehen Sie wirklich morgen fort und nehmen mich nicht mit?" fragte er traurig.

„Ja, mein gutes Krokodil, das hilft nun nichts! Einmal muß geschieden sein. Laß es dir nicht zu sehr zu Herzen gehen! Bleibe du nur ein braver Kerl, dann werden dich schon noch mehr Leute lieb haben, das kannst du mir glauben."

Pietro streichelte leise ihre Hand, um sein Abschiedsleid zu verbergen, und dann nach einer kleinen Pause seufzte er komisch auf und sagte: „Aber den Doktor Marajuolo werden Sie nun doch heiraten!"

„Aber nein doch, Kind, wie kommst du darauf?" lachte Corbula.

„Doch, doch, ich habe ja alles gesehen, und der Bootsmann, der Vittorio, hat es auch ge=sehen."

„Ah, per Bacco, ich dachte, du schliefest wie ein Murmeltier. Nun meinetwegen mögt ihr es alle gesehen haben, was ist dabei Schlimmes? Wenn er mir doch so gut ist und sich nicht anders zu helfen wußte — warum sollte er mich nicht küssen? Mir schadet es nicht, und eine schöne Erinnerung bleibt es für uns beide. Aber darum brauche ich ihn doch nicht zu heiraten. Denn siehst du: er gefällt mir zwar sehr und ich bin ihm auch gut, aber ich kann mir sehr wohl denken, daß ich viele andere Menschen ebenso lieb haben könnte wie den — und darum darf es dieser nicht allein sein. Verstehst du das?"

Er hatte es wohl kaum so ganz verstanden, und das Italienisch, in welchem sie ihre fröhliche junge Herzensweisheit kundzumachen versuchte, war auch wohl nicht dazu angethan, völlige Klar=heit darüber zu schaffen.

Doch schöpfte immerhin Pietro die tröstliche Gewißheit aus ihren Worten, daß sie wirklich seinen Landsmann nicht heiraten werde, und zärt=lich dankbar schmiegte er statt einer Antwort wieder seinen Krauskopf gegen ihren Arm.

Da packte ihn Cordula bei beiden Ohren und drückte ihm den Kopf zurück, so daß er ihr gerade ins Gesicht sehen mußte. Sie hatten beide feucht=schimmernde Augen, das konnten sie trotz der Dunkelheit erkennen.

„Sieh, mein gutes Krokodil," sagte Cordula. „So gut der Herr Doktor mich geküßt hat, ein=fach weil er mich lieb hat, ebenso gut kann ich ja dich auch küssen, weil ich dich lieb habe. Da, zum Abschied!" Und sie beugte sich zu ihm herab und gab ihm einen herzlichen Kuß auf die vollen, frischen Knabenlippen. „So — aber hei=raten brauchst du mich darum doch nicht!"

Ungefähr dasselbe, was sie dem guten Kro=

kobil in so mangelhaftem Italienisch auseinander=
gesetzt hatte, that sie etwas ausführlicher und in
besserem Französisch dem ehrlich betrübten Doktor
Marajuolo beim Abschied auf dem Bahnhof zu
Neapel kund und zu wissen. Freien Herzens,
aber die ganze junge Seele voll Sonnenschein,
dampfte sie mit ihrem lieben Papa der nordischen
Heimat zu. — — — — — — — —

Pietro hatte sich beim Abschied recht tapfer
benommen. Erst als der Dampfer ganz außer
Sicht gekommen war, packte ihn das Leid so
heftig, daß er sich der Thränen nicht mehr zu
erwehren vermochte. Aber das sollte niemand
sehen, sie sollten nicht über ihn spotten. Und
auf einsamen Steigen kletterte er wieder hinauf
und auf weitem Bogen um die Stadt nach der
Punta Tragara und dann weiter auf dem Wege,
den sie so gern gegangen war, und der hoch oben
über dem Meere an wilden Felsabstürzen hin
am Mönch und den Faraglioni vorüber nach der
Mithrasgrotte führt. Dort auf derselben tausend=
jährigen Steinbank, auf der er mit der blutenden
Wunde gelegen war, als er s i e zum erstenmale
sah, ließ er sich nieder und blickte sinnend in die
blaue, blendende Lichtwelt hinaus.

Hierher hatte der übersättigte Beherrscher der alten Welt sich geflüchtet, um in einsamem Selbstgespräch mit der größeren Herrscherin Natur seine müde Seele zu bestärken in der Verachtung des kleinen, feilen Geschlechtes der Menschen. Seinen Leib hatte er mit der Geißel gepeinigt, seinen Geist mit grüblerischen Fragen an die Gottheit. Junger Stiere Blut ließ er fließen zu Ehren der Wahrheit, der Reinheit, der allwissenden, siegenden Sonne, und in den tiefsinnigen Geheimnissen orientalischer Urweisheit, in dem Taumel zwischen Schönheitstrunkenheit und Grauen suchten seine überreizten Nerven neue Kraft zum Ertragen seines einsamen, liebeleeren Daseins zu finden. Und was erreichte er anderes mit all' seinem Sinnen und Sichquälen, als daß er zwischen Natur und Menschheit, zwischen Schöpfer und Geschöpf eine furchtbar gähnende Kluft aufriß, in deren finsterem Schlunde der Drache Wahnsinn lauerte, um ihn als sichere Beute zu verschlingen. Kein noch so tiefsinniger weltflüchtiger Glaube hat jemals einem Menschenherzen das Glück gebracht. Das kommt nicht aus den Wolken zu uns herabgestiegen, das verheißen uns nicht die kalten Sterne am nächtlichen Himmel, sondern nur der warme Strahl aus hellen Menschenaugen. Selig macht allein der Glaube an die Menschheit, die Arbeit für die Menschheit und das Bewußtsein, daß wir Liebe wert sind und Liebe zu geben vermögen.

Der schöne Knabe da mit den dunklen, thränenfeuchten Augen hatte seinen Erlöser ge=funden. Mithras, der Siegreiche, war ihm ein klein wenig Liebe geworden, von guten Menschen lachend gespendet, und er betete zu diesem Mithras, als er droben von der Kapelle her, die auf der Stelle des alten Cäsarenlustschlosses errichtet ist, das Glöcklein tönen hörte und seine Lippen mechanisch „Ave Maria!" murmelten. —

Da tauchte in dem niederen Felsenthor eine kleine Gestalt auf, blieb stehen, stutzte einen Augenblick, als wenn sie zur Flucht sich wenden wollte — und kam dann rasch die paar Stufen hinuntergesprungen.

Pietro blickte auf. Wenige Schritte vor ihm stand Concetta, die funkelnden Tigeraugen fest auf ihn gerichtet. „Thu mir nichts!" rief sie, die weißen Zähnchen zeigend. „Daß du mich nicht anfaßt, oder ich . . . ." Und sie zog ihre rechte Hand unter der Schürze hervor und streckte die blitzende Sichel gegen ihn aus. „Heute schlage ich dir den Kopf wirklich ab, weißt du!"

Da lachte Pietro laut auf. „Concetta, du Dumme, hat dir die Sonne was angethan. Laß mir doch meinen Kopf, ich brauche ihn noch lange. Was soll ich dir denn thun? Was du neulich gesagt hast von dem Fräulein, das war häßlich; aber du kennst sie ja nicht! — Komm, soll ich dir helfen Gras schneiden?"

„Du willst wieder — gut sein?" sagte das Kind in zweifelndem Erstaunen und ließ langsam die Hand mit der Sichel herabsinken.

„Ja, du Dumme, ja doch! Was siehst du mich so an? Gut sein will ich!"

———

Die versetzte Heilige.

Auf einer der schönsten Straßen der Welt,
die, kühn durch gewaltig aufgetürmte Felsmassen
hindurchgesprengt, hoch über dem Spiegel des
Tyrrhenischen Meeres der vielfach gewundenen
Küstenlinie folgend, von Sorrent nach Salerno
führt, rollte am 20. Mai des Jahres 189.. ein
leichter Zweispänner dahin. Der Kutscher, ein
hübscher brauner Bursche, deutete mit seiner Peitsche
hinter sich nach dem Meer hinunter, um seine
beiden Reisenden auf ein seltsames Felsgebilde
aufmerksam zu machen, welches, von der Brandung
weiß umsäumt, nahe der steilen Felswand aus
der blauen Flut emporragte.

„Sehen Sie dort, Eccellenza, das nennen sie
die ‚Witwe mit ihrer Tochter‘. Manche nennen
es auch noch anders.“ Und er zwinkerte breit

lächelnd nach der jungen Dame hin, um anzu=
deuten, daß die andre Benamsung jenes Felsens
nicht eben die sittsamste sein mochte.

Der angeredete Herr, der seinem Aeußern nach
nicht gut etwas andres sein konnte als ein deutscher
Offizier in Zivil, wandte sich nur flüchtig nach
der „Witwe mit ihrer Tochter" um, strich sich
über den stattlichen blonden Schnauzbart und
brummte etwas vor sich hin, was wohl eine
gnädige Anerkennung für jenes Naturspiel be=
deuten sollte. Dann wandte er sich an seine
hübsche junge Reisegefährtin, welche mit leicht
gerunzelter Stirn gleichgültig geradeaus blickte,
und fragte sie mit ironischer Höflichkeit, ob sie
denn nicht auch die „Witwe mit ihrer Tochter"
freundlichst·in Augenschein nehmen wolle.

Sie zog just ein wenig die Schultern hoch
und versetzte mißmutig, sie habe schon Genick=
schmerzen und keine Lust, sich nach jedem alten
Stein umzudrehen.

„Erlaube mal," höhnte der Herr. „Wenn ich
mir ein Diner für fünf Francs vorsetzen lasse
und genieße nur einen Teller Suppe, so nenne
ich das Verschwendungssucht. Und wenn ich die
gesamten Reisekosten durch die Summe der ge=
botenen Sehenswürdigkeiten dividiere, so dürfte

das wohl pro Stück mindestens auch fünf Francs ausmachen. Wenn du also zu bequem bist, die ‚Witwe mit ihrer Tochter‘ zu beaugenscheinigen, so wirfst du fünf Francs zum Wagenschlag hinaus.“ Dabei lachte er gezwungen auf und spielte nervös mit seinen Bartspitzen.

Und die junge Dame stieß die Spitze ihres zusammengefalteten Sonnenschirms ebenso nervös gegen das aufgerollte Spritzleder und gab mit zuckenden Nasenflügeln den Stich prompt zurück. „Und für die roten Bankbillets, die der Herr Premierleutnant auf dem grünen Tisch in Monaco liegen ließen, könnten wir in größter Bequemlichkeit rund eintausend Naturschönheiten à fünf Francs mehr bewundern.“

„Ah, bravo, danke!“

„Bitte sehr!“

Der freundliche Leser wird aus dem gemüt: vollen Ton dieser Unterhaltung schon längst er: raten haben, daß er es mit Hochzeitsreisenden zu thun habe. In der That, Graf Dietrich von Dölsberg war erst drei Wochen mit Fräulein Leonore, der einzigen Tochter des steinreichen Kommerzienrats Gumpel, vermählt, hatte diese drei Wochen bei herrlichstem Wetter an der Riviera und am Golf von Neapel verbracht, und dennoch

ließen sie sich seit acht Tagen bereits in den Gast=
höfen zwei Zimmer anweisen und boten sich des
Abends ohne einen Kuß Gutenacht. Die eben
wiedergegebene zärtliche Unterhaltung war auch
nicht die erste ihrer Art. Wie denn das so schnell
kommen konnte? Ja, du lieber Himmel, wie eben
so etwas kommt, selbst unter hochgebildeten und
ziemlich vernünftigen Leuten. Gräfin Leonore,
geborene Gumpel, war von Haus aus sehr ver=
wöhnt, anspruchsvoll und leicht ein wenig hoch=
fahrend, besonders aber sehr eigensinnig. Graf
Dietrich, der mit seiner Verheiratung den aktiven
Dienst quittiert hatte, um sich von der Last seiner
Schulden tief gebeugt auf sein Majorat zurück=
zuziehen, war zwar als eleganter Kavallerie=
offizier ein flotter Lebemann gewesen, aber doch
noch keineswegs blasiert. Er besaß ein leibliches
Verständnis für Kunst und einen warmen Sinn
für Naturschönheit und hatte sich wie ein Kind
auf seine Hochzeitsreise nach Italien gefreut.
Natürlich hatte er den „Goldfisch“ zunächst des
Goldes wegen gefreit. Mit dem Fisch hoffte er
später schon fertig zu werden, war er doch jung,
schön und klug, der Fisch. Das kalte Blut sollte
sich doch wohl in traulicher Zweisamkeit, in ge=
meinsamem Genusse von so viel Glanz und Herr=

lichkeit unter lachendem Himmel erwärmen lassen. Es hatte sich auch erwärmt, o ja! Lore Gumpel war sogar schon vor der Hochzeit in den Grafen Dietrich verliebt gewesen, so verliebt, wie man es von einer jungen Dame ihrer Erziehung nur irgend verlangen kann. Das hinderte aber nicht, daß kleine Meinungsverschiedenheiten zwischen den Flitterwöchnern entstanden. Er ward ernst und wollte ihr den Herrn zeigen. Sie ward schnippisch und spielte die große Dame, die sich von keinem Manne imponieren läßt, am wenigsten natürlich von dem eigenen. So waren sie denn regelrecht verknurrt und brachten es fertig, selbst auf dem engen Sitze der klapprigen neapolitanischen Carozza einander fremd und fern zu bleiben.

Wie gern hätte Graf Dietrich sie mit starken Armen umschlungen, fest an sich gedrückt und ihr zärtlich in das niedliche Ohr hineingeflüstert: „Lore, thu doch nur die Augen auf und schau um dich! Die Felsen, die sich in großartiger Wildheit hoch über uns auftürmen, das dunkle, weich rauschende Meer zu unsern Füßen tief unten und die Riesenscheibe der Sonne, die blut=
rot wie ein flammendes Herz im fernen West versinken will — wie kannst du kalt bleiben in solchem Schauen, wie kannst du kleinlichen Launen

nachhängen im Angesicht urewiger Größe und Herrlichkeit!"

Aber er sagte das nicht. Er steckte sich eine Cigarette nach der andern an und drückte sich mit schweigendem Trotz in seine Wagenecke. Denn er hatte sich fest vorgenommen, niemals aus gut= mütiger Bequemlichkeit das erste Wort zu geben, wenn seine Frau ihn durch unentschuldbare Launen je einmal kränken sollte. Wie sehr er auch dar= unter litt, wie sehr es ihn drängte, seinem Ent= zücken über die herrliche Fahrt Ausdruck zu geben, er nagte an seinen Lippen und schwieg; denn er war immer ein Mann von Wort ge= wesen.

Als sie abermals um einen schroffen Fels= vorsprung herumbogen und nun plötzlich eines jener uralten malerischen Sarazenenstädtchen vor ihnen lag, in weiter Thalschlucht zu beiden Seiten die Felsenwände hinaufklimmend mit seiner schon ganz afrikanischen Bauart, den dicken grauen, verfallenen Mauern, den plumpen, meist würfel= förmigen Häusern mit flach gewölbten Dächern, dem Gewirr von steinernen Treppen und Stiegen, die von außen zu diesen Dächern hinaufführten, von Bogenbrücken über die Abgründe finsterer Höfe und steiler Gäßchen hinweg, da vermochte

er doch einen lauten Ausruf entzückter Über=
raschung nicht zu unterdrücken.

„Lore, Lore, sieh doch bloß, das ist ja uner=
hört malerisch, das ist ja … Nein, hol' mich der
Teufel, wenn ich je so etwas gesehen habe! Das
ist ja das vertrackteste, gottvollste Nest in ganz
Italien! Hier bleiben wir. Hören Sie, Kutscher,
hier bleiben wir, fahren Sie uns nach dem ersten
Hotel!“

Der Kutscher lächelte fast mitleidig. „Nach
dem ersten Hotel? Hier gibt es keine Auswahl,
Eccellenza. Ich denke, wir fahren weiter. Das
hier ist nichts für Eccellenza.“

„Ist mir ganz egal! Und wenn ich auf einer
Streu schlafen muß, hier bleibe ich! Das Nest
muß ich mir bei Tage noch genauer besehen. Du
kannst ja weiter fahren, mein Schatz, wenn es
dir nicht gut genug ist,“ setzte er gegen seine
Frau gewendet ironisch hinzu.

Es half nichts, daß der Kutscher mit seiner
ganzen neapolitanischen Zungenfertigkeit abredete
und die junge Gräfin bissige Bemerkungen über
seinen rücksichtslosen Eigensinn machte. Graf
Dietrich bestand darauf, daß hier eingekehrt wer=
den müsse.

Der Kutscher bog von der Landstraße ab und

in die Hauptstraße des Städtchens ein, welche
steil am Rande eines Abgrundes bergab führte.

Schon von weitem gewahrten die Reisenden vor
einem der stattlichsten Häuser eine aufgeregte
Menge Volks, welche laut durcheinander schreiend
in undurchdringlichem Knäuel die ganze Straße
sperrte. Der Wagen mußte halten und dem
Kutscher dünkte es offenbar wichtiger, die Ursache
des Auflaufs zu erforschen, als seine Reisenden
dem Gasthaus zuzuführen. Er schrie in den
Haufen hinein, was es denn gäbe, und mindestens
zwanzig Stimmen beeilten sich gleichzeitig, seine
Neugier zu befriedigen. Der Graf und die
Gräfin wurden natürlich, obwohl sie beide leiblich
italienisch verstanden, aus dem wüsten Geschrei
nicht klug und auch die Erklärungsversuche des
Kutschers, dem sich die Erregung der Eingeborenen
alsobald mitgeteilt hatte, fruchteten nichts. Nur
das eine ward ihnen klar, daß die heilige Helene
irgend etwas mit der Geschichte zu thun haben
müsse. Denn Santa Elena war das einzige
Wort, welches laut und deutlich wie ein Schlachtruf aus dem wüsten Stimmengewirr an ihr Ohr
schlug.

Jetzt öffnete sich in der hohen Mauer, welche
sich von dem Hause, vor dem die öffentliche Kund=

gebung stattfand, bis zum nächsten hinzog, eine schmale, schwere Thür, und heraus trat die behäbige Gestalt eines geistlichen Herrn, welcher vorsichtig die schwarze Soutane über den violetten Strümpfen emporraffte, um die wenigen steinernen Stufen nach der Straße hinunterzusteigen. Doch das sollte ihm vorerst noch nicht gelingen. Denn sofort bei seinem Erscheinen drängte die ganze aufgeregte Menge auf ihn zu und drückte den alten Herrn fest gegen die Thür, welche gleich nach seinem Heraustreten hinter seinem Rücken geschlossen und mit einem hörbaren Knall verriegelt worden war. Mindestens hundert Stimmen schrieen ihm gleichzeitig eine Frage entgegen und dann verstummte plötzlich der ganze Haufen, mit äußerster Spannung seine Antwort erwartend.

Der alte Priester zog Schultern und Brauen hoch und sagte mit bekümmertem Ton: „Es ist nichts zu machen. Er ist halsstarrig wie ein alter Esel."

Da erhob sich ein so tolles Wutgeheul, daß selbst die beiden neapolitanischen Wagenpferdchen, die doch wahrlich an dergleichen gewöhnt waren, unruhig wurden und scheu zur Seite sprangen. Es war nur gut, daß nach der Seite des Ab=

grundes hin eine Schutzmauer die Straße ein=
faßte. Fäuste wurden drohend in die Luft ge=
reckt, und es flogen sogar einzelne Steine gegen
die drei kleinen Fenster in der Vorderwand des
Hauses, die allerdings mit grünen Holzladen
wohl verwahrt waren. Der jungen Gräfin wurde
angst und bange, zumal da etliche halbwüchsige
Burschen und Mädchen sich hinten an den Wagen
hängten und sogar ganz frech hineinlangten, um
sich des Handgepäcks zu bemächtigen, freilich nicht
etwa, um etwas zu stehlen, sondern nur, um es
ihnen nach dem Gasthaus hinaufzutragen. Da
auch der Graf kein Verständnis für solche auf=
bringliche Dienstwilligkeit besaß, so fühlte er sich
gedrungen, das allgemeine Geschrei noch durch
etliche kräftige deutsche Kernflüche zu verstärken
und dazu mit seinem Stock über den Köpfen der
jungen Herrschaften herumzufuchteln. Endlich ver=
mochte sich der freundliche Priester wieder Gehör
zu verschaffen, und auf sein gutes Zureden be=
gann sich endlich die Menge zu zerstreuen und
eine Gasse für den Wagen frei zu machen. Das
Gasthaus „Zum goldenen Engel“ lag nur wenige
Schritte entfernt, und so landete denn das junge
Ehepaar schon nach einigen Minuten im sicheren
Hafen.

Der Wirt, ein kleiner fixer Bursche mit vollen glatten Wangen, winzigem, schwarzem Schnurrbärtchen und mächtigem, kugelrundem Lockenkopf, der ihm mehr das Aussehen eines Friseurs gab, empfing seine vornehmen Gäste mit außerordentlicher Zuvorkommenheit, aber auch zugleich mit einer zurückhaltenden Würde, wie wenn er in seinem Hause überhaupt ein geringeres Publikum nicht aufzunehmen gewohnt sei. Durch eine ziemlich schmale Mauerthür und ein Orangengärtchen geleitete er sie in einen dunkeln, kühlen Hausflur eine ziemlich schmale Stiege hinauf auf ein flaches Dach und von diesem über eine steinerne Bogenbrücke und ebensolche Treppe, die von außen in das obere Stockwerk eines höher gelegenen Nebenhauses hinaufführte, in das ihnen bestimmte Zimmer. Es war ein hochgewölbtes Gemach, das sich durch die ganze Breite des Hauses hindurch erstreckte und sein Licht durch die hohen Glasthüren an beiden Enden empfing. Die hohe Tonnenwölbung der Decke war durch ziemlich wohlerhaltenen Stuckzierat im italienischen Barockstil, die Wände durch mehrere alte Porträts, meist kirchliche Würdenträger aus dem vorigen Jahrhundert darstellend, erfreulich belebt, und die spärlichen Möbel waren ebenso altertümlich wie

wacklig, das riesige Ehebett von ehrfurchtgebieten=
der Solidität. Der leise Moder= und Staub=
geruch, der den dämmrig kühlen, tunnelartigen
Raum erfüllte, war für den nervösen Nach=
empfinder ästhetischer Stimmungen nur ein eigen=
artiger Reiz mehr. Und Graf Dölsberg gab sich
sehr gern solchen Stimmungsreizen hin. Er war
ganz entzückt von diesem Schlafgemach, welches
eher dem Speisezimmer eines verarmten Nobile
glich, und fand es unvergleichlich viel interessanter,
als alle die eleganten Schlafgemächer der vor=
nehmen Hotels, die ihn bisher auf seiner Hoch=
zeitsreise beherbergt hatten. Seine gute Laune
kehrte zurück und er bestellte bei dem Wirt „ein
nettes kleines Abendessen nach Ihrem Gefallen
— nur daß Sie die vermicelli nicht vergessen.“

„In einer halben Stunde werden Excellenza
bedient sein,“ sagte der Lockenkopf mit einer ele=
ganten Verbeugung. „Ich werde die Ehre haben,
die Herrschaften hinunter zu begleiten.“

„Bravo, va bene!“ versetzte der Graf heiter
mit einer höchst vornehmen, entlassenden Hand=
bewegung.

Nun war er also wieder einmal mit seiner
hübschen Frau Lore allein. Mit einem gewissen
hoffnungsvollen Lächeln wandte er den Blick jetzt

ihr zu und sagte: „Nun, was meinst du, gnädige Frau? War das nicht doch eine gute Idee von mir, hier einzukehren?“

Sie zuckte geringschätzig die Schultern und schnüffelte mit dem feinen Näschen mißbehaglich umher. „Ich finde, dies ist eher ein Kartoffel= keller als ein Schlafzimmer. Ich glaube kaum, daß in diesem Jahrhundert schon einmal hier Staub gewischt wurde. Puh, eine Luft zum Er= sticken!“ Und sie schritt rasch auf die eine der beiden Flügelthüren zu, während der Graf ärger= lich enttäuscht stramm Kehrt machte und die ent= gegengesetzte Thür zu öffnen ging.

Beide blieben sie mit einem unwillkürlichen lauten „Ah!“, jeder in seiner Thüröffnung stehen, überwältigt von der herrlichen Aus= sicht, die sich ihren überraschten Blicken darbot. Sie sah sich gegenüber die gewaltige Felswand, an welcher die neue Kunststraße weißleuchtend sich hinschlängelte, sah von der Höhe der Straße bis hinunter zur Thalsohle die plumpen, fast fensterlosen Häuser und Häuschen übereinander getürmt, wirr ineinander geschachtelt, und end= lich von dem riesigen spitzen Winkel der schroffen Uferfelsen eingerahmt das Tyrrhenische Meer, begrenzt von dem breiten Glutstreifen des abend=

lichen Horizontes. Er genoß auf seiner Seite den Ausblick über das ganze steil ansteigende Thal, welches in nicht weiter Ferne in einer finsteren Felsenklamm zu endigen schien. Die Bergwand an seiner Seite fiel nicht gar so steil ab und war nicht so felsig wie auf der andern. Sie war ziemlich hoch hinauf terrassiert. Auf der breitesten dieser Terrassen, ziemlich tief unter seinem Standpunkt, lag die Kirche, ein großes Rondel mit einer flachen Kuppel und zwei sehr schlanken, schornsteinähnlichen Türmen an der Vorderseite, schon ganz minaretartig anzusehen. Und überall unter ihm und über ihm Platt=formen, Altane, flache Däche, auf denen singende, laut schwatzende Menschen sich der Abendkühle erfreuten, Steintreppen, Brücken und Mauern und innerhalb der Mauern Orangen= und Limonen=gärten, alte knorrige Feigenbäume an verfallenen Steintrümmern, alte arabische Säulengänge, von jungem Weinlaub hellgrün überdacht, und hie und da eine vereinzelte, hohe Pinie, die breite Krone wie einen schwarzen Sonnenschirm über einem Dache oder Fruchtgärtchen ausspannend.

Eine Viertelstunde wohl stand er, in Schauen verloren, über die Brustwehr der geräumigen Plattform gelehnt und lauschte den mannigfachen

Geräuschen, die an sein Ohr schlugen, dem eil=
fertigen Geläut der Abendglocken, dem Gebimmel
heimkehrender Ziegenherden, dem Singen, Lachen,
Schwatzen und Zanken meist unsichtbarer Men=
schen. Dann richtete er sich mit einem tiefen
Seufzer auf und schritt langsam durch das schon
fast ganz finstere, hallende Gemach auf das andre
flache Dach hinaus. Da saß seine junge Frau
auf der Brustwehr, unbeweglich wie eine Statue,
und schaute in den rasch dunkelnden Nachthimmel
hinaus, an welchem immer zahlreicher die Sterne
aufzuflammen begannen. Es wollte ihm, als er
absichtlich nahe an ihr vorbeistreifte, so vorkommen,
als schimmerten ihre schönen Augen feucht; allein
er konnte sich auch wohl täuschen, es war ja schon
so dunkel. Noch einmal versuchte er es, mit
einem leisen Seufzer ihre Teilnahme zu erwecken.
Vergebens. Sie glitt leicht von der Mauer hin=
unter und kehrte in das Gemach zurück. Sie
machte Licht — und bald hörte er sie Koffer auf=
schließen, packen und kramen, klappern und rascheln,
und im Waschwasser plätschern.

Nach einer halben Stunde holte sie der Wirt,
wie er versprochen, zum Nachtmahl herunter in
das kleine, ebenfalls kellerartig gewölbte Hono=
ratiorenstübchen.

Der Graf war ehrlich erstaunt über das in solcher Geschwindigkeit recht gut zubereitete Souper von mehreren einfachen, aber geschmackvoll zusammengestellten und sehr appetitlich servierten Gängen. Dabei war dieser drollige, dicke Friseurkopf Wirt, Koch und Kellner in einer Person. Graf Dietrich ließ sich besonders die fritti misti und die vermicelli alla napolitana vortrefflich munden, ebenso den vorzüglichen Capriwein, und entschädigte sich für die Einsilbigkeit seiner Gattin, die ein wenig mißtrauisch an dem Gebratenen und Gesottenen herumpickte, durch ein lebhaftes Gespräch mit dem ebenso aufmerksamen als bescheidenen jungen Wirte. Nach einigen einleitenden Worten warmer Anerkennung für das wohlgelungene pranzo ersuchte er ihn um Aufklärung über die Ursache des Volksauflaufs, dessen Zeuge er vorhin geworden war.

„Ah, Sie meinen die Scene vor dem Hause Rovelli," versetzte der Lockenkopf lebhaft. „Daß ihn die Pest.... oh, entschuldigen Sie, Signora! Die Leute haben wohl Ursache, auf diesen saubern Herrn Rovelli böse zu sein. Das Schlimmste dabei ist, daß er nicht nur der Großtuchhändler, Banquier, Wucherer und Halsabschneider Ettore Rovelli, sondern seit einem Jahre auch unser

Podesta ist. Sonst hätten sie ihn wahrscheinlich schon über der Thür seines eigenen Hauses auf= gehängt."

„Ah, per Bacco, das scheint interessant zu werden. Erzählen Sie doch!" rief der Graf lebhaft. (Durch häufiges Einstreuen von Aus= rufen wie per Bacco und Cospetto glaubte er seinem Italienisch einen besonders echten An= strich zu geben, gerade so wie jene deutschen Federlinge, welche ihre Romane in Hesperien spielen lassen, ohne jemals dort gewesen zu sein.)

Der Lockenkopf entschuldigte sich für eine Minute und enteilte in die Küche, um einen neuen Gang anzurichten. Aber es drängte ihn selbst, die aufregende Affaire seinen Gästen klar zu machen, und noch während er den blanken Zinndeckel von der dampfenden Schüssel abhob und der Gräfin den mit Gemüsen hübsch garnierten Braten präsentierte, begann er zu erzählen: „Also, Eccellenza müssen wissen, daß wir übermorgen am 22. Mai das Fest der Schutzpatronin unserer Stadt, der Santa Elena, begehen. O, ich kann Euer Gnaden sagen, es dürfte wohl nicht viele arme Städtchen unserer Größe im vereinigten Königreiche geben, die ein solches Fest zu stande bringen wie wir. Von der ganzen Küste strömen die Leute am Zweiundzwanzigsten hier bei uns zusammen. Von Amalfi kommen sie, von Sa=lerno, ja seit wir die neue Straße haben, kommen sogar von Napoli her feine Herrschaften die Menge. Wir lassen's uns aber auch Arbeit und Geld genug kosten, unsere allerheiligste Patronin würdig zu feiern. Für Feuerwerk allein wurden in diesem Jahre zwölfhundert Lire bewilligt. Da mußte natürlich das ganze Jahr dazu gespart und geknausert werden. Und unsere musikalischen jungen Leute, Schuster=, Schneider= und Tuch=machergesellen, die üben seit Monaten jeden Abend, und ich sage Ihnen: jetzt können sie sich getrost neben mancher Musikkapelle einer größeren Stadt hören lassen. Wir haben aber auch Ur=sache, uns für unsere Santa Elena ganz be=sonders anzustrengen. Denn unsere Kirche hat die Ehre, ein uraltes Kleinod zu besitzen, um welches uns das ganze christliche Morgen= und Abendland beneiden, nämlich eine echt silberne Büste der Heiligen im kaiserlichen Ornat, mit Edelsteinen reich verziert und mit einer echt goldenen Krone auf dem Haupt. Wie gerade unsere Kirche zu dieser kostbaren Reliquie ge=langte und wie es kommt, daß wir den Todes=tag und nicht den Geburtstag am 18. August

feiern, das ist eine verwickelte alte Geschichte, die
ich nie habe behalten können. Aber es giebt
sogar eine Schrift darüber, von unserm jetzigen
Herrn Erzbischof verfaßt, und wenn Euer Gnaden
sich dafür interessieren ....."

„Nein, nicht besonders," warf der Graf
lächelnd ein. „Lassen wir das auf sich beruhen.
Erzählen Sie mir lieber, was der Herr Rovelli
— so hieß er ja wohl — mit Ihrer Santa
Elena zu schaffen hat."

„Ach, Eccellenza," versetzte der kleine Mann
mit drollig bekümmerter Miene, „das ist eine
Geschichte .... Man schämt sich wirklich, Mit=
bürger eines solchen gottvergessenen Schuftes zu
sein. Unsere Kathedrale — verzeihen Sie, wir
sind etwas eitel und nennen die Kirche der Santa
Elena eine Kathedrale — stammt noch aus der
Sarazenenzeit, und da ist es wohl kein Wunder,
daß sie baufällig wird. Schon vor zehn Jahren
sagten die Sachverständigen, daß es lebens=
gefährlich sei, hineinzugehen. Die Kuppel müßte
über lang oder kurz sicher einmal zusammen=
brechen, wenn nicht schleunigst eine gründliche
Reparatur vorgenommen würde. Aber wie das
so zu gehen pflegt in so armseligen Städtchen,
das Geld dafür war nicht aufzubringen, und so

empfahl man sich denn dem Schutze des lieben Herrgotts und der Fürbitte der Santa Elena und ließ den Umbau unausgeführt, bis einmal ein großer Stein von der Decke fiel und ein altes Weib erschlug. Jetzt bekamen wir natürlich Angst und die Sache wurde energisch in Angriff genommen. Die Kirche that ihren Säckel auf, und weil gar so wenig darin war, so bettelte sie in der Stadt und im Lande herum. Die Bürgerschaft leistete ihr Möglichstes, Seine Heiligkeit der Papst gab etwas dazu und viele fromme Leutchen in der Umgegend steuerten ihr Scherflein bei; aber das reichte alles noch lange nicht. Es blieben noch über zwanzigtausend Lire aufzubringen. Das war so vor nun fünf Jahren. Da erbot sich der reichste Bürger unserer Stadt, der Großtuchhändler Rovelli, die fehlende Summe vorzustrecken, wenn wir ihn zum Podesta wählen und die Kirche ihm die silberne Büste der Heiligen zum Faustpfand lassen wollte. Was blieb uns in unserer Not anderes übrig, als auf seine Bedingungen einzugehen. Wir sind alle ehrliche Leute hier, Eccellenza, mehr oder weniger, und der besagte Rovelli, der alte Geizhals und Wucherer, ist ohne Zweifel der ausgemachteste Schuft, den unser gutes Städtchen beherbergt. Aber das Geld hat eben überall, Gott sei's geklagt, in dieser Welt die Macht für sich. Der Teufel sitzt in jedem Goldstück, in jedem Bankbillet, und die Börse ist der große Hexenkessel, den der Satan mit seinem Kochlöffel umrührt. Hab' ich nicht recht, Eccellenza?"

„Gewiß habt Ihr recht, mein Freund," bestätigte kräftig Graf Dietrich, indem er seine schmollende Gattin, die Tochter des Kommerzienrats, mit einer gewissen Schadenfreude von der Seite ansah. „Ihr habt also eure gediegene heilige Helene regelrecht versetzt, wenn ich recht verstanden habe."

„Ja, Gott sei's geklagt, so ist es. Signor Rovelli hat den Schlüssel zum Heiligenschrein in seinem verdammten Geldschrank sicher verwahrt und giebt ihn zum 22. Mai nur unter der Bedingung heraus, daß die Zinsen und die Abzahlung auf das Kapital pünktlich geleistet worden sind. Bisher sind wir ja auch unseren Verpflichtungen noch immer nachgekommen, aber es sind gar zu schlechte Zeiten jetzt. Unser Tuchhandel liegt durch die Konkurrenz darnieder und die Steuern drücken uns schwer, Euer Gnaden. Da ist es uns denn heuer unmöglich gewesen, die volle Summe zusammenzubringen. Es fehlen noch etwa tausend Lire. Was sind tausend Lire für einen reichen Mann wie Rovelli! Aber es ist ihm durch keine Bitten beizukommen. Er rückt den Schlüssel nicht heraus, der hartgesottene Schuft. Mit Drohungen von Gewalt ist erst recht nichts auszurichten; denn der Mann ist doch zugleich unser Podesta und könnte uns das übel heimzahlen. Die Weiber und die Geistlichkeit haben sich auch schon hinter seine junge Frau gesteckt — ich sage Ihnen, Eccellenza, das schönste Weibchen weit und breit, ein wahrer Engel — natürlich, mit Geld kann man sich ja alles kaufen! Er ist verliebt wie ein Kater, der alte Halsabschneider. Aber wenn sich's ums Geld handelt, hat Signora Elena auch keine Macht über ihn. Denken Sie sich, Eccellenza, sie heißt auch Elena, wie unsere heilige Patronin, und übermorgen ist ihr Geburtstag. Aber das rührt ihn alles nicht, den protzigen Schuft!"

Tief aufseufzend räumte der treffliche Wirt, Koch und Oberkellner „Zum goldenen Engel" die Tafel ab und setzte zum letztenmal neue Teller für den Nachtisch hin, die üblichen Orangen, Feigen und nespoli.

„Und was wird nun werden aus dem Feste?"

fragte der Graf. „Hättet Ihr nicht lieber die tausend Lire für das Feuerwerk sparen und dafür die Schuld bezahlen sollen?“

„O, da kennen Eure Gnaden unsere Leute schlecht!“ rief der Lockenkopf. „Die Frömmigkeit allein thut’s nicht, noch die Musik und die weiß= gekleideten Mädchen und die Blumen. Wenn es nicht vom Morgen bis in die Nacht hinein knallt, daß einem die Ohren gellen und der Pulverdampf das ganze Thal erfüllt, so ist es kein richtiges Kirchenfest. Die Feier wird eben in der Kirche vor dem verschlossenen Schrein stattfinden müssen, und die Prozession, das Schönste, was man über= haupt sehen kann, wird ausfallen. Aber die banda wird spielen, und das Feuerwerk wird abgebrannt werden, sonst könnten wir uns auf eine kleine Revolution gefaßt machen. Das Schlimmste ist die Schande, Eccellenza, die Schande vor den fremden Gästen, die herbei= strömen werden und uns verspotten, weil wir unsere Heilige versetzt haben und nicht einlösen können. Hol’ der Teufel den Podesta!“

„Amen!“ bekräftigte Graf Dietrich und hieß den Wirt sich auch ein Glas einschenken und mit ihm darauf anstoßen. Dann steckte er sich eine Cigarre an, um noch einen einsamen nächtlichen

Spaziergang zum Meere hinunter zu machen, während seine Gattin, Müdigkeit vorschützend, sich auf ihr Zimmer zurückzog und den vergeblichen Versuch machte, ihr junges eheliches Herzeleid über der Lektüre eines französischen Romans zu vergessen.

* * *

Schon um halb sieben Uhr öffnete am anderen Morgen Graf Dietrich die hölzernen Thürläden und trat auf jenen Altan hinaus, der die Aussicht nach dem Meere hatte. Die junge Frau schlief noch oder that wenigstens, als ob sie schliefe. Mit leicht gerunzelter Stirn, die frischen Lippen ein wenig geöffnet, die Mundwinkel kindlich schmollend verzogen, lag sie da in dem gewaltigen Bett, den linken Arm über dem Kopfe mit dem wirr gelösten dunklen Haar, fast in der Stellung der schlafenden Ariadne im Vatikan. Es hatte dem jungen Ehemann keine geringe Überwindung gekostet, sie nicht mit zärtlichsten Küssen aufzuwecken. Er ahnte wohl, daß sie in Wirklichkeit ebenso wach sei wie er selber; aber warum kam sie ihm nicht entgegen, warum hatte sie ihm gestern Abend so kalt getrotzt! Er wollte nicht schwach sein und sich vielleicht auf Lebenszeit das Recht des Stärkeren verscherzen.

Tiefblau lachte der Himmel, tiefblau das weite Meer. Es lachte das goldene Feuer der Sonne und aus dem dunkeln Laube in den Gärten zwischen den hohen Mauern kicherten die gelben Bälle der Limonen und Orangen hervor. Und Graf Dietrich blinzelte mit finster gerunzelter Stirn in die blendende Weite hinaus, nagte an den Lippen und zerrte mit nervösen Fingern an seinem Schnurrbart. Wie kindlich glücklich hätten sie all die Herrlichkeit miteinander genießen können, wenn nicht dies eigensinnige junge Geschöpf .... Ach, das war doch fast schon zum Verzweifeln! Wie sollte das enden, wenn dies der Anfang war! Und er hatte sich doch mit jedem Flitterwochen=tage mehr in seine junge Frau verliebt!

Er rauchte ein paar Cigaretten hintereinander und schritt in ernstem Sinnen, in düsterem Grollen auf der geräumigen Plattform hin und her. Dann schlich er sich auf den Zehen wieder ins Zimmer hinein. Lore lag noch immer im Bett; allein sie hatte den schönen Kopf auf den Arm gestützt und starrte mit weit offenen, thränenerfüllten Augen in das öde, dämmerige Gemach hinein. Ja, wirklich, sie weinte! Das hatte er noch deut=lich gesehen, obwohl sie sich bei seinem Eintritt auf die andere Seite herumgeworfen hatte.

„Guten Morgen, Lore — — willst Du mir nicht wenigstens guten Morgen sagen?"

„Guten Morgen!"

Und weiter nichts! Er konnte sich nicht enthalten, mit dem Fuße aufzustampfen. Dann ergriff er seinen Krimstecher und trat auf den andern Altan hinaus, die Thür ziemlich unsanft hinter sich schließend.

Das bunte Durcheinander der Häuser, Gäßchen und Gärten lag noch im Schatten der Bergwand. Aber die Menschen wachten schon lange und der gedämpfte Schall des lebhaften südlichen Straßenbetriebes erfüllte die frische Morgenluft. Esel brahlten, Maultiere, Drei- und Viergespanne, die steilen Straßen hinaufkeuchend, schüttelten klirrend ihre Schellen, Verkäufer aller Art ließen ihren eintönigen Singsang kräftig ertönen. Vor den Hauthüren oder auch auf den Dächern und in den Höfen waren fleißige Handwerker geräuschvoll bei der Arbeit. Einen Schmied, zwei Schuster und einen Schreiner konnte er von seinem Standpunkt aus beobachten. Aus nächster Nähe wurden helle Kinderstimmen laut, und als er sein Glas nach der Richtung hinwandte, entdeckte er auf einer Plattform, vielleicht fünfzig Schritt entfernt und etwa in gleicher Höhe mit der seinigen, drei auffallend sauber gekleidete Kinderchen, welche zwischen zwei und sechs Jahr alt sein mochten. Das älteste, ein Mädchen, saß auf einem Stühlchen und hielt das jüngste auf dem Schoße, es ernsthaft zur Tugend ermahnend, wie es schien. Graf Dietrich glaubte, sein Lebtag noch kein so schönes Kind gesehen zu haben. Er war völlig hingerissen und ließ das Fernglas nicht von den Augen. Das gütliche Zureden des ehrbaren Schwesterchens schien auf Baby keinen Eindruck zu machen. Es strampelte immer ungebärdiger mit den Beinchen und brach schließlich gar in ein durchdringendes Geschrei aus. Da öffnete sich eine Thür und auf das Dach hinaus trat ein junges Mädchen von zierlicher Gestalt in einem hellen, geblümten Kattunrock und einem losen, weißen Jäckchen, über welches das üppige schwarze Haar aufgelöst herabfiel. Sie nahm das schreiende Kind auf den Arm, putzte ihm die Nase, küßte es und tänzelte singend mit ihm auf und ab, bis es sich zu beruhigen begann, und dann trat sie an die Brüstung und machte es auf allerlei merkwürdige Dinge ringsumher aufmerksam, um seinen Geist von der Ursache seines großen Leides abzulenken.

Hatte Graf Dietrich schon das Kind bewundert,

so geriet er über das himmlische Gesichtchen, welches aus dem rabenschwarzen Rahmen der üppigen Haarfülle in zarter Blässe herüberleuch= tete, vollends in Entzücken. Sein ausgezeichnetes Glas ließ ihn sogar die weißen Zähne erkennen, wenn sie den Mund öffnete, und die Grübchen in ihren kindlich weichen Wangen, wenn sie lächelte. War das die älteste Schwester der Kleinen oder vielleicht gar ihre Mutter? Nein, das war wohl nicht möglich. Sie konnte kaum älter sein als sechzehn Jahre.

Da! Jetzt wandte sie das Gesichtchen ihm voll zu, jetzt blickte sie gerade zu ihm hinüber. Himmel, was für Augen! — O weh, sie hatte den dreisten Beobachter entdeckt und rasch, gekränkt wie es schien, wandte sie sich ab und trat mit dem Kind auf dem Arm ins Haus zurück.

„Ah, wie schade!" sagte der Graf ganz laut und setzte den Feldstecher auf die Brüstung. Dann zündete er sich von neuem eine Cigarette an und träumte verlorenen Blicks in den köst= lichen Morgen hinein. Von Zeit zu Zeit spähte er immer wieder nach jenem Altan hinüber. Die beiden größeren Kinder waren allein. Sie holten sich ihre Stühlchen herbei, um über die Brüstung hinüberschauen zu können. Der fremde blonde

Herr schien ihnen jetzt ebenso merkwürdig zu sein, wie ihre dunkle Schönheit vorher ihm gewesen war. Graf Dietrich winkte ihnen zu. Da stießen sie sich an und tuschelten miteinander. Und dann warf er ihnen gar Kußfinger zu, eine Artigkeit, welche die Älteste nach einigem Zögern erwiderte. Und dann lachten die Kinder über ihr kleines Abenteuer und liefen davon, wahrscheinlich um es der Mutter zu erzählen. Gleichzeitig trat die junge Schöne wieder heraus, in der Zwischenzeit zierlich frisiert. Die Kinder hingen sich an ihre Kleider und schwatzten, mit den Fingerchen hinausdeutend, auf sie ein. Lächelnd blickte sie auf — und lächelnd verbeugte sich Graf Dietrich mit einer sprechenden Geste, welche besagen sollte: „Entschuldigen Sie — aber die Kleinen sind gar zu reizend.“

Jetzt noch weiter durch den Feldstecher hinüberzustarren, wäre unartig gewesen. Aber das konnte ihm niemand verwehren, beim Auf= und Abwandeln jedesmal langsamer auf die reizende Nachbarschaft hin= und rascher von ihr wegzuschreiten. Die Schöne setzte sich mit einer Näherei draußen hin und die Kinder spielten um sie herum. Es war ein reizender Anblick, so reizend, daß der Graf darüber seines Herzeleides und selbst seines Frühstückshungers schier vergaß.

Da legte sich eine Hand auf seinen Arm und er fuhr erschrocken wie ein ertappter Sünder aus seiner träumenden Betrachtung auf.

„Wonach schaust du denn gar so eifrig aus?" fragte Gräfin Lore mit leichter Ironie. Ihre Stimme klang immer noch kalt und unfreundlich wie gestern Abend und ihre Miene war noch ebenso trotzig herb.

Das ärgerte den Grafen und mit absichtlich übertriebenen Ausdrücken, um womöglich ihre Eifersucht zu reizen, schilderte er die Entdeckung seines entzückenden Gegenübers. Sie hob den Feldstecher an ihre Augen, blickte ziemlich lange ungeniert hinüber und sagte dann, indem sie das Glas sinken ließ, halb mitleidig: „Sonderbarer Geschmack! — Wollen wir nicht zum Frühstück hinuntergehen?"

Er machte ihr eine förmliche kleine Verbeugung und geleitete sie in das Gastzimmer hinunter.

„Wissen Sie, Don Pasquale," wandte sich während des Frühstücks der Graf an den lockenköpfigen Wirt — er hatte aus dem Fremdenbuch ersehen, daß er den schönen Namen Pasquale Scoppa führte —, „wissen Sie, Don Pasquale, daß hier in Ihrer nächsten Nachbarschaft eine hervorragende Schönheit zu Hause ist? Wenn es noch mehr so schöne Mädchen im Städtchen giebt, dann sehe ich mich genötigt, unbedeckten Hauptes durch Ihre Gassen zu spazieren. Denn ich habe einen großen Respekt vor der Schönheit."

Der Lockenkopf verbeugte sich graziös, wie wenn ihm selber das Kompliment gegolten hätte, und sagte: "Eccellenza sind sehr gütig. Wir haben allerdings ein paar hübsche Mädchen im Ort. Aber ich wüßte nicht, welche von ihnen Euer Gnaden hier in der Nähe gesehen haben könnten."

Graf Dietrich beschrieb ihm die Örtlichkeit so gut es gehen wollte. Er hatte kaum der drei Kinder Erwähnung gethan, als Signor Pasquale ihn lebhaft unterbrach: "Ah, das kann niemand anders sein als Signora Rovelli selbst."

"Ist es möglich? Aber sie sah aus wie ein junges Mädchen von sechzehn Jahren!"

"Ganz recht! Sie sieht auch sehr jung und mädchenhaft aus. Es kann gar keine andere gewesen sein als Signora Elena. Denn außer ihr sind nur alte Weiber im Hause."

"Corpo di Bacco!" rief der Graf begeistert aus und schnippte dazu laut mit den Fingern. "Nun, dann erkläre ich feierlich: Für einen Kuß

von diesem Engel wäre ich bereit, ihrem Scheu=
sal von Mann die fehlenden tausend Lire aus
eigener Tasche zu bezahlen."

„Eccellenza belieben wohl zu scherzen," sagte
Signor Scoppa ungläubig lächelnd.

„Und zwar etwas unpassend zu scherzen,"
fügte die Gräfin leise auf deutsch hinzu.

Graf Dietrich that, als habe er ihre Bemer=
kung gar nicht gehört, und versicherte nachdrück=
lich, es sei ihm durchaus ernst mit seinem An=
erbieten. Übrigens sei es ihm nicht nur um
den Kuß allein, sondern auch darum zu thun,
das Sankt Helenenfest in seiner ganzen unge=
trübten Pracht und Herrlichkeit zu genießen.

Es versteht sich, daß Don Pasquale den Gast,
der tausend Lire für einen Kuß zu geben bereit
war, sofort um einige Stufen in seiner Hochach=
tung steigen ließ, und mochte es ihm nun damit
wirklich ernst sein oder nicht, jedenfalls dieser
seiner Hochachtung in der Rechnung entsprechenden
Ausdruck zu geben beschloß.

Gräfin Lore fand den Kaffee im „Goldenen
Engel" viel zu stark. Sie hatte einen ganz roten
Kopf davon bekommen. Oder sollte sie vielleicht …?
Aber nein, sie erklärte ganz entschieden, daß es
von dem Kaffee herrühre. Sie hatte auch gar

keine Luft, in der Mittagshitze die steilen Straßen
und Treppen hinauf und hinab zu klimmen oder
gar die Berge hinaufzusteigen, wie ihr Gatte
vorschlug. „Ich will dir auch in deiner Jagd
auf Schönheiten nicht hinderlich sein,“ fügte sie
zum Schlusse spitz hinzu. „Amüsiere du dich auf
deine Art, ich werde den Vormittag benutzen, um
einmal ausführlich“ (mit aufsteigenden Thränen)
„an meine Mutter zu schreiben.“

„Bitte, mich der Frau Kommerzienrätin zu
Füßen zu legen,“ versetzte der Graf mit schlecht
verhohlenem Ingrimm und verließ mit einer
förmlichen Verbeugung das Zimmer.

Er hatte gehofft, daß Leonore ihm wegen
seiner kostspieligen Küßlust heftige Vorwürfe
machen, daß es eine regelrechte, gesunde eheliche
Scene mit Thränen und allem Zubehör geben
werde, und dann hatte er ihr sanft zureden und
sie zwingen wollen, ihr Unrecht einzusehen. Es
wäre eine so herrliche Gelegenheit zu einer ge=
rührten Versöhnung gewesen — und nun wieder
diese vornehme Zurückhaltung, diese kühle Malice!
Aber oho! Er wollte ihr schon zeigen, daß er der
Stärkere sei, daß er sich nicht durch Weiberlaunen
ins Bockshorn jagen lasse.

Vor der Hausthür traf er den Wirt in an=

scheinend erregtem Gespräch mit etlichen behäbigen älteren Männern, die gar sorgenvoll dreinschauten. Don Pasquale schritt rasch auf ihn zu und teilte ihm flüsternd mit, daß diese würdigen Honoratioren soeben von einem neuen Bittgange zu dem verwünschten Podesta zurückkehrten, daß aber wieder alle Vorstellungen und Versprechungen vergeblich gewesen wären. Bar Geld, nur ganz allein bar Geld vermöchte ihm den Schlüssel zum Heiligenschrein aus der Tasche zu locken, hatte ihnen der Geizhals erwidert. „Dürfen wir wirklich annehmen," schloß Pasquale, „daß es Euer Gnaden ernst ist mit dem Kuß?"

„Mein Ehrenwort!"

„Ah, wirklich! Aber ich weiß nicht, ob die gnädige Frau uns vorhin verstanden hat. Es könnte doch . . ."

„O, meine Frau hat sehr gut verstanden, aber sie ist gar nicht eifersüchtig."

Pasquale zog die Augenbrauen hoch und lächelte über sein ganzes volles Gesicht. „Ah, wie sind die deutschen Ehemänner zu beneiden — ich bitte um Verzeihung, Eccellenza. Sie gestatten mir also, Ihre Bedingungen . . ."

„Um Gotteswillen, bringen Sie die Geschichte nicht in der Stadt herum!" fiel der Graf rasch ein. „Sie haben doch hoffentlich nicht schon diesen Herren erzählt . . .“

„Nein, nein, gewiß nicht! Was denken Euer Gnaden von mir!“ rief der Lockenkopf mit Emphase. „Aber es wird schwer sein, an Signora Elena heranzukommen. Der Alte darf natürlich nichts davon wissen. Er würde in eine schöne Wut geraten! Und er hält sein Weibchen eingesperrt wie so ein Pascha. Kaum daß er ihr erlaubt, allein in die Kirche zu gehen.“

„So, so! Und was glauben Sie, würde Donna Elena dazu sagen?“

Der Wirt lächelte fein: „O, es geschieht ja um der Heiligen willen!“

· „Gewiß, gewiß!“ lachte der Graf. „Alle weltlichen Nebengedanken sind ausgeschlossen! Nun sehen Sie zu, was Sie mit Wahrung der nötigen Diskretion ausrichten können. Um halb ein Uhr bin ich zur collatione wieder zurück.“

Während Graf Dietrich im Schweiße seines · Angesichts in der alten Sarazenenstadt herumkletterte und Gräfin Leonore mit heißen Wangen und nassen Augen an ihre gute Mutter schrieb, war Don Pasquale nicht müßig. Zunächst einmal teilte er den fünf Ehrengreisen, Würdenträgern der Stadt, unter dem Siegel tiefster

Verschwiegenheit das großmütige Anerbieten des
Fremden mit. Die machten Gesichter! Der=
gleichen war ihnen denn doch noch nicht vorge=
kommen. Tausend Lire für einen Kuß! Iddio
lo sa! Diese Fremden müssen doch ausgemachte
Narren sein. Aber immerhin, welch ein Glück
für ihr schönes Vaterland, daß sie solche Narren
sind! Ob es die schöne Elena wohl thun würde?
Perchè no, warum auch nicht? Der Deutsche
war ein vornehmer Herr, ein schöner Mann, un
gentiluomo molto simpatico. Abgesehen davon,
daß der blonde, stattliche Conte sich zweifelsohne
angenehmer küssen ließ, als der gräuliche, alte,
meist dazu noch schlecht rasierte Ettore Rovelli,
war es doch ihre verfluchte Pflicht und Schuldig=
keit, als Frau Bürgermeisterin zum Besten der
Stadt und zu Ehren der allerheiligsten Kaiserin
Helena ein kleines Opfer zu bringen!

Mit dem Lockenkopf an der Spitze setzte sich
nach gepflogener Beratung der kleine Trupp in
Bewegung nach dem Hause des bösen Schlüssel=
bewahrers. Sechs Mann hoch Einlaß zu finden
in die wohlverwahrte Feste des Podesta und
gar bis zu der Schönen selbst vorzudringen, war
ein Ding der Unmöglichkeit. Das sahen sie wohl
ein. Sie teilten sich daher in Rotten zu je Zweien

ab, um von den Gärten oder Dächern der Neben=
häuser aus wenigstens in die Nähe jenes Daches
zu gelangen, auf welchem Donna Elena zuletzt
gesehen worden war. Fast gleichzeitig erreichten
die drei Rotten ihre Beobachtungsposten, zwei
Greise zur Rechten, zwei Greise zur Linken und
der fünfte samt dem Lockenkopf der Rückseite des
Hauses gegenüber. Die beiden letzteren standen
allerdings hinter der Mauer eines Orangen=
gärtchens und konnten nicht auf das Dach hin=
aussehen, obwohl das Gärtchen um eine Ter=
rassenstufe höher lag, also etwa in halber Höhe
des Hinterhauses, zu dem das Dach gehörte.
Aber der schlaue Pasquale schaffte bald Rat.
Mit Unterstützung seines würdigen Begleiters
erkletterte er einen der höchsten und kräftigsten
Orangenbäume dicht an der Mauer. So geriet
er wenigstens ungefähr auf gleiche Höhe mit der
Brüstung des Daches. Darüber hinwegschauen
konnte er freilich nicht, aber er begann auf gut
Glück mit vorsichtigem Pst, pst! eh und olà! zu
locken. Und als er vorgestreckten Halses, ganz
Auge und Ohr, das Ergebnis abwartete, da
vernahm er auch von rechts und links ein gleiches
Pst, pst! Die andern Mittelsmänner waren also
auch am Werk. Da tauchte etwas Weißes über

dem Rand der Brüstung empor ... Mit einem kühnen Satz sprang Pasquale zurück und drückte sich, seinen Begleiter mit sich reißend, an die Mauer. Er hatte das alte Galgenvogelgesicht des Podesta erblickt.

„Was giebt's denn da? Was soll denn das? Wartet, böse Buben, ich will euch schon fassen!" So schimpfte der Alte, während die Schuld=bewußten sich schleunigst entfernten. Ein paar Minuten später trafen die sechs wieder auf der Straße zusammen und kratzten sich die Köpfe: Was nun? So ging es nicht. Sie beschlossen endlich, sich direkt an die hohe Geistlichkeit zu wenden.

Der würdige Padre Sebastiano konnte sich nicht enthalten, nach dem Bericht, den Don Pas=quale ihm erstattete, seinem Erstaunen durch et=liche recht weltliche Ausrufe Ausdruck zu geben. Er ließ sich noch zu wiederholten Malen von den sechs Abgesandten auf das nachdrücklichste bekräf=tigen, daß der vornehme Fremde sich nicht etwa nur einen schlechten Scherz erlaubt habe. So=dann lehnte er sich in seinem altväterischen, zer=schlissenen Polsterstuhl bequem zurück, schlug die violett bestrumpften Beine übereinander, nahm eine Prise und unterzog den seltsamen Fall einer

reiflichen Erwägung, während die würdige Ge=
sandtschaft im Halbkreis um ihn herum saß und
mit einer gewissen ängstlichen Spannung in seinen
Mienen zu lesen suchte.

Zunächst rückte sich Vater Sebastian das
Käppchen nach dem linken Ohr zu und kratzte
mit bedenklich hochgezogenen Brauen seine rechte
Schädelhälfte. Dann rückte er das Käppchen
wieder gerade, faltete die großen Hände über
seinem liebenswürdigen Bäuchlein und begann
die Daumen umeinander zu drehen. Aber nicht
lange blieb er ernsthaft. Es begann erst leise
um seine Mundwinkel zu zucken — indem er
nämlich der mancherlei lieblichen Opfer gedachte,
so unterschiedliche heilige Frauen zu höherem
Ruhme der Kirche in alter und neuerer Zeit ge=
bracht hatten — und schließlich brach der alte
Herr gar in ein lautes, behagliches Lachen aus.
„Eine pudelnärrische Geschichte!“ rief er einmal
über das andre, indem er dabei den grauen Kopf
schüttelte und sich vergnüglich die Hände rieb.
„Ihr wißt wohl, meine Freunde, heute Abend
gegen sechs Uhr kommt unser Herr Bischof hier
an. Bis dahin müssen wir versuchen, die Ge=
schichte ins Reine zu bringen. Ich denke, ich
nehme es auf mich. Der Herr Bischof wird mir

schon Absolution erteilen. Mein Gott, heißt es doch schon: Ein Küßchen in Ehren kann niemand verwehren! Und wenn es nun gar dazu dienen soll, unsre liebe Frau aus dem Gefängnis zu befreien! Für tausend Francs könnte ich mich sogar entschließen, dem Herrn Podesta selber einen Kuß zu geben. Er wird kein Unmensch sein, wenn er gutes Geld sieht.“

„O heilige Barmherzigkeit!“ rief eines der alten Männlein erschrocken. „Hochwürdigster Herr, Ihr gedenkt doch nicht etwa, dem Podesta selber den Vorschlag zu unterbreiten?“

„Ja, wem denn sonst?“ versetzte der geistliche Herr. „Er ist doch nun einmal der Herr und Gatte, der über Signora Elenas Lippen zu verfügen hat.“

„Dann ist alles verloren,“ fiel Pasquale bekümmert ein. „Sein Geiz ist stark, aber seine Eifersucht ist noch stärker. Glaubet mir das, hochwürdiger Vater!“

Und die fünf Ältesten nickten, ernsthaft bestätigend.

Jetzt wurde Padre Sebastiano denn doch bedenklich. „Hm, hm! Ihr meint also, ich sollte heimlich mit der schönen Frau verhandeln, ei, ei!“ Er nahm eine neue Priese, sann ein klein

Weilchen nach, sprang dann endlich energisch auf
die Füße und rief mit einem komischen Seufzer:
„Gott steh' mir bei! So soll ich mir auf meine
alten Tage noch einen Kuppelpelz verdienen! Aber
was thut man nicht seiner allerheiligsten Pa=
tronin zu liebe! Ich will mich sofort auf den
Weg machen."

Die sechs Männer bedankten sich ehrerbietigst,
wußten sie doch nun die Angelegenheit in besten
Händen, bieweilen Vater Sebastian dafür be=
kannt war, daß er mit seiner sanft einschmeicheln=
den Rede die Weibsen alle um seinen Finger zu
wickeln verstand. Sie gingen zufrieden heim, um
den Ihrigen mit geheimnisvoller Miene zu ver=
künden, daß nun doch Santa Elenas Schrein
sich noch rechtzeitig öffnen werde.

Sobald die Gesandtschaft das Feld geräumt
hatte, warf sich Vater Sebastian in seine neueste
Sonntagssoutane, bürstete den kanonischen Filz=
hut mit besonderer Sorgfalt glatt und machte
sich auf den Weg. Er wählte absichtlich die ein=
samsten Gäßchen, die steinigsten Kletterpfade
zwischen hohen Mauern, um unterwegs nicht
aufgehalten zu werden und möglichst unbemerkt
das Haus des Podesta zu erreichen. So ganz
klar war er sich über seinen Kriegsplan noch

nicht. Es half ihm auch nichts, daß er unter=
wegs mehrmals stehen blieb, um zu überlegen.
So hatte er denn wenig auf den Weg geachtet
und kam schließlich um einige Terrassenstufen höher
am Berge vor das Rovellische Hinterhaus, als er
beabsichtigt hatte. Doch hatte der Irrtum immer=
hin den Vorteil, daß er von seinem erhabenen
Standpunkte aus auf das Hinterdach herabsehen
und feststellen konnte, daß Signora Elena daheim
war. Sie saß wieder wie am frühen Morgen
mit einer Näharbeit beschäftigt und ihre drei
Kleinen spielten um sie herum. Auf Umwegen
gelangte er nun in den nämlichen Fruchtgarten, in
dem vorhin Pasquale Scoppa auf der Lauer ge=
legen war.

In dem Garten war um die heiße Mittags=
stunde niemand anwesend. Es war ganz einsam
rings umher. Er durfte also wohl wagen, sich
Frau Elena bemerklich zu machen. Aber er war
ein kleiner Mann und die Gartenmauer war
hoch. Da blieb ihm denn freilich nichts anderes
übrig, als auf einen Baum zu klettern, just so
wie vorhin der Lockenkopf. Freilich war ihm ein
bißchen bange um seine neue Soutane, und
dann — wenn man ihn hier sähe! Er lachte
leise vor sich hin: „Du lieber Gott, das hätte

ich mir auch nicht träumen lassen, daß ich im Dienste meiner lieben heiligen Frau noch einmal auf solche Bubenstreiche verfallen würde!"

Und dann begann er sich vorsichtig zu räuspern und mit leisem „Pst! Eh! Olä!" sein Heil zu versuchen. Allein niemand hörte ihn. Da wurde der ehrwürdige Vater zuletzt un=gebuldig, pflückte eine Apfelsine und warf sie mit bemerkenswerter Geschicklichkeit auf das Dach hinüber.

Alsbald erhob sich da drüben lautes Kinder=geschrei. O du gütiger Himmel, sollte er am Ende in seinem heiligen Eifer eines der un=schuldigen Würmlein zu Schaden gebracht haben? Eine schöne Bescherung, wenn ihn der grimmige Podesta etwa gar hier abfaßte und wegen Körper=verletzung vor Gericht zog! Glücklicherweise war die Frucht sehr reif und weich gewesen.

Nun vernahm er auch die tröstende Stimme der jungen Mutter. Das Wehgeschrei ließ nach und im nächsten Augenblick schon tauchte Frau Elenas liebliches Gesicht über der Brustwehr auf, um nach dem Urheber so heimtückischer Bosheit auszuspähen.

„Wer war das? Böse Buben ihr, wollt ihr wohl . . ." begann sie mit drollig sanfter Stimme zu schelten. Aber da stockte sie schon. Denn sie hatte den guten Padre, ihren verehrten Beicht= vater, erblickt, wie er, ein ansehnliches Häuflein pechschwarzen Unglücks, da drunten im grünen Wipfel hockte und ihr etwas verlegen lächelnd mit seinem Nebelspalter eifrig zuwinkte.

„Seid mir gegrüßt, meine Tochter!" rief er gedämpften Tones hinauf. „Ich muß Euch not= wendig sprechen, ohne daß Euer Gatte etwas davon merkt. Sind wir sicher, daß wir hier nicht belauscht werden?"

„Nein, gar nicht, mein Vater!" gab ihre sanfte Stimme klagend zurück. „Ich bin nie und nir= gends sicher vor ihm, und besonders heute nicht: er behauptet, es hätte vorhin schon einer da im Baum gesessen und heraufgewispert. Wart Ihr das auch, mein Vater?"

„Nein, meine Tochter, das war der goldene Engel, ich meine den Scoppa, den Lockenkopf, hehe!"

„O du heilige Barmherzigkeit!" rief die kleine Frau ganz verwirrt und schlug ihre Händchen ineinander mit einem hilflosen Blick nach oben. „Was will man denn nur von mir?"

„Einen Kuß, mein Täubchen, einen einzigen Kuß!" flüsterte Vater Sebastian verschmitzt

lächelnd hinauf. Ja, ja, der alte Herr hatte den
Schalk im Nacken sitzen. Er konnte es sich nicht
versagen, das kleine, verängstigte Weibchen da
droben noch ein bißchen mehr in Erstaunen zu
versetzen. Das kindlich drollige Erschrecken stand
ihr gar so lieblich zu Gesichte.

Mit offenem Munde stand sie da und machte
so große Augen, als wollte sie's nicht glauben,
was sie Schreckliches gehört. Erst nach ein paar
Sekunden stummen Erstarrens schoß ihr dunkle
Glut in das blasse Gesicht und dann stieß sie
einen ganz leisen Schrei aus — und verschwand.

Sie blieb geraume Weile fort. Dem guten
Padre wurde die Zeit recht lang, zumal da sein
Sitz nicht eben bequem war. Endlich erschien sie
wieder und spähte schüchtern mit dem Finger an
die Lippen über die Brustwehr. „Seid Ihr noch
da, ehrwürdiger Vater?" flüsterte sie ganz leise
hinter vorgehaltener Hand.

Der ehrwürdige Vater hatte sich die Zeit
damit vertrieben, eine Orange auszusaugen, und
sie nicht kommen sehen. Als er ihre Stimme
hörte, schrak er leicht zusammen und rief mit
vollem Munde hinüber: „Ei freilich, meine
Tochter, hier bin ich noch! Warum lieft Ihr so
eilig davon?"

„Mein Gott, ich habe solche Angst! Wenn uns jemand gehört hätte! Er paßt mir überall auf und den Leuten trau' ich auch nicht. Es ist aber nicht recht von Euch, daß Ihr Euren Scherz mit mir armem Weibe treibt."

Vater Sebastian spie das ausgekaute Fruchtfleisch fort und erwiderte eifrig: „Aber was denn? Es ist durchaus kein Scherz, was ich sagte! Könnt Ihr nicht hier zu mir in den Garten kommen, mein Kind, daß ich Euch das Nähere . . ."

„O nein, unmöglich! Er hat alle Thüren verschlossen. Aber heut Abend werde ich in die Kirche kommen zum Fest, das hat er mir erlauben müssen."

„Allein?"

„Ja, allein, er geht nicht mit. Er fürchtet sich doch vor den Leuten, wie stolz er auch thut."

„Nun gut, ich verlasse mich darauf, nicht wahr?" gab Vater Sebastian ernsthaft zurück. „Denn bedenket wohl, es handelt sich um Santa Elenas Befreiung, und Ihr allein könnt sie bewirken. Gott schütz' Euch, schönste junge Frau!" Damit winkte er ihr freundlich lächelnd zu und kletterte vorsichtig wieder von seinen Zweigen herunter. — —

Eine Viertelstunde später klopfte es beschei=

dentlich an der Thür der seltsamen Halle, welche das gräfliche Ehepaar im „Goldenen Engel" bewohnte. Graf Dietrich war eben erst sehr heiß und staubig von seinem Morgenausflug zurückgekehrt und stand in Hembärmeln ohne Kragen vor dem Waschtisch, um sich ein wenig in Stand zu setzen für den Mittagsimbiß. Er glaubte, es werde der Wirt sein, der ihm zu melden komme, daß das Mahl aufgetragen sei. Wie erstaunte er aber, als mit einer überaus artigen Verneigung der Probst von Sankt Helenen, der würdige Vater Sebastian, hereintrat.

„Ach du Gerechter!" war des Grafen erster Gedanke. „Jetzt hat mir diese Plaudertasche von einem Wirt schon gar die hohe Geistlichkeit auf den Hals gehetzt. Jetzt wird mir zweifelsohne dieser ehrwürdige Mann Gottes zu Gemüte führen, daß solch ein Kuß ein gar sündhaftes Begehren sei und daß ich elender Ketzer lieber in mich gehen und mir den Segen der Kirche und den Dank der heiligen Helene durch Spendung eines Tausendfrancs-Billetts ohne Kuß verdienen möge."

Er war so verblüfft, daß ihn seine ganze junge Wissenschaft von der italienischen Sprache im Stiche ließ und seine Entschuldigungen über die mangelhafte Toilette sowie die Frage, was ihm denn die Ehre verschaffe, nur als ein undeutliches Gemurmel in verschiedenen Sprachen zum Ausdruck kam.

Der geistliche Herr bat nun seinerseits gleichfalls in einiger Befangenheit, er möge sich doch ja nicht stören lassen, und erging sich in umständlichen Entschuldigungen für sein Eindringen. Die beiden Herren wären niemals fertig geworden mit ihren höflichen Redensarten und verlegenen Bücklingen, wenn nicht die Gräfin von der Plattform hereingekommen und durch die Aufforderung, Platz zu nehmen, im besten Italienisch, den unfruchtbaren Weitläufigkeiten ein Ende gemacht hätte.

Sie setzte sich dem Vater Sebastian gegenüber, lächelte ihn überaus liebenswürdig an und eröffnete die Unterhaltung ganz naiv mit der Frage: „Sie kommen wegen des Kusses, ehrwürdiger Vater, nicht wahr?“

Der also Angeredete wäre vor Erstaunen fast wieder vom Stuhle empor geschnellt und Graf Dietrich, der eben im Begriff war, sein verstaubtes Gesicht in den triefenden Schwamm zu vergraben, ließ vor Schreck diesen Schwamm in die Schüssel zurückfallen, daß das Wasser weit umher spritzte.

„Pardon!“ schnarrte er. „Meine Frau meint ...“ Aber er brachte den Satz nicht zu Ende. Und während er seine Verwirrung durch eine neue Wassertaufe verbarg, murmelte er auf gut Deutsch in den Schwamm hinein: „Donnerwetter noch mal, die geht schneidig vor!“ Und dann prustete er fürchterlich und machte überhaupt so viel Lärm, als er nur irgend konnte, um seine Lore aus dem Konzept zu bringen.

Der geistliche Herr ließ seine Blicke mit inni= gem Erstaunen zwischen dem Wassermann und seiner schönen jungen Gattin hin und her gehen, und es dauerte geraume Zeit, ehe er sich so weit gefaßt hatte, um wieder Worte zu finden. „Ja, allerdings . . . das heißt . . . Signor Scoppa hat mir nämlich erzählt, daß Euer Gnaden . . . Signora weiß also?“

„Ja gewiß!“ versetzte die Gräfin lieblich lächelnd. „O, mein Mann hat keine Geheimnisse vor mir! Ich finde die Idee ganz reizend.“

Graf Dietrich konnte sich, das rote Antlitz aus dem Handtuch erhebend, nicht enthalten, ein baßerstauntes „Nee warhaftig?“ einzuwerfen.

Frau Leonore that, als hätte sie das nicht gehört, und fuhr eifrig fort: „Ich habe die kleine Frau von hier aus den ganzen Vormittag beob=

achtet. Sie ist wirklich süß. Ich muß gestehen, wenn ich ein Mann wäre, ich glaube, ich gäbe zweitausend Francs für einen Kuß von ihr. Ja, ich fürchte, ich brächte es sogar fertig, sie ihrem Scheusal von Gatten zu entführen."

„Pardon!" warf der Graf wieder ein. „Auch wenn du mit deiner Frau auf der Hochzeitsreise wärest?"

„Gewiß! Auch wenn ich mit meiner Frau auf der Hochzeitsreise wäre!" bestätigte sie mit einem köstlich leichtsinnigen Aufwerfen ihres feinen Köpfchens.

„Ah!" grunzte der Graf, indem er das Handtuch um den Zeigefinger wickelte und sich energisch die Ohren trocknete. Er wußte nicht recht, ob er lachen oder sich ärgern sollte. Eigentlich verwünschte er jetzt schon die ganze närrische Idee dieses kostspieligen Kusses. Wenn seine Frau die Sache so nahm, dann war ja eigentlich gar kein Witz dabei.

Ein kaum merkliches Lächeln des Triumphes huschte über das Antlitz der Gräfin. Aber sie ließ sich nichts merken, sondern fuhr in demselben gleichmütig heiteren Ton zu plaudern fort: „Und Sie glauben, daß die junge Frau sich zu dem Kuß bereit finden wird?"

Der ehrwürdige Vater errötete wie ein verlegener Jüngling vor einem kecken Mädchen. „Ja, ich wüßte nicht, weshalb sie sich weigern sollte," versetzte er recht verlegen. „Ihr Herr Gemahl, Contessa, ist doch alles andere eher als — abschreckend, hehehe, sollt' ich meinen!"

„Grazie tante," sagte Graf Dietrich, sich tief verneigend, indem er sich dabei einen reinen Kragen anknöpfte.

„Und dann, was die Hauptsache ist," fuhr Vater Sebastian glatter fort. „Es geschieht ja doch nicht aus sündhafter Lust, sondern nur der lieben heiligen Frau zu Gefallen. Andernfalls hätte ich mich natürlich mit dieser Angelegenheit nicht befaßt."

„Ah, Sie haben die schöne Signora Elena also selbst vorbereitet!" rief Gräfin Lore sehr belustigt.

„Ach nein, ich konnte leider nicht zu ihr gelangen," antwortete der geistliche Herr mit einem komischen Seufzer. „Aber ich habe ihr wenigstens das Versprechen abgenommen, daß sie heut Abend in die Kirche kommen will. Der Herr Bischof wird auch da sein, wissen Sie. Die Kirche ist herrlich geschmückt. Die Geistlichkeit samt den Chorknaben im festlichen Ornat und die Stadtmusikanten lassen ihre besten Stücke hören. O, Eccellenza müssen sich das ansehen! Es wird sehr schön. Und nach dem Gottesdienst, wenn sich die Menge verlaufen hat und es dunkel wird in der Kirche, hehe ... O, sie wird sich nicht weigern! Und wenn sie wirklich so thöricht sein sollte, nun ich denke, dann wird der Herr Bischof ein ernstes Wörtchen mit ihr reden."

Die Gräfin konnte sich nicht enthalten, laut aufzulachen, und der alte Herr stimmte in herzlichem Behagen mit ein.

Graf Dietrich fuhr mit ärgerlicher Hast in seinen Rock hinein und sagte recht gezwungen mitlachend: „Mir scheint, dieser unglückliche Kuß soll wie eine heilige Handlung unter Assistenz der gesamten Geistlichkeit vollzogen werden. Sollen nicht auch die Stadtmusikanten dazu aufspielen? Pardon, ehrwürdigster Vater, aber dieser Modus entspricht doch nicht ganz meinen Absichten."

„O, bitte recht sehr", wehrte der Padre höflichst ab. „Eccellenza haben selbstverständlich die Art der Ausführung ganz nach Dero Belieben zu bestimmen. Das heißt — wenn es Ihnen überhaupt ernst ist mit Ihrem Anerbieten."

Der Graf warf einen scheuen Blick nach seiner Gattin hinüber. Wie gern hätte er alles widerrufen, hätte sie jetzt mit sanftem, liebevollem Vorwurf die Augen zu ihm erhoben. Aber sie sah ihn nicht an. Das fatale ironische Lächeln wich nicht aus ihren Zügen. So beeilte er sich denn, mit möglichstem Nachdruck zu versichern, daß es ihm ernst sei mit dem närrischen Handel.

Der geistliche Herr verbeugte sich schmunzelnd und erbat sich zu mehrerer Sicherheit noch eine urkundliche Bestätigung der also entschieden ausgesprochenen Absicht. „Ich bitte um Entschuldigung,“ fügte er achselzuckend hinzu. „Ich hege für meine Person keinerlei Mißtrauen. Aber Signora Elena könnte doch vielleicht glauben, daß man sich einen schlechten Scherz mit ihr erlauben wolle. Und auch des Herrn Bischofs wegen . . .“

Der Graf ließ ihn gar nicht ausreden. „Gewiß, gewiß!“ rief er ungeduldig. „Ganz wie Sie wünschen. Wollen Sie mir, bitte, das Nötige in die Feder diktieren. Mein Italienisch reicht für schriftliche Äußerungen nicht aus.“

Und so geschah es. Zehn Minuten später verabschiedete sich Vater Sebastian mit der wertvollen Urkunde in der Tasche, welche für die Be-

freiung der verſetzten Heiligen Gewähr leiſtete,
von dem gräflichen Paare, nicht ohne des Himmels
reichſten Segen auf ihre ketzeriſchen Häupter
herabgewünſcht zu haben.

Als er endlich hinauskomplimentiert war, be=
gann der Graf umſtändlichſt ſich die Nägel zu
putzen. Seine Hände zitterten dabei nervös und
er erwartete, ſchmerzlicher Ungeduld voll, irgend
ein Wort von ſeiten ſeiner Frau, das einen An=
knüpfungspunkt für eine endliche zum Frieden
führende Ausſprache geben konnte. Es lag ja
ſo nahe.

Aber nein, ſie ſprach es nicht. Erſt als er
nach minutenlangem, vergeblichem Harren ſeine
Nagelbürſte wütend auf den Waſchtiſch ſchleuderte,
öffnete ſie ihren reizenden kleinen Mund und
ſagte: „Wollen wir nicht hinuntergehen? Ich
bin furchtbar hungrig.“

„Ich auch!“ Und mit einem zornigen Ruck
ſtieß er die Thür auf und lud ſie zum Voran=
gehen ein. —

Gräfin Leonore aß mit gutem Appetit und
hatte merkwürdigerweiſe auch gar nichts an den
Speiſen auszuſetzen, obwohl Don Pasquale, der
Kochkünſtler ſelbſt, gar nicht mit ſeiner Leiſtung
zufrieden war. Sie redete nur, um die Speiſen

zu loben, und von Zeit zu Zeit huschte ein ganz eigenes sinniges Lächeln über ihre fein geröteten Wangen, zuckte neckisch um ihren weichen Mund und zitterte nervös um ihre Nasenflügel. Den Grafen wollte es bedünken, als habe er sein junges Weib noch niemals so schön wie heute gesehen. Nun lachte sie auf seine Kosten und er hätte rasend werden mögen über die Figur, die er ihr gegenüber spielte. Wie allerliebst sie sich mit diesem charmanten Pfäfflein zu verständigen gewußt hatte! Vor seinen Augen hätte er sie an sich reißen und ganz und gar zerdrücken mögen in Hembsärmeln und ohne Kragen! Wie schelmisch sie den würdigen Liebesvermittler angelächelt hatte, als sei es die harmloseste und lustigste Sache von der Welt für eine junge Frau auf der Hochzeitsreise, die Hilfe der Geistlichkeit für die lockern Gelüste des treulosen Gatten anzurufen. Potz tausend Himmelelement nochmal, wie affenschändlich dumm kam er sich vor! Er, der Reichsgraf Klaus Dietrich Gneomar von Döls=berg, Premierleutnant a. D. und Majoratsherr, der bloß zu dem Zwecke, um seine launische kleine Frau zu ärgern, tausend Francs für einen Kuß zum Fenster hinauswerfen wollte, einen Kuß noch dazu von einer Mutter von drei

Kindern, die er nur von weitem gesehen hatte —
vielleicht hatte sie, in der Nähe betrachtet, Pocken=
narben oder mindestens fürchterliche Sommer=
sprossen; Knoblauch und dergleichen duftende Ge=
würze sollten diese italienischen Landdamen ja auch
mit besonderer Vorliebe zu genießen pflegen —
puh! Und diese tausend Francs gehörten, wenn
er es recht bedachte, nicht einmal ihm, dieweil
er den fürstlichen Wechsel für die Hochzeitsreise
der Großmut des Kommerzienrats Gumpel ver=
dankte. Gräßlich, gräßlich, ganz abscheulich! Auf
Kosten des Schwiegervaters machte er sich vor
seiner Frau lächerlich! Denn als Strafe schien
sie es gar nicht zu empfinden — sie war in be=
leidigend, in niederschmetternd guter Laune!

Ob er nicht doch klein beigeben sollte? Frei=
lich, sie war an allem schuld, sie hatte angefangen,
und wenn er sich jetzt freiwillig ins Unrecht setzte,
dann hatte er vielleicht ein für allemal die Par=
tie verloren. Äh, ekelhafter Zwiespalt! Aber
es wäre doch zu schön gewesen, wenn sie sich jetzt
auf der Stelle versöhnt hätten, um die Reize
des wunderbar malerischen alten Nestes und
seiner Umgebung mit einander genießen zu können.
Mit Vergnügen würde er ja die tausend Francs
auf den Altar der heiligen Helena niedergelegt

und auf den verwünschten Kuß Verzicht geleistet
haben. Ach Gott, wenn sie ihm nur ein ganz
klein wenig entgegengekommen wäre, wenn sie
ihm nur mit dem kleinen Finger gewinkt hätte!
Aber nein, sie that nichts dergleichen — er war
einfach Luft für sie! Obwohl sie ihm gnädigst
gestattete, sie nach der Marina hinunterzuführen
und ihr die Merkwürdigkeiten der Stadt zu zeigen,
hütete sie sich doch, den ganzen Nachmittag über
auch nur einziges Wörtchen zu sprechen, welches
er hätte als einen Annäherungsversuch deuten
können. Scham und Grimm nagten an seiner
stolzen Seele und bestärkten ihn in seinem Trotz,
wie sehr er auch darunter litt.

So nahte der Abend heran und die hellen
Glocken riefen mit fröhlichem Gebimmel zur Vor=
feier von Santa Elenas Fest. Die Hitze des
Tages war einer angenehmen, salzig frischen
Kühle gewichen, die ein linder West vom Meer
herüberwehte. Der Graf saß müde vom vielen
Steigen auf dem Altan und rauchte.

Da trat die Gnädige zu ihm heraus und
sagte — immer in diesem verwünschten ironischen
Ton: „Nun, hörst du nicht, die Glocken rufen
dich! Santa Elena erwartet ihren Befreier.“

Graf Dietrich warf ärgerlich den Kopf auf

und zerrte an seinem Schnurrbart. Er überlegte ein Weilchen, bevor er ihr möglichst sanft und einladend erwiderte: „Ja, ja, ich bin bereit. Willst du nicht mitkommen?“

„Ich?! Behüte! Ich werde doch nicht so indiskret sein! Ich will euch nicht stören.“

Euch! Verwünscht, wie das klang!

Der Graf sprang vom Stuhl auf und seine Augen funkelten. Er that zwei Schritte auf seine Frau zu. „Weißt du, Lore, ich . . .“ Beinahe hätte er sich gedemütigt, beinahe wäre es ihm entwischt, das selbstmörderische Geständnis: „Weißt du, Lore, ich bin doch eigentlich ein rechter Esel!“ Aber noch zur rechten Zeit gewahrte er ihr überlegenes, kaltes Lächeln, und das Wort blieb ungesprochen. Er griff nach Hut und Stock, machte ihr eine militärisch kurze Verbeugung und verließ raschen Schrittes das dämmernde Gemach.

Düstere Entschlossenheit in den Mienen, wie ein nobler Verbrecher, der sich selbst den Gerichten zu stellen entschlossen ist, so schritt er die Straße hinab der Kirche zu.

Die gesamte Einwohnerschaft des Städtchens schien in und vor der Kathedrale versammelt zu sein. Grünweißrot bewimpelte Masten, sowie die Gerüste für das Feuerwerk waren bereits

auf der Piazza aufgerichtet. Gassenbuben tum=
melten sich mit lautem Geschrei dazwischen herum
und versuchten an den Stangen empor zu klettern.
Auf den breiten Stufen, die zu dem Hauptportal
emporführten, saßen dicht gedrängt Greise, Weiber
und Kinder. Alt und jung drängte sich vor den
Buben der Zuckerbäcker und den Karren der ·
fliegenden Eisverkäufer. Durch das weit offene
Portal strömten die Menschen aus und ein, nach
italienischer Manier den Gottesdienst brocken=
weise mit eingeschobenen Verdauungspausen ge=
nießend.

Nun drängte sich auch Graf Dietrich hinein.
Die hohe, flachkuppelige Rotunde war von einer
Kopf an Kopf stehenden Menschenmenge erfüllt,
deren Mittelpunkt das Dilettantenmusikkorps bil=
dete, durch Uniformmützen gekennzeichnet. Auf
dem Hochaltar war der reich vergoldete, doch
noch verschlossene Schrein der versetzten Heiligen
aufgebaut. Der Bischof und eine ganze Schar
von Priestern in goldgestickten Meßgewändern
standen darum herum, drehten und neigten sich,
sangen und beteten unisono mit einförmigem
Tonfall. Chorknaben in roten Gewändern und
weißen Hemden ließen ihre hellen Kinderstimmen
ertönen, knieten nieder, standen wieder auf und

schwangen die Weihrauchkessel mit wahrhaft bacchantischem Übermut. Mattrot leuchtete ein ganzer Sternhimmel von Wachskerzen durch die Weihrauchwolken hindurch und die Schar der Gläubigen flüsterte und lachte mit ungenierter Fröhlichkeit gleich einer gedämpften Orchester= begleitung zu der feierlichen Pantomime, die sich auf den Altarstufen abspielte. Das ging so eine Weile fort.

Der Graf war auf das lebhafteste gefesselt von dem köstlich bunten Durcheinander und wie berauscht von dem Weihrauchduft und dem matten Kerzenschimmer. Als Protestant konnte er sich den Sinn und Zusammenhang der wunderlich theatralischen und dennoch so ergreifenden gottes= dienstlichen Handlung nicht erklären. Aber er genoß das seltsame Schauspiel mit offenen Augen und Ohren und vergaß darüber fast seinen Herzens= kummer.

Zum Schluß ordnete sich die gesamte Geist= lichkeit zu einer Prozession und stattete den ver= schiedenen, in den Seitenkapellen logierten Heiligen kurze Besuche ab, und dazu spielte — der Graf traute seinen Ohren nicht — die Musik die lustigsten Militärmärsche und Polkas mit vollem Schlag= zeug, großen und kleinen Trommeln, Becken und

Triangeln. Väter und Mütter ließen ihre Kinder auf den Armen dazu springen, daß die Kleinen vor Vergnügen jauchzten.

Der Graf stand an eine der schlanken maurischen Säulen gelehnt, welche die niedrige Gallerie trugen, die zwischen der Rotunde und den Seitenkapellen herumlief. Nun kam der bunte Zug bei ihm vorbei. Alles verneigte sich tief, einzelne Weiber fielen auf die Kniee und suchten einen Kuß auf die im langsamen Vorwärtsschreiten segnend ausgestreckten Hände des Bischofs anzubringen. In erster Reihe hinter dem hohen Würdenträgern schritt nachdenklich Padre Sebastiano einher, das freundliche alte Gesicht in kummervolle Falten gelegt. Seine listigen Äuglein huschten wie suchend über die Köpfe der Menge. Da, jetzt hatte er den deutschen Sonderling erblickt. Er streifte im Vorbeigehen seinen Arm und flüsterte ihm zu: „Ich bin trostlos, mein lieber Herr, sie will nicht, die Gottvergessene! Sie weigert sich hartnäckig! Sie hat eine solche Angst vor der Rache ihres Wüterichs, daß selbst die Versprechungen allerreichster himmlischer Gnaden sie nicht umstimmen konnten. O Barmherzigkeit Gottes, welch ein schwerer Tag für mich!“

Er hielt den Grafen mit zwei Fingern am

Ärmel gepackt und zog ihn so mit sanfter Gewalt mit sich fort. Jetzt blieb er plötzlich stehen
und kniff seinen großen Begleiter dermaßen in
den Arm, daß dieser fast aufgeschrieen hätte.
„Eccola!“ raunte er ihm hastig zu und deutete
dabei mit einer Neigung des Hauptes auf ein
wenige Schritte vor ihm am Boden knieendes
Weib, welches eben nach der Hand des Bischofs
haschte und mit großen, segenflehenden Augen zu
dem wohlbeleibten Herrn emporblickte.

Graf Dietrich machte sich von dem Griff des
Paters los und blieb wie angewurzelt stehen.
Ja, das war sie! Und sie war, aus der Nähe
gesehen, bei Gott noch viel, viel schöner denn
aus der Ferne. So märchenhafte heilige Kinder-
augen hatte er sein Lebtag noch in keinem Frauen-
antlitz gesehen, und einen Kuß von diesen Lippen
zu begehren und tausend Lire dafür zu bieten,
das erschien ihm jetzt auf einmal bei weitem nicht
mehr so blitzdumm und moralisch verwerflich, wie
noch vor einer halben Stunde.

Er wartete, bis der Zug vorüber war, und
dann trat er einen Schritt vor, im Begriff, die
fromme Schöne anzureden. Noch überlegte er,
was er wohl sagen sollte, als sie seiner gewahr
ward. Sie schien ihn zu erkennen. Ein tiefes

Rot ergoß sich jäh über das bräunlich blasse Gesichtchen. Sie stand hurtig auf, raffte ihren Spitzenschleier dichter um den Kopf zusammen und ging raschen Schritts davon.

Nach kurzem Zögern folgte der Graf ihr nach. Er hatte beschlossen, sie nicht aus den Augen zu verlieren und sie womöglich auf der Straße anzureden, wenn sie wirklich nicht in der Kirche blieb. Er wollte ihr einige liebenswürdige Schmeicheleien sagen, um diese weichen Wangen noch einmal erröten und die wunderbaren Augen dankbar zu ihm aufblicken zu sehen, wenn er ihr erklärte, daß er auf den Kuß verzichte, wenn sie ihn ihm nicht freiwillig gewährte; daß er die versetzte Heilige auch ohne so süßen Entgelt aus= lösen wolle, einzig weil sie eben auch Elena hieße.

Allein vergebens spähte er durch das Halb= dunkel nach der hellen Gestalt aus. Er hatte zu lange gezögert. Schon war sie in dem dichten Knäuel von Menschen verschwunden, der nun nach Beendigung des Rundgangs der Pforte zu= drängte. Der Graf warf sich nun auch in das Gewühl hinein und drückte sich rücksichtslos durch die Menschen hindurch. Aber draußen war sie auch nirgends zu erblicken, weder auf der Frei= treppe, noch auf der Piazza. Seinem scharfen

Auge wäre sie sicher nicht entgangen. Sollte sie
vielleicht zu einer anderen Thür hinausgeschlüpft
sein? Er lief rings um die freistehende Kirche
herum. Nein, nirgends, also vielleicht doch noch
im Gotteshause zurückgeblieben. Er trat wieder
durch das Hauptportal hinein. Die Geistlichkeit
hatte sich auch bereits in die Sakristei zurückgezogen. Meßner und Chorknaben waren beschäftigt, die Kerzen zu löschen. Im übrigen
schien die weite Halle menschenleer. Er schritt
in schier atemloser Hast um die schmale, niedrige
Galerie herum und schaute in all die dunkeln
Nischen und Kapellen hinein. Sie war auch hier
nirgends zu entdecken.

Halt, was war das? Eine helle weibliche
Gestalt mit einem schwarzen Spitzentuch über
dem Kopf — ah, endlich, das mußte sie sein!
Sie stand unter der Kanzel, welche auf einem
seltsam steinernen Hüttchen mit ganz schmalen
Gucklöchern darin ruhte, in eifriger Unterhand-
lung mit einem Schwarzrock, der wohl niemand
anders als Vater Sebastian sein konnte. Jetzt
drehte sich der alte Herr um. Ja gewiß, er
war's! Der laute Widerhall der Schritte in
dem leeren, weiten Raume hatte ihn aufmerksam
gemacht, und sowie er in dem Nahenden den

Grafen erkannte, öffnete er die schmale bronzene Pforte, welche zur Kanzeltreppe in jenen eigentümlichen Unterbau hineinführte und schob die Signora Elena da hindurch.

Graf Dietrich war so kindisch zappelig und aufgeregt, wie er's in seinen jüngsten Jünglingsjahren kaum jemals gewesen. In der Befürchtung, die Schöne könnte hinter jener Thür in einer Versenkung verschwinden, stürzte er mit ein paar Riesenschritten auf das Kanzelhüttchen los, packte seinen ehrwürdigen geistlichen Freund am Arm und fuhr ihn im Eifer gar auf Deutsch an: „Donnerwetter, da ist sie ja doch! Warum verstecken Sie sie denn vor mir? Soll ich meinen Kuß nun haben oder nicht?"

Vater Sebastian hatte sich rasch mit seinem breiten Rücken vor die schmale Thür gestellt. Er streckte sanft abwehrend die Hände gegen den Aufgeregten aus. Ein breites Lächeln verklärte sein ganzes gutes Gesicht und er gurrte ihm sanft beruhigend zu: „Pace, pace, taci, taci, figlio mio! Friede, Friede, stille, stille, mein Sohn! Sie hat sich eines andern besonnen, das Täubchen. Sie sollen Ihren Kuß bekommen, Eccellenza. Aber im Dunkeln muß es geschehen. Sie schämt sich so, die Furchtsame."

„Schön, schön!“ rief der Graf ungeduldig. „Wenn es ihr so beliebt, auch im Finstern.“ Damit wollte er die Hand auf die Klinke legen.

„Entschuldigen Sie noch einen Augenblick: Haben Sie vielleicht die tausend Lire bei sich? Dann dürfte ich wohl bitten . . .“ Und mit freundlich einladendem Schmunzeln hielt er ihm die offene Hand entgegen.

Graf Dietrich griff in seine Brusttasche und sagte mit ärgerlichem Achselzucken: „Cospetto, ihr seid mißtrauisch, ihr Italiener! Nun, meinetwegen auch praenumerando!“ Und er fingerte hastig eine rote Tausendlirenote aus seinem Taschenbuch hervor und drückte sie dem mit einer dankenden Verbeugung zur Seite tretenden Priester in die Hand.

Nun endlich war der Weg frei. Vater Sebastian öffnete ihm selbst das bronzene Pförtlein zur Seligkeit. Sein Herz klopfte lauter als am Tage, da er als junger Fähnrich zu einem Pistolenduell gegangen war. Seine Pulse hämmerten und sein Atem flog und alles Blut schoß ihm zu Kopfe, als er seine hohe Garde-Ulanengestalt tief herabbeugen mußte, um durch die niedrige Thür in das geheimnisvolle Verließ hineinzukriechen. Unmittelbar hinter seinem Rücken wurde die Thür wieder in's Schloß gedrückt. Es war Nacht vor seinen Augen. In dem schwachen Lichtschimmer, der durch die schießschartenartigen Fensterchen in den engen Raum drang, gewahrte er einen weißen Schemen. Auf den tappte er zaghaft zu und flüsterte leise: „Signora Elena?"

Ein Gewand raschelte, der Schemen huschte ihm entgegen und im nächsten Augenblick preßte sich ein warmes Lippenpaar gegen das seine. Zwei Arme schlangen sich um seinen Nacken. Er fühlte die zarten, kühlen Händchen an seinem Genick und an seinem Hinterhaupt. Minuten= lang ließen ihn diese Arme nicht los, immer fester preßte sich ihr Mund auf seinen, immer heißer und rascher fächelte ihr süßer Atem ihm um Wange und Schnurrbart.

Dem Grafen Dietrich wirbelte der Kopf. Seine kühnsten Erwartungen sah er übertroffen. In seinem Leben war er noch nicht so geküßt worden, so zäh anklammernd, so innigst hin= gebend, und in seinem Leben hatte auch er noch nicht so geküßt. Er fühlte sich plötzlich berufen, diese arme, darbende Seele für die grausamen Entbehrungen einer mehrjährigen Ehe mit dem alten, ogerhaften Geizhalse nach Möglichkeit zu entschädigen. Das war auch ein frommes Werk,

eine menschenfreundliche Mission — Gewissens=
bisse verspürte er nun nicht mehr.

Ha, diese feurigen Südländerinnen, die ver=
stehen zu lieben! Selbst in ihren zärtlichsten
Stunden hatte seine Lore niemals auch nur an=
nähernd so zu küssen vermocht — allerdings er
sie auch nicht. Ein allzu feuriger Liebhaber war
er eben bisher nicht gewesen. Aber nun entfachte
er sein eigenes Feuer an der fremden Glut und
erwiderte in süßer Trunkenheit ihre betäubenden
Liebkosungen. Er preßte die schlanke Gestalt an
sich, daß sie aufstöhnte vor Schmerz und Wonne.

Und jetzt that Signora Elena den Mund auf
und sagte: „Halt, genug, du erdrückst mich! Ver=
zeih mir, Dietrich, verzeih mir! Ich war eine
Närrin. Verzeih mir den Betrug! Ich liebe dich
ja so wahnsinnig! Ich kann nicht leben, wenn
du mir böse bist!"

Des Grafen Arme sanken schlaff herab. „Lore,
du!" stammelte er, fassungslos vor Überraschung.

„Ja, du lieber Ungetreuer, ich bin's, dein
angetrautes Weib! Küsse, die tausend Francs
wert sind, kann ich dir freilich nicht verabreichen,
aber . . . . ."

Er schnitt ihr die Rede ab, indem er sie
stürmisch an sich zog und ihr den Mund von

neuem mit Küssen verschloß, womöglich noch feurigeren als vorher. „Du Liebe, Holde, Süße, kannst du mir wirklich vergeben?" stammelte er.

Sie vermochte nicht zu antworten, aber er fühlte ihre Thränen auf seinen Wangen. —

Und dann traten sie hinaus aus dem finstern, dumpfen Raum. Vor der Thür stand Vater Sebastian und drohte ihnen schmunzelnd mit dem Finger: „Ei, ei, Sie haben mich aber lange warten lassen!"

Wie auf Verabredung ergriffen die beiden Versöhnten jedes eine seiner Hände und beugten sich zum Kuß darüber. Er entzog sie ihnen mit einer raschen Bewegung und sagte bescheiden, den grauen Kopf schüttelnd: „O nicht doch, meine lieben Kinder! Das verdiene ich nicht. Ich bin ein sündiger Mensch und hegte sündhafte Gedanken. Nun, Santa Elena mag mir gnädig sein, wenn ich dafür zur Rechenschaft gezogen werde. Aber ich bin ein Priester und habe Gewalt, von Sün=den freizusprechen, wo ich wahre Bußfertigkeit sehe. Ich weiß, Ihr seid arge lutherische Ketzer, aber wenn Ihr die Gnade Gottes nicht ver=schmäht . . ."

Graf Dietrich faßte seine Frau bei der Hand und zog sie mit sich auf die Kniee nieder. Beide

senkten sie das Haupt, und der alte Priester be=
rührte ihre Scheitel und sagte mit leicht zitternder
Stimme: „Stehet auf von Sünden rein und
gehet hin in Frieden!“ —

Hand in Hand traten die Neuvermählten aus
der Kirche, Arm in Arm wanderten sie bis in
die sinkende Nacht Gasse auf und Gasse ab unter
den singenden, festfröhlichen Menschen einher.
Und am andern Tage, als auf allen Wegen, die
die glänzende Prozession mit der befreiten silber=
nen, juwelenstrotzenden Heiligen in der Mitte
durchzog, die Kanonenschläge dröhnten, die Rosen=
blätter von allen Dächern und Mauern auf den
purpurnen Baldachin herniederflatterten, und am
Abend, als auf der Piazza rasselnd und zischend
mächtige Feuerräder sich drehten, die prachtvollen
Raketen hoch in die Luft stiegen und der helle
Regen von bunten Kugeln und Funkengarben das
enge Thal und das dunkle Meer magisch erleuch=
teten, als die banda ihre schmetternden Weisen
spielte und die Kinder hell aufjauchzten vor Freude,
da gab es doch in dem ganzen festtrunkenen
Städtchen niemand, der so von frommem Danke
gegen die heilige Helena erfüllt mitgejubelt hätte,
wie der blonde deutsche Graf und seine glück=
strahlende junge Frau.

Zimmer Nr. 13.

Friedlich wie ein braver Kleinbürger, der des
Abends vor seiner Hausthür mit der Pfeife im
Munde eindrusselt, ließ der Vesuv sein weißes
Rauchwölkchen in die klare Luft steigen. Still und
unschuldsweiß wie die Strohblumen in einem
Totenkranz hoben sich die hellen Häuser von
Neapel gegen das zarte Graugrün der Hügel
ab, an die sie sich anlehnen — wie ein Götter=
weib des Altertums, das, himmlisch nackt und
satt von Nektar und Ambrosia, die üppigen Glie=
der im ruhigen Bewußtsein seiner Schönheit auf
bunter Blumenau zum Schlummer ausstreckt, so
lag vor meinem entzückten Blicke still, selbst=
bewußt und göttlich heiter die berühmte Land=
schaft des Golfes von Neapel, in hellem Sonnen=
glanz gebadet, da. Unser treffliches Schiff, der

Dampfer „Sumatra", der uns von Genua her=
geführt hatte, durchschnitt mit sanftem Rauschen
das spiegelglatte, wunderbar blaue Meer, zwischen
Cap Miseno und der Insel Procida hindurch,
dann an dem kleinen Eiland Nisida mit seinem
unheimlichen Bagno vorbei und nun schräg durch
die Bucht hindurch dem Hafen zu. Und immer
noch drang kein Laut vom Lande zu uns hin=
über, der die feierliche Sonntagsstille entweiht
hätte. Besonders unser, der Deutschen unter den
Fahrgästen, hatte sich angesichts dieses berühmten
Rundblicks eine gewisse aufgeregte Ergriffenheit
bemächtigt. Wer sein Gepäck noch nicht vorher
in Ordnung gebracht hatte, der ließ das auch
jetzt noch bleiben, um nur ja von dem herrlichen
Schauspiel nichts zu verlieren, das eine solche
Einfahrt in den Golf von Neapel an einem
solchen Tage darbietet. Während die Italiener
immer lauter, unruhiger und geschäftiger wurden,
je mehr sich das Schiff dem Lande näherte, wurden
wir Angehörige germanischer Völker immer stiller,
lehnten hochklopfenden Herzens über die Brust=
wehr und sahen mit bewaffneten und unbewaff=
neten Augen die schöne Parthenope allmählich
den weißen Schleier von ihrem glänzenden Antlitz
wegziehen.

Und nun waren wir also wirklich in Neapel. Welch ein unsanftes Erwachen aus einem so lieblichen Traum! Welche eine schöne Stadt — und die garstigen Menschen! Welch allerliebste Pferdchen — und wie greuliche Kutscher! Und welch ein unnützes, wahnwitziges Geschrei erfüllt die Luft — diese reine Luft — oh! — geschwängert von Duft — ohh!! Das Yah eines Esels, der sonore Pfiff eines Dampfschiffs werden dem erschrockenen Ohre zu wohlthuenden Ruhepunkten. Das Auge, von der reinen Mittelmeerbläue noch erinnerungstrunken, schaut grausam ernüchtert auf Lumpen, Schmutz und häßliche Gebresten. Der ängstliche Fremdling, umdrängt und umtobt von dieser stimmbegabten, heftig gestikulierenden Lumpenbagage, klagt den Schöpfer an, daß er ihm nicht sechs Hände verliehen, zwei, um die Ohren, zwei, um die Taschen zuzuhalten, und zwei, um sich, gelinde vorwärts boxend, einen Weg zu bahnen!

Aber endlich sitze ich mit heilen Gliedmaßen, mein bißchen Gepäck vollzählig bei mir, und nur um ein halbes Pfund Kupfer leichter, in einem netten Halbchaischen und rolle der auf warme Empfehlung hin erkorenen Pension zu. Da wären wir also Santa Lucia! Nach Oswald

Achenbach's herrlichem Nachtbilde mit dem Feuerwerk hatte ich mir die berühmte Uferstraße eigentlich ein klein wenig anders vorgestellt. Aber —
na . . . .!

Die Eigentümerin der Pension, eine recht
hübsche, zierliche Schweizerin, mit einer beschei-
benenen Warze auf der linken Wange, empfing
mich recht artig und ließ mir durch eine minder-
schöne Zimmerkellnerin sichern Alters und in ge-
diegenen Verhältnissen ein Zimmer anweisen.
Eigentlich war es nur eine Kammer, ohne Fenster,
aber mit einer mächtigen Flügelthür auf einen
winzigen Balkon hinaus, sehr hoch, der Boden
mit grün glasierten Kacheln belegt, eisernes Bett
wie überall in Italien, ein dürftiger eiserner
Waschständer, eine wacklige, etwas schmierige
Kommode und ein ebenso schmieriger Stuhl mit
einem Sitz aus Strohgeflecht — das war alles.

„Na!" sagte ich wiederum einigermaßen be-
benklich auf die treuherzige Frage der Schweizer-
maid, ob mir das Zimmer gefalle. Sie riß ihre
grauen Äugelchen, über meine Unbescheidenheit
erstaunt, so weit auf, als die Fettwülstlein, die
ihre Lider umlagerten, dies gestatteten. Ich
wollte die gute Seele nicht kränken und fügte
daher entschuldigend hinzu: „Für eine Nacht

möchte es ja wohl angehen; aber sehen Sie, ich werde doch wohl mindestens eine Woche hier bleiben — und da will man's doch ein bißchen gemütlicher haben: einen Tisch zum Schreiben und einen Kleiderschrank, vielleicht gar ein Sofa mit einem Stückchen Teppich davor — man kriegt ja kalte Füße, wenn man dieses Kachelparkett nur anschaut."

„Jo freili, 's isch scho rächt!" erwiderte sie nachdenklich. „Mer ham jo au noch e wunderschöns Zimmer, grad' wie Sie's wünsche; 's isch nur ... Na, i will als mit der Madam rebe."

„Schön, thun Sie das, meine Beste, und wenn ich das Zimmer bekommen kann, dann schaffen Sie mir, bitte, meine Siebensachen gleich dahin."

Die wackere Maid zögerte noch einen Augenblick an der Thürschwelle, räusperte sich, als wenn sie noch irgend ein Bedenken äußern wollte, ließ es aber dann doch bleiben und zog sich mit einem unverständlichen Gemurmel zurück.

Ich packte nur das Notwendigste aus, machte ein wenig Toilette und begab mich dann nach dem Speisesaal hinüber, um mich ein wenig zu orientieren. An der Fensterseite des hohen, weiten Raumes stand ein großer Tisch, mit Zeitungen und abgegriffenen, zerlesenen Zeitschriften=Bänden, Reisewerken, Fahrplanbüchern und dergleichen darauf. Ein merkwürdig niedriges Sofa und ein paar recht fadenscheinige Polsterstühle erhöhten die Traulichkeit dieses Lesewinkels. Auf dem Sofa saßen, so tief versunken, daß sie nur eben mit den Köpfen über den Rand des Tisches her= vorragten, zwei Damen, eine ältere und eine jüngere, in die Lektüre der deutschen Zeitungen vertieft. Am Fenster standen, leise mit einander plaudernd, zwei hagere, lange Gestalten in schwarzen Soutanen, junge Priester aus der französischen Schweiz. Ich begrüßte sie mit einer stummen Verbeugung, die sie durch kaum merk= liches Kopfnicken erwiderten. Die Damen da= gegen hatten bei meinem Eintritt sogleich ihre Lektüre fortgelegt und erwiderten meinen flüchti= gen Gruß mit außerordentlicher Freundlichkeit. Besonders die ältere geriet bei dem lebhaften Bestreben, mich liebenswürdig zu begrüßen, förm= lich ins Hüpfen. Sie war eine recht stattliche Dame, in den Vierzigen, mit einem starken Schatten auf der Oberlippe, den sie mit Würde zu tragen wußte, ebenso wie das schwarze Spitzen= tuch, das in venetianischer Art auf ihrer Frisur befestigt war, und den vielen, etwas plumpen altmodischen Goldschmuck. Das junge Mädchen an ihrer Seite, offenbar die Tochter, konnte eben noch für hübsch passieren, ein wenig stark= knochig, mit sanften, hellblauen Augen und frischen Farben im Gesicht, — einfach, aber gesund. —

Ich nahm stehend eine Zeitung zur Hand und warf einen Blick hinein. Sie war bereits vier oder fünf Tage alt. Sogleich bot mir die freundliche Dame die ihrige sowie die ihrer Tochter an. Ich lehnte dankend ab, indem ich mich scher= zend eines sträflichen Mangels an Teilnahme für die heimischen Ereignisse anklagte, sobald ich in der Fremde sei.

„Gerade wie meine Tochter!“ rief in unverkenn= bar sächsischem Tonfall die stattliche Mutter aus, in= dem sie dabei lebhaft aufhüpfte und einen zärtlichen Seitenblick auf das kräftige junge Mädchen warf. „Ich bringe sie kaum dazu, fünf Minuten täglich auf die Zeitung zu verwenden. Immer studiert sie ihren Baedeker und ihre Kunstgeschichte, damit sie nur ja mit rechtem Verständnis die Kunstschätze alle genießen kann. Im Museo nationale weiß meine gute Camilla — (d. h. sie sagte natürlich Gamilla) — Bescheid wie so ein Professor, und wenn Sie einen zuverlässigen Führer brauchen, mein Herr, dann kann ich Ihnen meine Kleine nur empfehlen." Und laut lachend wie über einen ausgezeichneten Witz, klopfte sie der verlegen lächelnden und errötenden Camilla auf die Schulter.

Ich verbeugte mich — ich fürchte, mit einem etwas faden Lächeln — vor Mutter und Tochter und erkannte solch schönen Bildungseifer mit einigen dürren Redensarten an. Dann trat ich durch die offene Thür auf das altanartige, flache Dach eines direkt aus dem Wasser des kleinen Boothafens von Santa Lucia aufsteigenden An= baues hinaus, um mir die nähere Umgebung des Hauses zu betrachten. Es war mir aufgefallen, daß sowohl die Mutter wie auch die Tochter ver= stohlenerweise meine Hände mit so scharfen Blicken gestreift hatten. Jetzt besah ich mir diese Hände genau im hellen Sonnenschein.

„Aha!" dachte ich und lachte leise vor mich hin. „Ob sie ihn wohl schon entdeckt haben? Machen wir einmal die Probe." Und ich zog mit einiger Anstrengung meinen Trauring vom Finger und verbarg ihn in der Westentasche. — —

Es war ein eigentümlich anziehendes Schau= spiel, das sich meinen erstaunten Sinnen darbot, ein Schauspiel, über dem ich bald Camilla und ihre Mutter gänzlich vergessen hatte. Von der andern Ecke des Hafens aus sollte nämlich ein

Luftballon aufsteigen, und eine ungeheure Men=
schenmenge strömte herzu, um das billige Ver=
gnügen zu genießen. Der schmale Streifen
Strandes sowie die Molen des Boothafens
waren mit einer Kopf an Kopf gedrängten Men=
schenmenge besetzt, und auf der Straße Santa
Lucia strömten noch unabläſſig neue Maſſen
herzu, gepuzte Leute im Sonntagsstaat, zum
Teil kleine Familientrupps bildend, und armes
Volk, das für den Festtag keine anderen Lumpen
wie für den Alltag bereit hatte. Und durch die
langsam vorwärts flutenden bunten Menschen=
wogen schnitten mit scharfem Kiel, gleich stolzen
Seglern und lustigen Gondeln, die Tramwagen,
unabläſſig die warnenden Trillerpfeifen ertönen
laſſend, die flinken, leichten Fiaker mit ihren
kleinen, schmuck aufgeschirrten Pferden, deren
Lenker ihre Peitschen den Fußgängern um die
Ohren knallen ließen, große, zweiräbrige Fracht=
karren, von phantastisch aufgeputzten, eins vor
das andere gespannten Maultieren gezogen und
von wahrhaft beängstigend hoch aufgetürm=
ten Menschenpyramiden besetzt, endlich auch et=
liche brave Grautiere, die gleichfalls ganze Fa=
milien auf ihrem geduldigen Rücken spazieren
schleppen mußten. Kein Carabiniere, kein Guardia

Municipale störte in diesem wahrlich lebens=
gefährlich genug anzuschauenden Getümmel die
öffentliche Sicherheit. Klein und Groß, ein jedes
gab auf sich selber acht und wußte, von Kindes=
beinen auf an solchen Trubel gewöhnt, sich durch
alle Fährlichkeiten sicher hindurchzuschlängeln.
Dabei vollführte die völlig friedliche und ver=
gnügte Menge ein so gewaltiges Geschrei, daß
man bei uns zu Lande zum Mindesten etliche
Bataillone Soldaten feldmarschmäßig in den
Kasernen bereit gehalten hätte, um den drohen=
den Aufruhr niederzuschlagen. Diese lungen=
kräftigen Neapolitaner aber pflegten einer ganz
gemütlichen Nachmittagsunterhaltung, wahrschein=
lich über das Thema der Luftschifffahrt, und
fliegende Händler priesen mit etwas lauteren
Stimmen in dem Gedränge ihre Waren an.
Das war alles. Und in rührendem Gegensatze
zu diesem ebenso tollen wie harmlosen Lärm
lagen auf der Quaimauer einige echte Lazzaroni=
gestalten lang ausgestreckt, pflegten des süßen
Schlummers und ließen sich die warme Sonne
durch den offenen Mund in den Magen
scheinen — sie mochten wohl sonst noch nichts
Warmes genossen haben — während unten
einige andere Genossen der würdigen Brüderschaft

sich eine ebenso einfache wie billige Mahlzeit aus
dem tintenschwarzen Gewässer des Hafens her-
ausfischten. Die leinenen Beinkleider hoch herauf-
gestreift, standen sie bis an die Schenkel im Wasser
und tasteten mit den Händen im Schlamme
herum, wo an alten Pfahlstümpfen und Steinen
frutti di mare, Muscheln und andere kleine See-
tiere zu sitzen pflegten. Die leichtgewonnene
Beute verzehrten sie behaglich auf der Stelle,
ohne Brot und Citrone, immer eine Muschel
mit der Schale der anderen aufbrechend — und
dann ging's wieder mit zufriedenem Gesichte und
neuem Eifer an die Arbeit. — Der Luftballon
ließ diese Philosophen offenbar gänzlich kalt, und
über die aufgeregte Neugier der drängenden
Massen da oben fühlten sie sich hoch erhaben.
Es war sechs Uhr geworden, ehe endlich Böller-
schüsse das Zeichen zur Entfesselung des Ballons
gaben. Das Geschrei, welches den stolzen Aufstieg der grünweißrot beflaggten Riesenbirne begleitete, würde zu seiner Hervorbringung bei uns
zu Lande zum Mindesten einer Million Kehlen
bedurft haben. Hier genügten deren einige ganz
wenige Tausend!

Meine Sinne waren so verwirrt von dem
ungewöhnlichen Schauspiel, daß ich gar nicht be-

merkt hatte, wie inzwischen auch andere Gäste
der Pension auf das Dach hinausgetreten waren,
und mein Gehör insbesondere derart betäubt,
daß mir die freundliche Anrede der Mutter Ca=
millas gänzlich entgangen war. Als ich die
Damen gewahr warb, stammelte ich einige ver=
worrene Entschuldigungen hervor und entfernte
mich dann in wenig höflicher Plötzlichkeit, da
mich ein Gelüst packte, mich selbst kopfüber in
das Menschengewühl hineinzustürzen und auf
diese Weise wirklich in nächster Nähe das Volk
zu studieren.

Ich ließ mich stillvergnügt vom Strome mit
forttragen, obwohl ich mir unter diesen Menschen
so fremd vorkam, wie ein Hering unter den
Stinten. Ich betrachtete jeden meiner Nachbarn
im Gedränge wie eine naturhistorische Merk=
würdigkeit und stopfte mir die Gedächtniszellen
voll Notizenkram. Bald aber, als mein gar zu
arg mitgenommenes Trommelfell seinen Dienst
zu versagen drohte, brach ich aus und verlor
mich in das Gewirr enger und engster Gäßchen,
welche die alte Toledostraße nach beiden Seiten
ausstrahlt. Ich blieb vor jedem Schaufenster
stehen, guckte in jede offene Hausthür hinein und
genoß mit naiver Neugier all die kleinen Idylle,

wie sie das Straßenleben des Südens so reich=
lich bietet, säugende Mütter, laufende Großmütter
und noch Unbeschreiblicheres, wie es dort zu
Lande so gern und harmlos Ereignis wird. Ich
mochte etwa anderthalb Stunden lang in solcher
Art fleißig studiert haben, als mein lebhafter
Hunger mich mahnte, daß es hohe Zeit sei, zum
pranzo heimzukehren. Unbewußterweise hatte
ich bei meinem Irrgang einen großen Bogen
nach rückwärts geschlagen, so daß ich mich mit
leichter Mühe nach der Pension zurückfragte.
Obwohl ich mich sehr beeilt hatte, kam ich doch
bedeutend zu spät und wurde von der schon beim
Braten angelangten Tischgesellschaft mit entschieden
mißbilligenden Blicken empfangen.

Man hatte mir einen Platz gegenüber der
freundlichen Dame aus Sachsen mit der gebildeten
Tochter frei gelassen. Zu meiner Linken saßen
die beiden französischen Geistlichen, zu meiner
Rechten ein sehr unangenehmer, dicker Herr mit
rasiertem Gesicht, welcher die leider nur zu deutsche
Angewohnheit hatte, die Sauce mit der Messer=
klinge aufzuschleckern. Diesen Herrn haßte ich
a priori und verschwendete natürlich kein Wort
an ihn. Die beiden Schwarzröcke waren sich
offenbar selbst genug und verschmähten es, sich

mit einem Ketzer in ein Gespräch einzulassen. Die übrige Tischgesellschaft fand ich keine Zeit eingehender zu mustern, da ich mit dem Nachholen der versäumten Gänge zu sehr beschäftigt war. Blieb mir also, um mein Unterhaltungsbedürfnis zu befriedigen, bloß mein Gegenüber. Aber dies Unterhaltungsbedürfnis war vorläufig gar nicht vorhanden, da mein Kopf mit dem Einordnen der empfangenen Eindrücke beschäftigt und auch die Bedürfnisse des Gemüts durch einen schönen Teller Würmchen in Tomatentunke, d. h. vermicelli alla Napolitana, befriedigt waren.

Camillas Mutter hatte mich sogleich mit einem sanften mütterlichen Vorwurf über mein Zuspätkommen begrüßt und auch sonst noch einige Male einen Anlauf zur Gesprächsanknüpfung genommen, ohne daß es ihr gelungen wäre, etwas anderes wie einige höfliche Redensarten aus mir herauszulocken. Als ich endlich meinen Hunger gestillt und bei der süßen Speise die Tischgenossen wieder eingeholt hatte, begann sich mir doch ein wenig das Gewissen zu rühren über meine langweilige Zugeknöpftheit. Denn ich gehöre sonst nicht zu den Leuten, denen es ein besonderes Vergnügen gewährt, sich ihren Mitmenschen unangenehm zu machen, und zudem konnte ich ja nicht wissen, ob

sich nicht unter der Tischgesellschaft einige liebens=
würdige und angenehme Herrschaften befinden moch=
ten. Ich lehnte mich gemächlich an meinen Stuhl,
während meine Rechte, Brotkügelchen formend,
nachlässig auf der Tafel ruhte. Und nun sah ich
mich in meiner näheren und ferneren Umgebung
um. O du himmlische Güte! Wie kannst du es
zulassen, daß gerade nach den herrlichsten Orten
der Erde, die Natur und Kunst in edlem Wett=
streit mit ihren köstlichsten Gaben verschwenderisch
geschmückt, der genießende Teil der Menschheit
seine abschreckendsten Vertreter entsendet! Wie
oft hat mir nicht schon auf meinen Reisen solch
eine Auswahl touristischer Schreckgestalten den
Genuß eines herrlichen Landschaftsbildes ver=
dorben! Und hier an dieser Wirtstafel am Strande
von Santa Lucia, welch eine Mustersendung von
Schönheiten hatte die liebe Heimat hierher ge=
stiftet! Die beiden Priester, von denen der eine
ein Fuchsprofil, der andere die Physiognomie
eines schlecht rasierten Panthers besaß, sowie meine
liebenswürdige Freundin aus Sachsen mit ihrer
„Gamilla“ waren wahrhaftig noch die lieblichsten
Erscheinungen. Schräg gegenüber saß ein dürrer
Professor, dessen Hals so lang und schwank war,
daß er das gedankenschwere Haupt offenbar kaum

zu tragen vermochte, denn es hing bedenklich vornüber und präsentierte dadurch nur um so aufbringlicher einen fürchterlichen Karbunkel hoch oben auf dem Schädel, während die beleibte Gattin an seiner Seite sich einer Nase erfreute, deren Bildung auf das Lebhafteste an ein bekanntes nahrhaftes Knollengewächs erinnerte. An Camillas Seite saß ein junger Mann, den ich für einen preußischen Referendar schätzte. Sein borstiges, rotblondes Haar war stark pomadisiert, sein gedankenblasses Biergesicht durch Schlägernarben markiert wie ein Schlachtplan auf einer Landkarte, außerdem von zahllosen Pusteln und Wimmerln bedeckt, mit denen sich die plumpen, breitnagligen Finger des jungen Herrn angelegentlichst beschäftigten. An meiner Seite, neben dem ruchlosen Individuum, welches die Sauce mit dem Messer schleckte, saßen zwei äußerst hagere ältere Jungfrauen von einer gewissen sympathischen Häßlichkeit. Auch hatten ihre Stimmen, mit denen sie sich eifrigst mit ihrer Nachbarschaft unterhielten, einen angenehmen Klang, so daß ich mich bei ihnen gewissermaßen von dem Professor und dem Referendar erholen konnte. Zwei unnachahmlich hochmütig dreinschauende Gymnasiallehrer mit äußerst schlechten Manieren, ein buckliges altes Fräulein mit sauren Mienen, und ihre spitznasige Reisebegleiterin, welcher getäuschte Erwartung sozusagen aus jeder Pore hervor=leuchtete — das waren so unter noch mehreren anderen gar zu verschwindend reizlosen Gestalten die denkwürdigsten Erscheinungen. Nein, wahr=haftig! man soll dem lieben Gott für alles dank=bar sein! Mit einer gewissen Reue über mein schlechtes Benehmen ließ ich meine Augen nach der so unerfreulichen Abschweifung wieder zu . meinem Gegenüber zurückkehren.

Da bemerkte ich, wie die Mutter der Tochter etwas zuflüsterte und darauf beide einen raschen, aufmerksamen Blick auf meine rechte Hand warfen. Was war denn nur an dieser Hand ... Ach so, richtig, das hatte ich ja ganz vergessen! Ich trug ja noch den Trauring in der Westen=tasche!

„Was für Dummheiten in Deinem würdigen Alter!" schalt ich mich selbst und gelobte mir, schon morgen früh diesem Scherze ein Ende zu machen, vorläufig aber ... na, wir wollen mal sehen, was daraus wird. Und nun eröffnete ich meinerseits ein Gespräch mit Camilla. Ob sie schon in Pompeji gewesen sei? fragte ich sie.

„Ei ja, freilich!" erwiderte an ihrer Stelle

die Mutter mit großem Eifer. „Jeden Stein kennt sie dort, und ganz genau kann sie einem sagen, was alles im Altertum zu bedeuten gehabt hat. Aber wir gehen gerne noch einmal hin, wenn Ihnen daran liegt, alles so recht gründlich kennen zu lernen; denn wissen Sie, meine Tochter versteht sogar die lateinischen Inschriften!"

„Na, da! Ich dächte gar!" rief ich, unwillkürlich selbst ins Sächsische verfallend. „Sie sind wirklich zu freundlich, meine Damen. Aber wissen Sie, offen gestanden, mache ich mir aus dem alten Gerümpel gar nicht so sehr viel. Ja, wenn man noch ein paar Häuser historisch richtig ausgebaut und mit allen Kunstwerken und dem vollständigen Hausgerät ausgestattet hätte, das wäre was, wofür man sich begeistern könnte; aber so — dort die kahlen Trümmerhaufen, hier die vollgestopften Museumsschränke — nein, das läßt mich verzweifelt kalt!"

Die Mutter Camillas warf mir einen entrüsteten Blick zu und würdigte mich keiner Antwort. War sie wirklich so empört über meine ketzerischen Ansichten, oder hatte ich sie durch meinen sächsischen Tonfall gekränkt? Ich glaube fast das Letztere. Denn auch das gelehrte Mädchen, dessen

Sache es doch sonst eigentlich gewesen wäre, seinen Standpunkt zu verteidigen, warf mir einen bitterbösen Blick zu und hüllte sich in schweigendes Erröten. Beide, Mutter und Tochter, kehrten jetzt den Spieß um, indem sie auf einige liebens= würdige Anknüpfungsversuche meinerseits nur ziemlich einsilbig erwiderten.

Wir waren inzwischen beim Kaffee angelangt, und als das Mädchen mir die Tasse präsentierte, fragte ich sie, ob ich denn nun das größere Zimmer, von dem sie vorhin gesprochen hätte, bekommen könnte.

„Ei freili, wohl!" versetzte die brave Maid, und dann beugte sie den Kopf, seltsam verlegen, ganz nahe an mein Ohr herab und flüsterte mir zu: „Zimmer Nummer 13, wann's gefällig ischt."

Ich mußte lachen und rief laut: „Ja, warum soll's denn nicht gefällig sein? Meinen Sie, ich sollte mich vor der Nummer 13 fürchten? Bitte, schaffen Sie nur meine Sachen dann gleich hinüber!"

„Ach, Sie haben Zimmer Nummer 13?" redete mich plötzlich Camillas Mutter wieder an und lächelte dabei über das ganze Gesicht. Aber dieses Lächeln hatte etwas Hinterlistiges, Schaden= frohes an sich.

11

Ich stutzte. „Sie lächeln so geheimnisvoll, gnädige Frau? — und die brave Monika war eben auch so verlegen! Wollen Sie mir nicht sagen, was es mit diesem Zimmer Nummer 13 für eine Bewandtnis hat?"

Camillas Mutter zuckte die Achseln. „Ach Gott, weiter gar nichts — das ist natürlich bloß so ein dummes Gerede — wir schlafen nebenan auf Nummer 14, aber wir haben noch nie was gemerkt. Wenn man ein gutes Gewissen hat, schläft man ja auch überall gut, nicht wahr?"

„Ah so!" rief ich. „Es spukt also wohl in Nummer 13? Das Skelett im Hause! Hu! Mir wird schon ganz grauslich!"

Madame wechselte Blicke des Einverständnisses mit verschiedenen Gästen, die schon gleich ihr einige Zeit hier wohnen mochten, ehe sie, nase= rümpfend, mir erwiderte: „Wir glauben ja natürlich auch nicht an solchen Unsinn; aber sie erzählen eben hier in der Pension so allerlei Ge= schichten — es sollen schon öfters Gäste, die eine Nacht in dem Zimmer zugebracht hatten, am andern Tage fortgezogen sein, weil sie zu furcht= bare Erscheinungen gehabt hatten."

Die junge Wirtin, die gerade im Saale an= wesend war, mochte Unheil fürchten. Sie trat hinter den Stuhl der sächsischen Dame und bat sie, diese Gerüchte doch nicht weiter zu verbreiten, die ja so ganz grundlos wären und ihrem Hause doch schaden könnten bei ängstlichen Leuten.

„Nu ja, ich sage ja auch nichts," rief die Dame, gezwungen lachend. „Der Herr da wird sich schon nicht vor dem Gespenst einer alten Jungfer fürchten!" Und dann, sich an mich wendend: „Es hat sich nämlich vor einiger Zeit eine englische Miß umgebracht, aus unglücklicher Liebe zu einem hiesigen schönen Steinschneider, wie es heißt. An einem Nagel gerade gegen= über dem Bett soll sie sich aufgehängt haben. Und seitdem spukt sie natürlich alle Nacht in Ihrem Zimmer herum. Einige Gäste, die auf Nummer 13 geschlafen haben, sollen erzählt haben, sie hätten deutlich eine Gestalt im Nacht= gewande an dem nämlichen Nagel hängen sehen, und dann wäre die Gestalt heruntergehuppt und mit ausgebreiteten Armen auf das Bett zu= geschwebt gekommen. 's ist ja natürlich ein grasser Unsinn, die pure Einbildung! Sie werden sich durch so was schon nicht stören lassen, nicht wahr? Na komm, Camilla, ich wünsche gesegnete Mahlzeit."

Sie erhob sich, grüßte zufrieden lächelnd, und

rauschte mit ihrer Tochter hinaus. Wir anderen folgten alsbald ihrem Beispiel.

Da ich die letzte Nacht, von den weichen Wellen des Mittelmeeres sanft geschaukelt, ganz prächtig geschlafen hatte, so dachte ich vorläufig noch gar nicht daran, ins Bett zu gehen. Ich betrat mein unheimliches neues Schlafzimmer nur für einen Augenblick, um mir einen wärmeren Rock für den Abend anzuziehen. Das Zimmer gefiel mir recht gut. Es war hoch und weit und daher auch schön luftig. Der Boden war natürlich auch mit den unvermeiblichen Kacheln belegt, aber kleine Teppiche vor dem Bett, vor dem Sofa und unter dem geräumigen Tisch in der Mitte milderten doch ein wenig den frostigen Eindruck. Auch hier fiel das Licht von der Straße her allein durch die hohe und breite Balkonthür ein, und war von innen durch leicht bewegliche hölzerne Klappladen abzusperren. Vor den Laden hingen arg geflickte weiße Tüllgardinen. An Möbeln war das Notwendigste vorhanden — allerdings auch hier wieder jener abscheuliche eiserne Waschständer — aber in dem hallenähnlichen Raume verloren sich die paar Stücke, ohne ihm ein wohnliches Ansehen geben zu können. Auf das, was wir in Deutschland Gemütlichkeit nennen, muß man ja aber in Italien doch bald verzichten lernen. Ich mußte also schon mit diesem Quartier zufrieden sein. Der Geist der seligen Miß sollte mir die Nachtruhe sicherlich nicht stören. Denn seit ich einmal in meinem Leben einer spiritistischen Sitzung in gläubigem Kreise beigewohnt habe, ist mir jeglicher Respekt vor Geistern abhanden gekommen.

Richtig, da stak ja noch der Nagel in der Wand, an dem die unglücklich Liebende gehangen hatte. Ich mußte auf einen Stuhl steigen und mich auf die Zehenspitzen erheben, um gerade mit den Fingern daran zu reichen. Er saß noch bombenfest. Die Verewigte muß eine hübsche Länge gehabt haben, um so hoch hinaufzukommen. Dicht unter den Nagel hatte man, wohl um die Stelle zu entsühnen, ein Madonnenbild mit aufgeklebten Goldflittern gehängt. Ganz beruhigt steckte ich mir eine Cigarre an und verließ, nachdem ich die Thür hinter mir abgeschlossen hatte, das Haus, um nun einmal Neapel bei Nacht zu studieren.

Ich muß gestehen, daß Mitternacht längst vorüber war, als ich endlich mein Lager aufsuchte, und daß meine anstrengende nächtliche Studienreise mich genötigt hatte, verschiedene Stationen zu machen, wobei ich denn dem Genusse verschiedener mehr oder minder geistiger

Getränke sowie auch zwischendurch einem kleinen Imbiß nicht hatte entgehen können. Man deute ja dieses Geständnis nicht so, als sei ich etwa betrunken gewesen! O nein, wahrhaftig nicht! Ich war nicht einmal angeheitert, sondern im Gegenteil ziemlich betrübt. Mit beginnendem Kopfweh legte ich mich zu Bette, und sobald ich die Augen schloß, hatte ich das Gefühl, mich auf dem Schiff zu befinden, und zwar bei stark be= wegter See — sehr erklärlich übrigens nach einer mehrtägigen Seereise. Ich versuchte vergeblich, mir klar zu machen, daß ich mich hier auf dem festen Lande, in dem schönen Neapel, Santa Lucia Nummer so und so viel, und noch dazu in dem berüchtigten Zimmer Nummer 13 befinde. Da= gegen tauchte die „Sumatra" mit allen Einzel= heiten vor mir auf. Ich sah die Offiziere des Schiffes und alle meine Reisegefährten deutlich vor mir. Ja, ich sah sogar ebenso klar wie in den Nächten an Bord durch die Vorhänge meiner Koje hindurch, wie der braune, spindelbeinige Italiener, der mit mir die Kabine geteilt hatte, seinen Gummikragen mittelst Nagelbürste und Seife reinigte. Und dann durchlebte ich in un= ruhigem Halbschlaf eine ganze Sturmnacht mit allen intimen Schrecknissen einer solchen. Nicht allein, daß mir recht beklommen um's Herz wurde, daß ein geheimnisvoller Feind in meinem Innern von Zeit zu Zeit nach meiner Kehle tastete und sie mit immer kräftigerem Griffe umspannte, es wurden auch zu meinen Häupten Töne laut, welche mir einen womöglich noch größeren Schrecken einjagten. Ein langgezogenes Stöhnen, ein hohles, banges Röcheln ließ sich, unheilverkündend, dort oben vernehmen. O du himmlische Güte! Wenn der Signorino mit dem Gummikragen nun von seinem erhabenen Lager aus Erleichterung seiner Nöte suchte und fand, so durfte ich Unglücklicher es nicht mehr wagen, dem gleichen Drange folgend, meinen Kopf aus der finsteren Zelle hervorzustrecken! Ich fühlte, daß eine Katastrophe auch mir nahe bevorstehe, und die Verzweiflung legte sich kalt wie ein Eisbeutel auf mein Kreuz. Da kam mir ein rettender Gedanke: Umdrehen! den Kopf an's Fußende betten! Das war nun freilich bei der entsetzlichen Schmalheit und Niedrigkeit der Koje nur dadurch zu ermöglichen, daß ich erst einmal ganz herauskroch, ehe ich mich umgekehrt wieder hineinlegte. Aber was half's? Es mußte gewagt sein! So, ein Bein war draußen, und nun schlug ich mit Anstrengung die Augen auf ... Da — was war das? Träumte ich?

Nein, ich sah es ganz deutlich, ich hatte ja die Augen weit auf — — — eine graue Gestalt, die sich über mich gebeugt hatte, richtete sich plötzlich auf und huschte lautlos in die Dunkelheit zurück.

Die Kälte aus der Kreuzgegend krabbelte mir wie mit nassen Fingern am Rückgrat hinauf; aber ich wachte doch gewiß und wahrhaftig! Mein linkes Bein hatte ich in der That aus dem Bett herausgestreckt. Aber ich war mir doch klar, daß dies ein schönes breites italienisches Bett und keine Schiffskoje und dies ein hoher, luftiger Raum und keine stickige Kabine sei. Das andere hatte ich alles geträumt. Dies war die Wirklichkeit, und die graue Gestalt ... hm, sonderbar!

Ich zog mein Bein wieder unter das Deckbett und ließ mich mit geschlossenen Augen auf das Kissen zurücksinken. Merkwürdigerweise hatte sich das Gefühl der Übelkeit im Erstaunen über diesen neuen Spuk plötzlich verloren; aber die Kälte im Rücken war auch recht unangenehm. Ein paar Minuten mochte ich so gelegen haben — mir begann sogar schon wieder warm zu werden, als ein eigentümlich modrig duftender und dabei kalter Hauch mein Gesicht streifte.

Ich fuhr in die Höhe, stützte mich auf meine

Hände und riß die Augen weit auf. So wahr ich ... Da huschte wieder die graue Gestalt davon, und diesmal war ihr Verschwinden von einem leise schurrenden Geräusch begleitet, wie wenn man mit der Kante eines Papiers über eine rauhe Wand wegwischte. In größter Hast tastete ich auf dem Nachttisch herum nach der Pappschachtel mit den cerini. Ich kann nicht umhin, zu gestehen, daß meine Hand zitterte und daß es mir nicht sogleich gelang, ein Kerzchen in Brand zu setzen. Ein halbes Dutzend mochte ich wohl vergeudet haben, ehe endlich mein Licht brannte. Mit gespannter Aufmerksamkeit starrte ich rings im Zimmer herum, nach der Decke hinauf, auf den feucht gleißenden Boden hinunter, leuchtete unter das Bett — es war alles in Ordnung, nicht ein Schatten von irgend etwas Ungewöhnlichem zu gewahren. Gerade dem Bette gegenüber stak der solide, berühmte Nagel, welchem die liebeskranke Miß ihren jungfräulichen Leib anvertraut hatte, und das Flackerlicht der Kerze spielte auf den Goldflittern des Heiligenbildes darunter. Aus diesem Flackern der Kerze schloß ich auch wohl mit Recht, daß der Zug, welcher vorhin mein Gesicht getroffen hatte, von der dem Kopfende des Bettes sehr nahen Thür herkommen

müsse, die wie alle italienischen Thüren erbärm=
lich schlecht schloß. Und der Moderduft? Ja, es
wäre weit merkwürdiger gewesen, wenn es in
einem neapolitanischen Hause nicht nach etwas
geduftet hätte. Ich legte also die gehabten Er=
scheinungen meiner kleinen Magenverstimmung
zur Last und löschte beruhigt das Licht aus.

Da, in dem Augenblicke, als ich die Stepp=
decke heraufziehen und die Augen schließen wollte,
sah ich ... der hölzerne Laden von der Balkon=
thür schloß nicht ganz dicht und es drang von
der Straße her ein Lichtschimmer herein, der
immerhin genügte, um die Gegenstände an der
gegenüberliegenden Wand einigermaßen erkenn=
bar zu machen — ich sah in diesem schwachen
Lichte ganz deutlich da drüben an dem bewußten
Nagel eine lange graue Gestalt hängen und
langsam hin und her schwingen gleich dem Zweige
einer Trauerweide, die ein weicher Westwind
bewegt!

Mit einem Ruck saß ich wieder aufrecht im
Bett und starrte das Schrecknis an, am ganzen
Leibe — wozu es leugnen — von kaltem Ent=
setzen geschüttelt. Und jetzt ... Herr des Him=
mels, wirklich ganz so, wie es andere Gäste
gesehen hatten — — jetzt sprang die Gestalt

geräuschlos von der Wand herab, bückte sich, lief ein paar Schritte, dicht an die Wand gedrängt und von jenem entsetzlichen wischenden Geräusch begleitet, nach dem Kleiderschrank, in dessen Innerm sie zu verschwinden schien.

Nein, das war keine Täuschung gewesen! Ich war meiner Sache ganz sicher und die fieberhafte Aufregung gab mir den heroischen Entschluß ein, das nichtsnutzige Gespenst dort im Kleiderschrank abzufassen. Wieder tastete ich nach den Wachskerzchen — o weh! In meiner zitternden Hast warf ich die Schachtel vom Tisch — da lagen sie auf dem Kachelboden weit zerstreut, mit unheimlich phosphorescierenden Köpfen. Ich konnte unmöglich Zeit mit Aufsammeln verlieren. Wie ein Wahnsinniger stürzte ich auf den Kleiderschrank zu, mit bloßen Füßen, waffenlos — mit meinen Händen wollte ich das Ding erwürgen, wenn es überhaupt etwas Greifbares war, und wenn nicht, dann sollte es mein furchtloser Blick allein schon in sein Nichts auflösen. Löwenkühn ergriff ich den Schlüssel des Kleiderschranks.

Ah, er war verschlossen! Durch's Schlüsselloch also war die Miß hineingeschlüpft! Und wie ich den Schlüssel mit kräftigem Ruck umdrehe und, um die verklemmte Thür aufzureißen, die andere Hand ein wenig anstemme, da gerät der ganze Schrank ins Wackeln und aus seinem Innern heraus bringt ein Geräusch an mein Ohr, das mein erhitztes Blut plötzlich wieder zu Eis erstarren machte — — ein Geräusch, wie wenn alte, lose, trockne Knochen aneinander klapperten.

Ich gestehe es mit Scham, gern wäre ich vor Entsetzen über dies dürre Geklapper mit einem Satze in mein Bett zurückgesprungen und hätte die Decke über die Ohren gezogen — aber schon war's geschehen!

Da stand ich vor dem offenen Schranke und sah mit offenen, sehenden Augen nicht ein, nein vier, fünf, ein halbes Dutzend und mehr Gerippe in einer Reihe neben einander darin hängen!!

Mit letzter Kraft warf ich die Thür zu, dann taumelte ich rückwärts, warf einen Stuhl um, suchte mich an der Tischdecke festzuhalten und riß diese mit allem, was darauf stand, herunter. Das Geklirr des zerschellenden Porzellanschreibzeugs, das Poltern und Kollern anderer Gegenstände übertönte für einen Augenblick das entsetzliche Klappern und Rasseln der alten Knochen da drin im Schranke. Noch fühlte ich, wie das kalte Eisen des Bettgestells die Blöße meines

Körpers berührte, noch hörte ich, wie ein ängst=
liches Kreischen und Stöhnen von irgend woher
laut ward — dann sank ich bewußtlos auf mein
Lager zurück.

Die Empfindung recht unbehaglicher Kühle
brachte mich bald genug wieder zum Bewußtsein.
Aber was mir eigentlich geschehen sei, das fiel
mir erst wieder ein, nachdem ich mich im Bett
ein paar Minuten lang aufgewärmt hatte. Nur
einen Augenblick schwankte ich, ob ich das Haus
alarmieren oder mit über den Kopf gezogener
Decke dem Spuk zum Trotz zu schlafen versuchen
sollte, dann überwog doch die Neugier die Furcht.
Ich setzte mich vorsichtig auf und spähte nach
dem berühmten Nagel und nach dem grausigen
Schrank hinüber. Der Nagel war leer und auch
an und um den Schrank vermochte ich den miß=
lichen Schatten nicht mehr zu entdecken. Ich
atmete erleichtert auf. Der Geist war ja auch
bei den sechs Skeletten ganz gut aufgehoben.
Weshalb sollte er mich weiter plagen? Ich war
nach den gegebenen Proben von seiner Leistungs=
fähigkeit schon völlig überzeugt. Der Sicherheit
halber wollte ich aber doch erst noch einmal den
ganzen Raum ableuchten, ehe ich es mit dem
Schlafe versuchte. Ich tastete mit der Hand auf

dem Nachttischchen herum — in der Verwirrung
dachte ich nicht daran, daß ich die cerini schon
vorher heruntergeworfen hatte, und schleuderte
ihnen nun in meiner aufgeregten Tappigkeit
auch noch den porzellanenen Leuchter nach, der
mit scharfem Klirren auf den Kacheln des Fuß=
bodens zerschellte. Unwillkürlich that ich einen
leisen Schrei, dem ich einen ärgerlichen Fluch
folgen ließ. Da — horch! Der Schrei hatte
ein Echo gefunden. Unheimlich, wie das schallte
in diesem hohen, kahlen Raume. Ich versuchte
die Sache noch ein paar Mal, um mich über
das Phänomen zu vergewissern. Ha! — Ho! —
Hu! ließ ich es mit kurzen Pausen dazwischen
scharf artikuliert zur Decke emporschallen.

Aber nein, das war kein Echo, was mir da
antwortete! Das war erst ein gedämpftes Krei=
schen, dann ein Winseln, dann ein Wimmern.
Ohne Zweifel kam es aus dem verschlossenen
Schranke. Gewiß hatte ich Unglückseliger das
schlummernde Gespenst wieder geweckt.

O du Grundgütiger! Da war es wieder!
Diesmal aber nicht in Gestalt eines grauen
Schattens, sondern im Gegenteil als ein bleicher
Lichtstreif, welcher quer über den Kleiderschrank
hinüberfiel und durch das ganze Zimmer hindurch

wie ein Kometenschweif leuchtete. Mein Auge
folgte seiner Bahn und da .... Nein, wie doch
die Angst einen zum Narren machen kann! —
Da entdeckte ich, daß die Lichtquelle, von der
jener Schein ausging, ganz einfach ein Schlüsselloch war, und ich erinnerte mich jetzt plötzlich,
daß sich ja die Thür zum Nebenzimmer in jener
Nische dort drüben befinde, in der mein eisernes
Waschgerät stand. Dort nebenan war also offenbar noch jemand auf — vielleicht war einer der
anderen Herren noch später heimgekommen als
ich — ich konnte an die Thür klopfen und ihn
um Licht bitten, ihn freundlichst auffordern, mit
mir zusammen den Schrank und alle die unheimlichen Winkel der Nummer 13 zu untersuchen.
Fanden sich die sechs Skelette nicht vor, waren
sie also wirklich nur Erzeugnisse meiner Einbildung, so konnte ich mich doch beruhigt wieder
zu Bett legen — und die Blamage war wenigstens
nicht so groß, als wenn ich jetzt in meiner Angst
die Hausgenossen aus dem Schlafe geschreckt hätte.
Der Kometenschweif wurde mir also zu einem
wirklichen Hoffnungsstrahl.

Ich sprang abermals aus dem Bett, war
jedoch diesmal so vorsichtig, mir Pantoffeln
anzuziehen und meine kamelwollene Reisedecke

togaartig um den Leib zu schlagen, ehe ich das finstere, verwunschene Zimmer zu durchqueren wagte; denn ich begann schon jetzt zu spüren, daß mir das barfüßige Herumpatschen auf den kalten Kacheln den schönsten Schnupfen eintragen würde. Behutsam, mit leise schlurfenden Pantoffeln schob ich auf den tröstenden Lichtpunkt zu, ohne mich nach der Gegend des Schrankes und des Nagels umzusehen. Ganz ohne alles Gepolter ging es freilich nicht ab, da ich unterwegs an verschiedenen Hindernissen Anstoß nahm. Ich fiel beinah über den vorher umgestoßenen Stuhl, stieß mit dem Fuß an allerlei Scherben und verwickelte mich in die heruntergefallene Tischdecke. Aber endlich erreichten meine tastenden Hände doch glücklich den Waschständer und ich beugte mich herab, um durch das Schlüsselloch hindurchzuspähen.

O wie grausam wurde meine frohe Hoffnung zerstört! Selbst der dicke Herr, welcher die Tunke mit dem Messer aufschleckte, wäre mir als Retter in der Not willkommen gewesen; aber dies Zimmer da nebenan mußte Nummer 14 sein, denn zu meinem nicht geringen Schrecken erkannte ich in der weißen Gestalt, die in dem Bette gerade gegenüber der Thür aufrecht saß und mit angstweiten Augen herüberstarrte — die schwer gekränkte Mutter Camillas. Sie war die letzte, der ich mich in meiner Herzensangst hätte anvertrauen mögen!

Sah die Frau aus! Ein Bild des Entsetzens! Es kam mir vor, als ob selbst die Schleife auf ihrer Nachthaube sich vor Grauen sträubte. Horchend beugte sie sich vor, und dann bewegten sich ihre Lippen — sie mochte der Tochter, deren Bett ich nicht sehen konnte, etwas zuflüstern. Ein leises Wimmern antwortete ihr. Ah, hier war also der Ursprung des unheimlichen Echos zu suchen! O Himmel! War es nicht vielleicht doch denkbar, daß auch meine anderen schreck= lichen Gesichte nur auf Sinnestäuschung beruht hätten!

Eben wollte ich mich aufrichten, um mit Todesverachtung noch einmal dem Geheimnis des Schrankes auf den Leib zu rücken, als es plötz= lich wie ein elektrischer Schlag meinen Körper durchzuckte! Die Luft blieb mir weg, die Augen wurden mir zugedrückt von einer unsichtbaren Gewalt, der Mund weit aufgerissen — — ein mächtiger Nieser, der in dem weiten Raume fast wie ein Kanonenschuß dröhnte, erschütterte mich vom Wirbel bis zur Zehe und schleuderte meinen

Schädel mit mächtigem Stoße gegen die Thür. Und noch einmal, hilf Himmel! — a ah! — pruh, hatschi!!! Diesmal verlor ich gar das Gleichgewicht und riß im Fallen den unglückseligen Waschständer samt Schüssel und Kanne mit mir um, und das Wasser aus letzterer ergoß sich in vollem Strahle über mein schmerzendes Haupt und verbreitete sich über meinen schaubernd zusammenzuckenden Rücken.

Noch hatte ich diesen neuen Unglücksfall in seiner ganzen Bedeutungsschwere nicht erfaßt, noch hatte ich mich nicht aufgerafft von meinem feuchten Ruheplatz, als sich erst da drin in Nummer 14 und gleich darauf auf dem Corridor ein rasendes Gekreisch, Hülfegeschrei und Geklingel erhob. Das fehlte bloß noch! Auf Händen und Füßen mühsam kriechend, suchte ich der Überschwemmung zu entfliehen, denn meine unteren Extremitäten hatten sich beim Fallen so in die Decke verwickelt, daß es mir nicht gleich gelang, mich aufzurichten. Ich hatte kaum eine kurze Strecke auf diese unbequeme Art zurückgelegt, als meine Linke abermals in eine feuchte Lache tappte. Ich mußte also die Richtung verfehlt haben. Ha, was war das? Ach so, der umgefallene Stuhl!

Indem ich mich kräftig auf ihn stützte, gelang es mir endlich, mich aufzurichten. Ich atmete hoch auf und strich mir zunächst einmal mit beiden Händen das triefende Haar aus dem Gesichte, dann raffte ich die heruntergeglittene Toga wieder auf und wickelte mich so fest wie möglich da hinein, denn mich fröstelte am ganzen Leibe und so pudelnaß konnte ich mich doch nicht gleich ins Bett legen. Außerdem hatte mich von der Balkonthür her ein recht empfindlich kühler Zug getroffen. Ich besaß wahrhaftig den Mut, auf die Thür loszugehen und den hohen Laden ein wenig zurückzuklappen. Da entdeckte ich, daß die Thürflügel nur leicht an einander gelehnt waren. Eben als ich sie schließen wollte, blies von der Straße her ein Windstoß so kräftig durch die Spalte, daß die leichte Gardine — und zwar jener Zipfel an der Seite des Schrankes — hoch in die Höhe geweht wurde, wobei auch ein Stück Papier, das da an der Wand herumlag, sich in Bewegung setzte und jenes abscheuliche, wischende Geräusch hervorbrachte, welches mich vorhin so geängstigt hatte.

Herr du mein Jemine! sollte nicht am Ende das graue Gespenst samt allen seinen schauderhaften Evolutionen . . .?! Ich griff mir an die

Stirn und that einen entschlossenen Schritt auf den Schrank zu — — aber nein, den wollte ich doch lieber zufrieden lassen, bis das Tageslicht mir volle Sicherheit gewährte.

Eben schickte ich mich an, meiner freudlosen Lagerstatt wieder zuzutappen, als heftig an meiner Zimmerthür gerüttelt wurde, während zugleich ein ganzer Chor von schrillen Frauenstimmen begehrte, daß ich öffnen sollte.

Einen Augenblick schwankte ich — aber nein, mochte es denn geschehen! So kommt doch endlich Licht in diese Sache, dachte ich und schob den Riegel zurück.

Da standen sie vor mir in unbeschreiblichen Gewanden, die derbe schweizerische Magd mit einem Schrubber an der Tête, hinter ihr die zarte Gestalt der hübschen Wirtin mit der Warze und endlich, ihre Hälse lang ausreckend, schreckensbleich, Camilla und ihre Mutter, und jede hielt ein Licht mit ausgestrecktem Arm mir entgegen. Kaum aber hatten sie mich erblickt, als sie alle vier wie aus einem Munde einen Schrei des Entsetzens ausstießen, der schauerlich in den hohen Gängen des Hauses wiederhallte.

„Jessas, Maria, Joseph! Wie schaue Sie aus!" rief die Magd, indem sie einen Schritt zurückwich und mir abwehrend den Schrubber entgegenstreckte.

Und Camillas Mutter kreischte auf: „Ach Gott, es hat ihn gezeichnet, es hat ihn gezeichnet!"

„Aber, meine Damen," stammelte ich verwirrt, „was sehen Sie denn nur an mir, ich hatte solchen Durst, ich suchte die Caraffe, und da warf ich erst das Licht und die Streichhölzer herunter und dann fiel ich hin und kriegte die Wasserkanne über den Kopf. Ich bin wohl noch etwas feucht?"

Da trat die hübsche kleine Wirtin einen Schritt auf mich zu und rief: „Ach, Herr, Sie haben ja die ganze linke Seite vom Gesicht kohlschwarz!"

Erschrocken wollte ich meine Linke an meine Wange führen, als ich bemerkte, daß auch die Hand ganz seltsam schwarz gemustert war. Da kam mir eine Erleuchtung: ich war mit dieser Hand vorhin in die ausgeflossene Tinte geraten und hatte mit ihr meine linke Gesichtshälfte gefärbt.

Eben wollte ich den zitternden Frauen auch dieses Schrecknis erklären, als sich auf der gegenüberliegenden Seite des Corridors eine Thür aufthat und die beiden französischen Geistlichen, die schwarzen Soutanen über die bloßen Beine zusammenraffend, daraus hervortraten.

„Mais je vous prie, mesdames, qu'est ce donc ce qu'il y a?“ rief der mit der rasierten Pantherphysiognomie.

Da erhub Camilla ihre bebende Stimme, so hoch sie konnte. „Messieurs“, jammerte sie: „Messieurs, il y a des . . . Mama, was heißt doch Geist?“

„Esprit, mein Kind!“

„Messieurs, il y a des esprits dans la chambre de ce monsieur!“

Die beiden Priester blickten einander ratlos an und zuckten die Achseln.

„Mademoiselle veut dire: des spectres!“ verbesserte die Wirtin.

Die Schwarzröcke stutzten erst einen Augenblick und sahen sich wieder mit zweifelndem Lächeln an, dann sagte der mit dem Fuchsgesicht beschwichtigend: „Voyons, voyons, mes filles!“ und betrat mit seinem Genossen, von den vier Frauen gefolgt, mein Zimmer.

Angesichts dieses lächerlichen Aufzuges war plötzlich alle Gespensterfurcht von mir gewichen. Ich verbeugte mich, indem ich den einen Zipfel meiner Toga mit einer gewissen Großartigkeit in edlere Falten warf, mit klassischem Anstand vor den beiden Priestern und dann lud ich durch eine ermunternde Handbewegung die Damen ein, näher zu treten.

„Ja," sagte ich, zu Camillas Mutter gewendet, „Sie hatten recht, gnädige Frau, es ist nicht ganz richtig in diesem Zimmer. Wenn sich die Herrschaften gütigst überzeugen wollen — dort in meinem Kleiderschranke hängen vier bis sechs Gerippe!"

„Ahhh!" kreischte Camilla auf — und sank halb ohnmächtig in meinen rasch ausgestreckten Arm, indes die geistlichen Herren samt der streitbaren Magd entschlossen auf das unheimliche Möbel zuschritten.

Jetzt rissen sie die Thür auf — — ich muß gestehen, daß ich doch mit etwas banger Erwartung meine Augen auf den Schrank geheftet hielt und nicht wenig erleichtert aufatmete, als es sich nun beim Scheine der vier emporgehaltenen Kerzen herausstellte, daß meine Skelette nichts anderes waren als — — vier Kleiderriegel von allerdings eigenartiger Beschaffenheit. Es waren nämlich an den auch bei uns landesüblichen hölzernen Bogen an beiden Spitzen noch lange dünne Stangen befestigt — jedenfalls eine höchst praktische Einrichtung, um die Röcke beim Ausbürsten von oben bis unten glatt auszuspannen.

Die sittliche Entrüstung der in ihrem schönsten Schlafe Gestörten ergoß sich zunächst über mich, wandte sich dann aber, als ich meine Erklärung des rätselhaften Gepolters in meinem Zimmer nochmals mit eindringlicher Klarheit wiederholt hatte, gegen Camillas Mutter, die den Alarm gegeben. Camilla selbst gab noch kein Lebenszeichen von sich. Noch immer lehnte ihr blondes Haupt an meiner linken Schulter, noch immer hielten meine Arme ihre volle Gestalt stützend umfangen.

Die beiden Geistlichen, die Wirtin und die Magd hatten sich mit einigen Entschuldigungen gegen mich und einigen Verwünschungen gegen die Urheberin der nächtlichen Ruhestörung zurückgezogen — da trat diese letztere mit zornflammendem Angesicht und funkelnden Augen dicht vor mich hin und raunte mir zu: „Mein Herr, man hat Sie in diesem Aufzug gesehen, meine Tochter in Ihren Armen! Mein Herr, ich hoffe, Sie werden wissen . . . ."

„Fürchten Sie nichts, gnädige Frau!" unterbrach ich sie, verschmitzt lächelnd. „Ich habe meinen Trauring in der Westentasche — ich werde ihn Ihnen morgen zeigen!"

Sie verzichtete freiwillig auf diesen Beweis meiner Ungefährlichkeit und reiste am andern Morgen mit Camilla ab. Leider habe ich den Familiennamen der freundlichen Dame vergessen; sollten ihr aber diese Zeilen zufällig zu Gesicht kommen, so möge sie gütigst dies offene Geständnis meiner ausgestandenen Heidenangst als eine kleine Buße ansehen für den schlechten Scherz, den ich mir mit ihr erlaubt.

———

Hero und Leander.

Eine Geschichte vom Gardasee.

Schwüle Mittagshitze brütete über der Bucht von Riva. Die Ora, der regelmäßige Morgen=wind, war ausgeblieben und unbewegt lag der blaugrüne Spiegel des Sees zu Füßen der steilen Felswände, an welchen die neue Kunststraße, in zahlreichen Windungen bald weite Bogen, bald kurze Schleifen bildend, durch Tunnel hindurch und über Abgründe hinweg bergan klimmt, bis sie das wilde Hochthal des Lopio erreicht. Die weißen Sprengflächen des Kalkgesteines, der feine Staub, welcher die Straße wie ein weicher Teppich bedeckt, warfen sie die fast senkrecht auffallenden Sonnenstrahlen in so verstärktem Glanze, so glühend heiß zurück, daß allein schon der Gedanke auf dieser Straße wandern zu müssen Augen=schmerzen bereiten konnte. Es war auch weit und breit kein lebendes Wesen zu entdecken, kein Boot durchfurchte die regungslosen warmen Fluten des Sees, keine Möve, keine Schwalbe wagte sich hinaus in die zitternde Sonnenglut, und auch die wenigen knorrigen Feigenbäume, welche hier und dort dem kahlen Fels ihr Dasein abzuringen mußten, ließen schlaff und lechzend die weißbestaubten Blätter hangen.

Aus dem großen Tunnel hervor, in welchem die Gedenktafel für die Vollendung jenes gewaltigen Straßenbaues angebracht ist, schleppte sich in müdem, gleichsam blind zutappendem Schritt eine Kompagnie des 51. Infanterieregiments der nun nicht mehr fernen Garnison zu. Sie hatte eine höchst beschwerliche Felddienstübung in jenem kahlen Felsgebiete hinter sich. Von den schmucken blaugrauen Uniformen der Leute war nichts mehr zu sehen: vom Kopf bis zu den Schuhen weiß wie Müllerburschen, von einer weißen Staubwolke dicht umhüllt, mit lechzenden Gaumen und heißen Augen, trotteten sie weiter und beschleunigten, wie müde Pferde, die den Stall wittern, ihre Gangart noch mehr, sobald sie bei der letzten Biegung des Weges die Stadt Riva vor sich liegen sahen. Manch einem von den armen Teufeln mochte es erscheinen, als ob all die weißen Mauern mit den grünen Fensterladen, die Masten im Hafen, die Kirchtürme, die dunklen, zierlichen Cypressen in den Gärten am Ufer von den blendenden Glutwellen hin= und hergeschaukelt würden. Nur das Gefühl, daß das Schwerste nun überstanden sei, hielt die Soldaten im Gliede und trieb die ·taumelnde Masse vorwärts. Schon lag das erste, freilich sehr weit vorgeschobene Haus, eine düstere, wenig einladend aussehende Trat= toria, dicht vor ihnen, als in der letzten Sektion mit kurzem, dumpfem Klagelaut ein Mann zu= sammenbrach.

Die Fieberhitze der Köpfe und die Übermüdung der Glieder hatte die Leute so abgestumpft, daß der Unfall ihres Kameraden dem gleichmäßigen Vorwärtsdrängen der Kompagnie nicht mehr Ein= halt zu thun vermochte. Sie hätten den Unglück= lichen mitleidlos auf der Straße liegen lassen, wenn nicht einer der schließenden Unteroffiziere sich dazu aufgerafft hätte, im Laufschritt an die Spitze zu traben und den Hauptmann von dem Unfall in Kenntnis zu setzen.

Dem ging es nicht viel besser als seinen Leuten. Sein Pferd lahmte und wurde von einem Spiel= mann am Zügel geführt, so daß er, der wohl= beleibte Herr mit dem bedenklich roten Kopfe, sich bequemen mußte, den Kalkstaub zu schlucken, den seine eigenen Füße aufwirbelten, und über= dies noch genötigt war, seinen Armen dadurch Bewegung zu machen, daß er seinem arg ge= plagten Leibroß in dem Bemühen, sich der bösen Bremsen zu erwehren, mit seinem Schwerte bei= stand.

„Wer is dees?“ keuchte der Hauptmann auf die erstattete Meldung mit trockenem Tone her= vor. „Natirli der Kropatscheck! Zum Umfall'n is der Lakel olle Mal d'Erst! Na Sie, Zugs= führer Meinhold, bleiben's bei dem Kerl z'ruck und schaun's, daß er nit hin wird, sunsten ....! Sie werden dees schon schaffen, Meinhold, wozu san's denn sonst im Sanitätsdienst ausbüldet?“

„Befehlen, Herr Hauptmann!“ versetzte der Zugsführer (Sergeant sagt man bei uns im Reich) in strammer Haltung und begab sich dann eiligst wieder zu dem Ohnmächtigen. Er schleppte ihn zunächst in den spärlichen Schatten, welchen die Straßenmauer warf, öffnete ihm dann den Waffen= rock, rieb ihm die Schläfe mit Branntwein ein und befeuchtete damit auch seine Lippen. Als der Mann trotzdem die Augen noch nicht wieder aufschlug, wurde Meinhold ängstlich und eilte zunächst der nahen Schenke zu, um dort jeman=

den aufzutreiben, der den Bewußtlosen hierher
tragen hülfe.

Die Trattoria alla bella vista (Wirtshaus
zur schönen Aussicht) glich eher dem Stumpfe
eines ehemaligen plumpen Wartturmes, als einem
modernen Vergnügungsorte. Ein quadratischer
Steinhaufen ohne jegliche Gliederung war es mit
der oberen Hälfte gleichsam an den Felsen an-
geklebt, während auf der anderen Seite die
Wellen des Gardasees die Mauern bespülten.
Die wenigen Fenster des obersten Stockwerkes
gingen nach der Seeseite hinaus, während an der
Straßenseite sich nur eine breite, von einem
bunten Teppich verdeckte Eingangsthür befand.
Der schwarze Anstrich der Mauern und das sehr
nachlässig, gleichsam nur notdürftig zusammen-
gezimmerte Dach vervollständigten den unheimlichen Eindruck des Hauses, welches, obwohl
schon zu Riva gehörig, doch ganz einsam, wohl
noch eine gute Viertelstunde von der Stadt entfernt lag.

Der Zugsführer Meinhold war heute zum
erstenmale dieses Weges gekommen, denn sein
Regiment hatte erst kürzlich seine heimische Garnison im nördlichen Böhmen mit dem welschen
Tyrol vertauscht; dennoch war ihm die wunder-

liche schwarze Schenke nicht ganz unbekannt, denn es waren unter seinen Kameraden allerlei Gerüchte darüber in Umlauf und von der Militär-Schwimmschule aus, zu welcher er als Schwimm-meister kommandiert war, und welche schräg gegenüber am Ostufer des Sees lag, hatte er das dunkle trotzige Gemäuer täglich vor Augen. Einen Augenblick nur zögerte er vor dem Eingang, indem er daran dachte, daß er ja keine drei Worte Italienisch verstand, dann aber schlug er rasch entschlossen den schweren Teppich zurück, auf welchen mit roten Tuchstreifen die Worte: vino buono aufgenäht waren.

Er befand sich in einem geräumigen, kahlen Vorraum. Die Steinfliesen des Bodens und die Dunkelheit erhielten diesen Raum so kühl, daß es den überhitzten Soldaten frostig durchschauerte; zudem bewirkte der plötzliche Übergang aus dem blendenden Sonnenlicht in diese Dunkelheit, daß es ihm wie ein buntes Feuerwerk vor den Augen flimmerte und er eine geraume Weile nichts zu sehen vermochte. Er mußte sich gegen sein Gewehr lehnen, um nicht vom Schwindel übermannt zu werden; für wenige Augenblicke war er völlig betäubt und als er wieder zu sich kam, glaubte er aus einem bösen Traume zu erwachen. Er rieb sich

die schmerzenden Augen, und bald vermochte er
wieder die Gegenstände vor sich zu unterscheiden.
Er glaubte rechter Hand eine Thür zu erkennen
und taumelte, immer noch wie trunken, darauf
zu. Aber wieder war es nur ein Teppich, der
die Thüröffnung verdeckte, und Meinhold befand
sich, ohne daß er recht wußte, wie er hinein=
gekommen war, in einem kleinen, gleichfalls halb=
dunklen Zimmer. Er war nun doch seiner Sinne
bereits so weit mächtig, um zu bemerken, wie
bei seinem Eintritt eine hohe, schlanke, schwarze
Gestalt sich aus ihrer tief nach vorn gebeugten
Stellung mit eigentümlicher Hast emporrichtete.
Auch glaubte er den leisen Aufschrei einer Frauen=
stimme gehört zu haben.

Ehe er noch ein Wort geredet, hatte die
schwarze Gestalt mit einer raschen Wendung ihm
das Gesicht zugekehrt. Der Zugsführer sah einen
jungen Priester vor sich, welcher mit der einen
Hand wie erschreckt nach der Kante des neben
ihm stehenden Tisches, mit der anderen nach der
Lehne eines Stuhles griff, auf welchem eine
zweite Person saß, die der Schwarzrock durch
jene rasche Bewegung verdecken zu wollen schien.
In hartem Tone schleuderte Jener dem Ein=
bringling einige italienische Worte entgegen,

18*

welche offenbar die unmutige Frage enthielten,
was er hier so unangemeldet zu suchen habe?
Was konnte der gute Meinhold hierauf anders
erwidern, als einfach auf Deutsch sein Anliegen
vorbringen?

„Che cosa, che cosa? non capisco" — sagte der
Priester achselzuckend und starrte mit seinen brennen=
den schwarzen Augen den Böhmen ebenso hülflos
an, wie dieser ihn. Meinhold versuchte nunmehr
seine Bitte um Hülfe für den armen Kameraden
durch Gebärden zu verdeutlichen, indem er das
Ohnmächtigwerden, das schwere Schleppen und
die Notwendigkeit eines stärkenden Trunkes schau=
spielerisch ausdrückte. Doch dadurch brachte er
sich offenbar in den Verdacht, daß er selbst be=
trunken sei und noch mehr zu trinken verlange,
denn der Priester wies mit entrüsteter Miene
auf die Thür und hieß ihn auf welsch sich zum
Teufel scheren. Und da — indem der Unter=
offizier sich noch bemühte, durch andere Gebärden
dies Mißverständnis zu beseitigen, wurde jener
Stuhl gerückt und zu Seiten des Priesters erhob
sich eine weibliche Gestalt in hellen Gewändern.

„Nix baitsch, nix vino!" rief eine weiche tiefe
Frauenstimme, und ein bloßer Arm erhob sich,
um gleichfalls gebieterisch nach der Thür zu

weisen. Meinhold blieb trotzdem. Er durfte
durchaus nicht unverrichteter Sache wieder ab-
ziehen und verlegte sich unbekümmert darum, daß
er ja doch nicht verstanden wurde, aufs Bitten.
Den Priester, mit dem er als Lutherischer sowieso
nichts zu schaffen haben mochte, betrachtete er
als nicht vorhanden und richtete seine eindring-
liche Rede ausschließlich an das weibliche Wesen.
Im Verlauf derselben lehnte er sein Gewehr in
die nächste Ecke und ergriff mit seinen beiden
Händen die Rechte der Italienerin, um sie mit
sanfter Gewalt hinauszuziehen, damit sie sich
durch den Augenschein von der Natur seines Be-
gehrens überzeugen sollte. Trotzdem ihr geist-
licher Freund ihr eifrig zuflüsterte, folgte sie ihm
kopfschüttelnd und leise kichernd hinaus. Auf
dem Hausflur aber machte sie sich von ihm los
und rief mit lauter Stimme den Namen Barbara.

Alsbald that sich eine Thür zur Linken auf,
Tageslicht, nur wenig gedämpft, erhellte die bisher so tiefe Dämmerung und in der Thüröffnung
erschien ein großes, üppiges Mädchen mit leidlich
hübschen aber gewöhnlichen Zügen und in recht
nachlässiger Kleidung. Und wie nun die Erste
der Barbara die Erscheinung des verstaubten
Soldaten erklärte, wandte dieser sich zu ihr und

sah, von dem warmen milden Lichte übergossen, ein Mädchen von so eigenartiger Schönheit vor sich stehen, daß er den Blick gar nicht von ihr loszureißen vermochte und es zunächst sogar überhörte, daß die stattliche Barbara ihn in schlechtem Deutsch nach seinem Begehr fragte. Diese großen dunklen Augen, dies nachtschwarze Haar, das in wirren dichten Ringeln die Stirn verhüllte, diese leicht gebräunten Wangen, der zarte Mund, aus dem zwei köstliche Zahnreihen hervorschimmerten, und diese vollen weißen Arme hatten es ihm angethan auf den ersten Blick — das fühlte er an dem raschen Klopfen seines Herzens, an dem neuen Taumel, der seine Sinne wirbelnd durcheinander jagte, gerade so wie die plötzliche Kälte beim Eintritt, und doch auch wieder ganz anders! Aus seiner kurzen Betäubung weckte ihn die leise Stimme des Priesters, der von Neuem eifrig, wie strafend auf das schöne Mädchen einsprach und ihr dabei so nahe trat, daß sein Atem die schwarzen Ringellocken um ihre Schläfe bewegte.

Doch die deutschen Laute, die nun so laut fragend an sein Ohr schlugen, brachten den staunenden Soldaten endlich wieder zu sich. In wenigen Worten bat er Barbara um Auskunft, ob nicht ein Mannsbild im Hause vorhanden sei, daß den ohnmächtigen Kameraden mit herschleppen helfen könnte.

„Ma no, ise niz Mannsbild in disse 'aus," versetzte Barbara in ihrem geradebrechten Deutsch. „Ma icke 'aben Krafte wie viele Mannsbildere — da schaue Sie 'er — eccolo!" Und dabei trat sie dicht vor ihn hin und bog mit einem Ruck ihren rechten Arm zusammen, daß die Muskeln in straffer, achtunggebietender Wölbung hervorquollen.

Der Zugsführer bezeigte seine Zufriedenheit durch ein kurzes Lachen und ging dann, der guten Barbara voran, die sich zum Schutz gegen die Sonne ihr gelbes Brusttuch um den Kopf geschlungen hatte, hinaus, um endlich dem armen Kameraden Hülfe zu bringen. Sie fanden den Mann noch immer ohne Bewußtsein. Das Mädchen packte tüchtig zu und so gelang es ohne große Schwierigkeit, ihn unter Dach und Fach zu bringen. Sie gab bereitwillig ihre Kammer zum vorläufigen Unterschlupf für den armen Teufel her und ging dem Zugsführer bei seinen Bemühungen um den Ohnmächtigen hurtig und vernünftig zur Hand, ohne viel Gejammer und Geseufze, wie es Frauen ihrer Art so oft zur Krankenpflege schier unbrauchbar zu machen pflegt.

Meinholds sachgemäße Anordnungen hatten den Erfolg, daß Kropatscheck nach geraumer Weile wieder zu sich kam und im stande war, sich durch ein paar Schlucke Wein zu stärken. Da es aber immerhin gefährlich gewesen wäre, ihn der Sonnenglut alsbald wieder auszusetzen, so erbat Meinhold für sich und seinen Pflege=befohlenen bei der gutmütigen Barbara frei Quar=tier, bis jener seine argen Kopfschmerzen durch einen guten Schlaf überwunden haben würde. Es geschah ihm recht zu Gefallen, daß der Mann nicht gleich wieder stramm auf seinen zwei Beinen stand, denn so hatte er doch noch eine Reihe von Stunden vor sich, in denen ihm das Glück günstig sein mochte. Das schöne Mädchen, welches sein Blut dermaßen in Wallung gebracht hatte, wie ihm vor dem noch nie geschehen, hatte sich freilich nur einmal wieder blicken lassen, als sie auf Barbaras Ruf ein quinto Wein hereinbrachte, doch hatte Meinhold all die Zeit über einzig nur ihr Bild vor Augen gehabt und selbst seinen Dienst als Krankenwärter nur mechanisch ver=richtet.

Kropatscheck lag auf Barbaras Bett halb ent=kleidet ausgestreckt und begann unter dem wohl=thätigen Einfluß des kalten Umschlags auf seiner

Stirn bereits zu schlummern, ehe Meinhold an
seine eigenen Bedürfnisse dachte. Er sehnte sich
vor allem nach einer gehörigen Wäsche, denn ein
Blick in den Spiegel überzeugte ihn, daß diese
Kruste von Staub und Schweiß, welche sein Ge=
sicht wie mit einer schmutzigen Pappmaske ver=
deckte, ihm bei der schönen Unbekannten nicht
zum Vorteil gereichen könnte. Barbara brachte
ihm auf seine Bitte einen großen Holzzuber voll
Wasser — und in wenigen Minuten hatte sich
die blöde graue Maske in ein so frisches, teckes
Mannsgesicht verwandelt, daß Barbara mit ihrem
schlechten Deutsch ihrer freudigen Überraschung
nicht mehr nachkam, sondern sich erst durch einen
wahren Wirbel italienischer Entzückungslaute, und
endlich gar durch Thätlichkeiten Luft machen mußte,
indem sie einfach den blonden Burschen beim
Kopfe nahm und tüchtig abküßte.

Meinhold war jedoch in seiner gegenwärtigen
Gemütsverfassung für den eigenartigen Reiz einer
so deutlichen Beifallsbezeigung nicht eben em=
pfänglich. Er schob das Mädchen mit sanfter
Gewalt von sich, klopfte ihr mit einem verlegenen
Lachen die braune Wange und fuhr ganz unver=
mittelt, so ungeschickt wie nur möglich, mit der
Frage heraus, die ihm schon so lange auf der

Zunge schwebte: „Du — draußen die Schöne — wer ist das?"

Um Barbaras volle Lippen zuckte ein bitteres Lächeln. Aus fast geschlossenen Augen warf sie Meinhold einen halb schmachtenden, halb verächtlichen Blick zu, dann wandte sie ihm den Rücken und trat ohne Antwort ans Fenster.

Meinhold sah wohl ein, daß er es recht verkehrt angefangen habe. Er zupfte verlegen an seinem kleinen Schnurrbart und näherte sich ganz allmählich dem schmollenden Mädchen. „Ich meine ja nur" — begann er stockend — „man will doch wissen, mit wem man es zu thun hat. Dich kenne ich ja nun, Schatzerl, Du bist die große, dicke Barbara — da wüßt' ich doch gern, wie die andere heißt — die da mit dem Pfaffen." Dabei war er nahe zu ihr getreten und strich ihr schmeichelnd über den Arm.

„Oibò!" rief das Mädchen leise und warf den Kopf auf: „Haste sie z'sammetroffe, eh?"

„Freilich wohl. Kam mir gar nicht geheuer vor. Sie saß am Tisch mit dem Kopf in den Händen und er stand vor ihr, gebückt — und wie ich hereintrete, fährt er auf wie ein ertappter Sünder."

Barbara lachte höhnisch auf: „Kannste sie

viele, viele so finde, die fromme Maddalena mit ihr schenne prete! O, ise so fromm und große Dame — sie macke zu komme ihre confessore — ihre Beiktvater alle Tage zu sicke!"

„Was? Eine große Dame? Warum nit gar! Was thut sie dann hier im Haus?"

„Ihi! Was ike auck thu'; Du sieht es ja — (sie deutete auf den schlafenden Kropatscheck) — suora di carità — Barm'erzige Schwestere!" Dabei sah sie dem schmucken Krieger mit vielsagendem Lächeln in die Augen.

Er biß sich auf die Lippen, ballte die Faust und knirschte ingrimmig: „Verdammt! könnt' ich nur dem Pfaffen an die Gurgel!"

Barbara legte ihre beiden Hände auf seine Schultern und flüsterte ihm fast mitleidig zu: „Laß die Maddalena! Ise nix fir sottotenente — ike glaub', sie treime von ein conte! Ma — wenn Du ihr auk gefalle — die padrona und der prete erlaube es nix. Du bise ja ein Estreiker!"

Meinhold blickte verwundert auf: „Was thut das? Seid Ihr nicht von hier? Seid Ihr Welschtyroler denn nicht unsere Landsleute, oder seid Ihr etwa von drüben gebürtig?"

„Ike bin von Trento und die Maddalena von Nago, aber . . . ." sie schaute verlegen zur Erde.

„Ah so! versteh' schon!" rief Meinhold. „Wir haben's freilich schon spüren müssen, daß Ihr uns nit als Landleut' anseht — hat ja noch keiner von uns einen freundlichen Blick erwischt von Euch schwarzen Rackern hier, so lange das Regiment am Orte ist! Riechst Du mir nit auch was Lutherisches an?!"

„Maria Gesù!" — rief Barbara und öffnete die Augen weit, während sie sich dabei bekreuzte, wie um einen bösen Geist abzuwehren. Aber gleich darauf klärte ein listiges Lächeln ihre gutmütigen Züge wieder auf und sie sagte: „Wenn Du Ketzer bise, dann darfe Du die Maddalena nix anrihre! Bei mi, weiße Du, make der Teifel den volontieri ein Auge zu — und Du bise lieber, hibscher Kerl!"

Meinhold konnte nicht umhin, trotzdem ihm einzig Maddalena im Sinne lag, sich durch dies offene Liebesgeständnis geschmeichelt zu fühlen. Er legte seinen Arm um ihre Hüfte, drückte sie sanft an sich und sagte: „Haha! Da werden mich meine Kameraden beneiden, wenn ich ihnen das verrate!"

„Nix verrate — bitte! bitte! Wenn padrona weiße, daß ike Soldato liebe — uh!"

„Das muß ja eine böse Hexe sein! Aber

was will sie thun, wenn ich wiederkomm', oder meine Kameraden? Ihr habt doch eine öffentliche Weinschenke!"

"Si, si sicuro — ma .... wenn Du komme will, komm bei Tage; am Abend sein die signori hier, Capitani von Italien ..... Wenn es ein fru fru giebe, kommt polizia, weißt Du — und padrona liebt sie nix, die poliziotti!"

"Willst Du einem Soldaten Angst machen! Was — poliziotti! Sag' mir lieber, was ,ich liebe dich' auf Italienisch heißt?"

"T'amo, t'amo, caro mio!" rief Barbara, leidenschaftlich sich an ihn schmiegend.

Er wiederholte die Worte, indem er ihren innigen Tonfall nachzuahmen suchte und frug, ob es recht sei.

"Bravo, bravissimo!" rief Barbara, in die Hände klatschend: "ma ike bin eine Mädele, zu mir muse Du sagen: cara mia!"

"Schön, schön, das will ich mir merken! Und was heißt denn ,auf Wiedersehen heute Abend'?"

"A rivederci oggi sera," sagte sie und ließ ihn die Worte wiederholen, bis sie mit der Aussprache ganz zufrieden war.

Da erscholl plötzlich im Hausflur eine rauhe laute Stimme, in bösem Tone nach Barbara rufend.

„Ahi me, la padrona!" rief das Mädchen erschrocken und lief eiligst hinaus. Meinhold folgte ihr bald nach. Er wollte seinen und des Kameraden verstaubten Rock draußen ausklopfen und hoffte, daß er dabei die schöne Maddalena noch einmal zu Gesicht bekommen möchte. Hinter der Thür zur Linken vom Eingang hörte er verschiedene Stimmen erregt durcheinander sprechen. Er verstand zwar kein Wort, da der Streit italienisch geführt wurde, vermutete aber ganz richtig, daß der Priester die alte Wirtin gegen Barbara aufhetzte — also wohl wegen der ihm erzeigten Gutherzigkeit. Was ging es ihn an? Er schlug den Vorhang zurück, um ins Freie zu treten, als die Thür jenes Zimmers sich aufthat und zu seinem freudigen Schrecken Maddalena, die Zauberin, daraus hervortrat. Er ließ sie bis in die Mitte des Vorraumes schreiten, dann warf er die beiden Waffenröcke zu Boden, war mit einem Sprunge an ihrer Seite, erfaßte ihre warme Hand und — wußte nichts zu sagen.

Wie schön sie war in ihrem schlichten hellen Kattunkleide, mit den nackten weißen Armen und dem leichten schwarzen Spitzentuch, das so anmutig auf ihren wirren Locken ruhte und das leuchtende feine Gesicht umrahmte! Sie war erst

ein wenig erschrocken stehen geblieben und hatte ver=
sucht, ihm ihre Hand zu entziehen; als er sie aber
nicht losließ, sondern nur immer wieder stumm
drückte, da sah sie ihm mit lächelnder Verwun=
derung in die ehrlichen blauen Augen, die er
wie flehend auf sie gerichtet hielt. Sie hob die
Schultern und schüttelte mit dem Kopfe, um an=
zudeuten, daß sie nicht wisse, was er von ihr
wolle. Und als er immer noch nicht sprach und
sie auch noch nicht los ließ, schaute sie ihn wieder
fragend an, und jetzt bemerkte sie erst, trotz der Däm=
merung, daß er ein ausnehmend hübscher Mensch sei.

„Matto! poverino!“ sagte sie leise, indem sie
den Kopf schelmisch zur Seite neigte und mit
dem Zeigefinger gegen ihre Stirn deutete.

Jetzt endlich fand er seine Sprache wieder:
„Ja, ja, glaub’s schon, daß ich närrisch bin!“
flüsterte er erregt. „Aber wer soll nit närrisch
werden, wann er so ein . . . .“ Und da fiel’s
ihm plötzlich ein, daß er ja eben erst und zum
Zwecke gegenwärtiger vorhabender Werbung Ita=
lienisch die Hülle und Fülle sich angeeignet habe.
Und: „T’amo, t’amo, cara mia a rivederci
oggi sera!“ stieß er ohne Atempausen einmal
über das andere mit drollig heftiger Eindring=
lichkeit hervor.

Maddalena war nicht wenig betroffen über das Wunder, das diesem verliebten jungen Manne plötzlich die Gabe in Zungen zu reden verlieh. Ein hübscher, gutgewachsener Soldat und ein so feuriger Liebhaber dazu! Nein, sie konnte ihm unmöglich zürnen, was auch der prete dazu sagen mochte! Und mit freundlichem Lächeln richtete sie eine süß klingende kleine Rede an ihn, von der der Ärmste freilich kein Wort verstand.

Statt aller Antwort preßte er ihr einen raschen Kuß auf den Arm, und vielleicht hätte seine Keckheit ihm des Glückes noch mehr beschert, wenn nicht gleich darauf Barbara herausgetreten wäre und recht unwirsch ihm zugerufen hätte: „Ah, was befehle der schöne 'err Offizier? Maddalena 'at keine Zeit per ora!"

Und rasch gefaßt erklärte Meinhold, er sei im Begriffe, sich eine Mahlzeit zu bestellen. In der Thür, die Barbara offen gelassen hatte, ward nun neben dem prete, der sich eben verabschiedete, eine ungewöhnlich große starkknochige Alte sichtbar, welche mit wenig freundlichen Blicken den hemdärmeligen Krieger betrachtete. Der Schwarzrock machte sich nun endlich wieder auf den Weg, nicht ohne Maddalena zuvor einen vielsagenden Blick zugeworfen zu haben. Das schöne Mädchen

stand immer noch mit unschlüssigem Lächeln auf
der Stelle, wo es Meinhold festgehalten hatte;
erst nachdem die Große einige ärgerliche Worte
an es gerichtet hatte, entfernte es sich langsam
durch die gegenüberliegende Thür — doch bevor
es sie zudrückte, traf den neuen Liebhaber noch
ein rascher Blick voll wohlgefälliger Neugier und
ihm wollte es scheinen, als ob ihre Lippen noch
einmal verheißungsvoll die Worte „oggi sera!"
formten.

Es fand nun eine kleine mißmutige Beratung
zwischen der Alten und Barbara statt, als deren
Ergebnis dem hungrigen Soldaten endlich die
Aussicht auf einen Löffel Suppe und einen risotto
mit Bratwurst eröffnet wurde. Nachdem er die
Uniformstücke nach Möglichkeit gesäubert hatte,
setzte er sich, der leckeren Mahlzeit harrend, in
das Gastzimmer, in der Erwartung, daß zum
Mindesten doch Barbara ihm Gesellschaft leisten
und daß es ihm gelingen werde, Näheres über
seine Angebetete aus dem verliebten Mädchen
herauszulocken und besonders sich mit ihrer Hülfe
noch einigen Vorrat von Italienisch für die nächste
Notdurft seines übervollen Herzens zu verschaffen.
Aber er täuschte sich in dieser Hoffnung. Barbara
ließ ihn lange warten und dann erschien sie auch

nur, um ihm sein Essen mit einem kurzen mürri=
schen „Winsch' guten Appetit!" hinzusetzen. Trotz
seines Hungers war es ihm kaum möglich, von
den schlecht zubereiteten Speisen viel herunter=
zubringen, denn es war dies die erste Probe
italienischer Landküche, die er zu kosten bekam und
überdies war er als leiblich wohlhabender Bürgers=
leute Kind von Hause aus verwöhnt. Er stocherte
mit der schmutzigen eisernen Gabel trübselig in
dem harten fetten Reis umher und machte sich
allerlei Gedanken — ebenso schwer verdaulich wie
dies üble Gericht. Daß es mit diesem einsamen
schwarzen Hause eine eigene Bewandnis haben
müsse, war ihm klar genug. Die Räumlichkeiten,
in die er einen Blick gethan hatte, auch die recht
enge, kahl und schäbig aussehende Gaststube, das
schlechte Essen — alles deutete darauf, daß die
Ausübung der Gastwirtschaft wohl kaum die drei
Frauen hier ernähren könnte, und wenn er die
Andeutungen Barbaras mit in Überlegung zog,
so durfte er wohl auf die Vermutung geraten,
daß diese trattoria alla bella vista ein Schlupf=
winkel sei für allerlei lichtscheues, vielleicht gar
vaterlandsfeindliches Getriebe. Er, als guter
Deutsch=Österreicher, Soldat und — Protestant
obendrein, durfte nicht daran zweifeln, daß er

hier niemals ein willkommener Gast sein werde. Doch was fragt nach alledem die Liebe? Und die Liebe stand fester, denn alle seine Zweifel und Bedenken: Er fühlte seinen Kopf wie von einem Zauber verrückt, sein Blut wie von einem schleichenden Gifte zu unheimlicher Glut entzündet. Er sagte sich, daß er ein Narr sei und fühlte doch ahnend, daß es keine Thorheit gäbe, zu welcher ihn nicht ein einziger Liebesblick aus ihren dunklen, unter dem trotzigen Lockengewirr halb verborgenen Augen zwingen könnte.

Es ward ihm beklommen zu Mut. Er trat ans Fenster, stieß einen der Laden auf und lehnte sich hinaus. Im Zimmer war es erträglich kühl und da draußen hing immer noch mit schwerlastendem Druck die Sonnenglut über dem unbeweglichen Wasserspiegel; aber dennoch sog Meinhold das Licht und die Wärme begierig in sich ein, als ob ihm das Schutz gewähren könnte gegen die gefährliche Dämmerung seiner wirren Gedanken, seiner trüben Ahnungen. Schräg gegenüber am andern Ufer des Sees sah er den schwarzgelben Wimpel vom Maste der Schwimmanstalt wehen. Mit seinem Falkenauge hätte er wohl trotz der Sonnen=glut die einzelnen Gestalten der Badenden zu unterscheiden vermocht, wenn nicht zu dieser

Stunde die Anstalt verlassen gewesen wäre. Er schätzte die Entfernung ungefähr auf eine halbe Stunde zu rudern. Ob sie ihn wohl von hier aus da drüben auf seinem Posten bemerken könnte, wenn sie ein Zeichen verabredeten?

Lange starrte er so in die blendende Helle hinaus, bis ihn die Augen zu schmerzen begannen. Er wollte eben den Kopf ins Zimmer zurückwenden, als ihn ein leichtes Geräusch, das Aufplumpen eines Steines ins Wasser noch einmal aufmerksam hinauszuschauen veranlaßte. Zum ersten Male blickte er jetzt gerade an der Mauer hinab und bemerkte senkrecht unter seinem Fenster jene oben schon erwähnte Thür unmittelbar über dem Wasserspiegel. Von Zeit zu Zeit ward eine weiße Hand hervorgestreckt und ließ nachlässig, wie im träumerischem Spiel, Steinchen ins Wasser fallen. Dann wurde ein paar Mal wie in lässig schaukelnder Bewegung ein in weißem Strumpfe steckender Fuß samt dem Saum eines hellen Kleides sichtbar, und endlich auch ein schwarzes Spitzentuch, wie er es auf Magdalenas Haupt bemerkt hatte. Nun war für ihn kein Zweifel mehr. Durch leises Pfeifen suchte er sich vorsichtig bemerkbar zu machen. Und wirklich: das Spitzentuch wagte sich weiter hervor und Magdalena wandte ihr schönes Antlitz zu ihm empor. Sie anzusprechen wagte er nicht, da er nicht wußte, ob nicht ein Lauscher hinter einem der geschlossenen Fensterladen des Oberstockes verborgen sei. Er warf ihr nur Kußfinger zu und seine Lippen stammelten deutsche Liebesworte leise vor sich hin.

„Oggi sera!" wagte er endlich leise hinabzurufen.

Der See schlief seinen Mittagsschlaf — es war so stille draußen, daß sie das leise Flüstern verstehen konnte. Und sie hatte es verstanden, denn sie zog sich sofort erschreckt zurück. Doch schon nach kurzer Frist wagte sich das schwarze Köpfchen wieder hervor, um forschend an der alten Mauer emporzulugen — wie ein zierliches Wiesel aus seinem Bau herausschaut und mit den blanken Augen scheu und pfiffig umheräugt, ehe es sich hervorwagt. Sie legte den Zeigefinger auf die Lippen, deutete dann ängstlich auf die Fensterreihe und flüsterte endlich leise und doch für ihn deutlich vernehmbar, in fragendem Tone das eine Wort: „Quaggiù?"

Er wußte nicht, was das zu bedeuten hatte. Was sollte er anders thun, als ihr immer wieder lebhaft zunicken und durch Miene und Gebärde seiner Verliebtheit Ausdruck geben?

Auch sie nickte ihm noch einmal freundlich lächelnd zu und dann verschwand das süße Gesicht, um nicht wieder zu erscheinen.

Meinhold begab sich nun in das neben der Gaststube liegende Schlafzimmer Barbaras, um nach dem Kranken zu sehen. Er schlief immer noch und atmete leicht und ruhig. Aber den Zugsführer litt es nicht mehr unter diesem Dache. Er rüttelte den Kropatschek auf, der blöd und dumm, aber anscheinend ganz gesund, von seinem Lager auffuhr. Verwundert sah er sich in dem fremden Raume um. Er hatte keine Ahnung, wie er dahin gekommen sei; aber nachdem ihm sein Vorgesetzter den Rest seines Rotweins zu trinken gegeben, fühlte er sich gekräftigt genug, um den Marsch zur nicht mehr fernen Kaserne anzutreten.

Meinhold begab sich in das Zimmer links vom Eingang, in welchem er vorhin die würdige padrona zuerst gesehen hatte, um ihr die Zeche zu bezahlen. Er sah sich in der Küche. Die Alte hantierte mit einer Pfanne am Herde und Barbara war beschäftigt, einen kupfernen Kessel zu putzen. Sie warf unwillig die Lippen auf, als sie den Eintretenden erblickte und kehrte ihm mit spöttischem Achselzucken den Rücken zu. Mein=

hold hätte sie gern durch ein wenig Heuchelei zu versöhnen gesucht, denn mit ihrer Eifersucht konnte sie ihm recht unbequem werden. Aber er verschwendete seine besten Worte umsonst an sie; sie nannte nur kurz den gar nicht sehr bescheidenen Preis, den er zu zahlen habe und hieß ihn dann barsch seiner Wege gehen.

Mit einem neckischen: „Auf Wiedersehen, freundliche Jungfer!" trollte sich Meinhold samt seinem Pflegling hinaus. Eine aufmerksame Umschau zeigte ihm, daß offenbar nur das obere, mit der Landstraße auf gleicher Höhe liegende Stockwerk zu menschlicher Wohnung dienen könne, da der ganze wohl an fünfzehn Meter tiefe untere Teil, soweit er sehen konnte, weder Thür noch Fenster besaß, also nur durch eine Treppe im Innern, sowie unmittelbar vom Wasser aus zugänglich sein konnte. — —

Er brachte seinen Mann wohlbehalten in die Kaserne, meldete sich dann zum Rapport beim Hauptmann und begab sich am späten Nachmittag auf seinen Posten nach der Schwimmschule.

Sein Dienst fesselte ihn heute bis in die sinkende Nacht in der Anstalt. Seinen Kameraden war es nicht entgangen, daß der sonst stets so vergnügte, gespaßige Zugsführer einsilbig und

unaufmerkſam ihren Geſprächen folgte und daß
er auch den Unterricht in einer auffallend nach=
läſſigen Weiſe betrieb. Er gab als Urſache ſeiner
ſchlechten Stimmung die Nachwirkung der an=
ſtrengenden Übung an, und als der letzte Trupp
der Mannſchaften das Bad verlaſſen hatte, trieb
er die Unteroffiziere, welche mit Vorliebe des
Abends noch ein Stündchen in der angenehmen
Kühle des Ortes verplauderten, faſt unwirſch
zur Heimkehr. Als alle gegangen waren, blieb
Meinhold, trotzdem er alle ſeine dienſtlichen Ob=
liegenheiten längſt erfüllt hatte, doch noch wohl
eine Stunde lang einſam zurück. In ſeinem
weißen Matroſenanzug hatte er ſich, den Kopf
in die aufgeſtemmten Arme ſtützend, auf das
ſchwankende Sprungbrett lang hingeſtreckt. In
weihevoller Pracht erglänzten die Sterne am
tiefſchwarzen Himmel, und von einem leichten,
erfriſchenden Hauche bewegt, plätſcherten die
warmen Wellen des Garda ans Ufer. Ge=
dämpftes Summen und Brauſen, aus dem hin
und wieder das luſtige Auflachen jugendheller
Stimmen oder einzelne Töne eines Liedes hervor=
tauchten, klang von der nahen Stadt zu ihm
herüber. In den Gärten der vornehmen Gaſt=
häuſer, die ſich bis zum See hinunter erſtrecken,

waren die Lampen angezündet worden und ihr Wiederschein, zitternden Lichtsäulen gleich, schwamm auf dem dunklen Wasser. Ein großer Raddampfer durchschnitt zischend und stampfend die Flut, Lichterglanz und Stimmengewirr drang von ihm herüber durch die Nacht, die Schiffsglocke läutete, die Dampfpfeife ließ ihren tiefen mächtigen Ton lang gezogen erschallen, als das große Schiff im Hafen verschwand, und geraume Weile noch spielten die steilen Felswände der schmalen Bucht gleichsam Fangball mit jenem voll dröhnenden . Orgelton.

Der liebeskranke einsame Schwärmer hatte nicht Auge noch Ohr für das alles; er starrte unausgesetzt nach der Richtung jenes seltsamen schwarzen Gemäuers hinüber, welches die gefährliche Zauberin umschloß. Er hatte in den Fenstern des Obergeschosses das Licht aufblitzen sehen und nun hing er mit einer Spannung, als ob dadurch sein Schicksal bestimmt würde, der Beobachtung nach, wie da drüben bald dies, bald jenes Fenster sich erhellte oder wieder versinsterte. Seine erregte Einbildungskraft führte ihm die Geliebte vor Augen, wie sie mit dem Licht in der Hand den einen und den anderen Raum betrat, und er suchte sich auszumalen, was sie dabei treibe. Einmal glaubte er auch über dem Wasserspiegel gerade unter dem Fenster einen schwachen Lichtschein wahrzunehmen. Und alsbald tauchte in seiner Fantasie ein Boot auf, das mit lautlosen Ruderschlägen sich jener Wasser=thür näherte, um eine kleine Schar geheimnis=voller Gäste dort abzusetzen. Und im weiteren Verfolg dieser Einbildung warf sich der hämische Alb der Eifersucht auf den liebessiechen Grübler und stellte ihm seine Angebetete als eine Prie=sterin der Venus dar, die vielleicht in diesem Augenblicke in den Armen eines Feindes seines Vaterlandes des blöden Thoren lachte, mit dem es ihr am Tage zu spielen beliebt hatte. Bar=baras Andeutungen hatten ihm ja allerdings zu solcher Vermutung einigen Grund gegeben. Einen Augenblick lang bemeisterte sich seines Hirnes die tolle Idee, sich in die laue Flut zu stürzen, um schwimmend jenes Haus zu erreichen und wie ein zürnender Meergott plötzlich unter der licht=scheuen Gesellschaft aufzutauchen. Aber nein: er besaß doch noch so viel Besinnung, um das Lächer=liche eines solchen Narrenstreiches einzusehen, wenn er auch an der Möglichkeit, das andere Ufer schwimmend zu erreichen, nicht zweifelte. Aber den anderen Gedanken, sich durch den Augen=

schein, und zwar noch diesen Abend unverzüglich
von der Natur der abendlichen Gäste in der
„schönen Aussicht" zu überzeugen, den hielt er
fest und beschloß, ihn sofort zur Ausführung zu
bringen. Er vertauschte eiligst seinen Matrosen-
anzug mit der Uniform und begab sich dann,
von Sehnsucht und brennender Neugier beflügelt,
nach der Stadt, um seine Kameraden, die Feld-
webel und Korporale der Garnison, in ihrem
gewohnten Bierlokale aufzusuchen.

Er traf ihrer eine ganze Anzahl beisammen
und trug ihnen mit einer Redegewandheit, einer
übertriebenen Lustigkeit, die allen auffiel, seinen
Plan vor, auf die geheimnisvolle Felsenschenke
da draußen vor der Stadt einen militärischen
Überfall zu veranstalten. Doch zeigten sich nur
wenige bereit an dem Abenteuer teilzunehmen,
obwohl er es an lockenden Andeutungen über die
hübschen gefälligen Mädchen, die dort zu finden
seien, nicht fehlen ließ und besonders es als
militärische Ehrensache hingestellt hatte, den miß-
günstigen Welschen die schöne Beute zu ent-
reißen. Die älteren, bequemeren Herren unter
den Unteroffizieren wollten von dem Unternehmen schon deshalb nichts wissen, weil es den
Truppen durch Garnisonbefehl streng verboten

war, sich mit den Italienern in irgend welche Händel einzulassen, unter Androhung harter Strafen für jede Übertretung. Es schlossen sich ihm schließlich nur drei junge Hitzköpfe an, mit welchen er sich ungesäumt auf den Weg machte. —

Statt des Teppichs, der am Tage das breite Thor verhängte, fanden die Abenteurer zu ihrem Ärger jetzt eine festverschlossene Thür vor. Daß da drinnen eine ziemlich zahlreiche Gesellschaft versammelt sei, bezeugte ihnen das laute Stimmengewirr, das gedämpft zu ihnen hinausdrang. Eine Glocke war nicht vorhanden, und so klopften sie mit ihren Säbelgriffen kräftig gegen die Thür. Auf klappernden Pantoffeln näherte sich innen jemand und eine kreischende Frauenstimme frug italienisch, wer da sei? Einer der Unteroffiziere, ein Festungsartillerist, der schon ein wenig von der Sprache aufgeschnappt hatte, antwortete keck im Namen der Kameraden: „Siamo quattro belli capitani!" — Wir sind vier schöne Hauptleute.

„Eh — che — capitani!?" gab die schrille Stimme zurück, und gleich darauf öffnete sich eine kaum tellergroße Luke in der Thür und das böse Gesicht der padrona spähte auf einen Augenblick hinaus, um sofort wieder mit einem derben Fluch die schwere Klappe zuzuwerfen. Und dann mischten sich in ihre lauten Verwünschungen die jungen Stimmen der beiden Mädchen, welche der alten lachend und höhnend beizustimmen schienen.

Aber die Soldaten ließen sich dadurch noch nicht einschüchtern, sondern begannen mit ihren Säbelgriffen auf den dicken Bohlen der Thür förmlich Generalmarsch zu schlagen, worauf jedoch von innen nur mit Drohen und Hohnlachen ge=antwortet wurde.

„Was wolle denn 'ier, Ihr Lausibubi?" ließ sich jetzt Barbaras laute Stimme dicht an der Luke vernehmen.

Und trotzig schrie der Artillerist: „Vogliamo dell' amore!"

Da gab die scharfe Stimme ohne Verzug zurück: „E troppo tardo per l'amore!" und ein lautes vielstimmiges Gelächter, welches also jeden=falls von den bevorzugten italienischen Gästen ausging, begleitete diese bündige Antwort Bar=baras.

Was blieb den vier Gesellen übrig, als un=verrichteter Dinge wieder abzuziehen? Meinhold, als der Anstifter dieses so unrühmlich verlaufenen Abenteuers, bekam natürlich allerlei anzügliche Reden zu hören. Er bat die Kameraden, sich doch nicht so leicht abschrecken zu lassen, sondern es ein andermal, und zwar zu einer früheren Stunde, zu versuchen, da ihnen vor dem Zapfenstreich der Eintritt in eine öffentliche Wirtschaft doch füglich nicht verweigert werden dürfte.

„Ach, hol's der Teufel!" rief einer der Kameraden. „J mein', wir geben's Rennen auf! Hier in dem sakramentschen Pfaffennest machen's an' ehrlichen Soldaten noch zum Kapuziner! Jesses, wann i denk', d'heim die Madeln, an alle zehn Finger hat mer welche z'hängen g'habt und hier die schwarzen Hexen die schau'n ei'm nit emal an und thun, als ob zwischen die Madeln und das Müllitär 's Fegfeuer g'legen wär'!"

Lachend und brummend gaben ihm die andern Recht, nur Meinhold schlug sich auf die Brust und rief: „Mag's gehen, wie's will, das sag' ich Euch: ich laß nit nach, bis so eine Hex' mein ist; denn alles was wahr ist — solche Blitzaugen, die einem das Herz im Leibe verbrennen, giebt's in ganz Böhmen nit und auch nit in Sachsen, wo die hübschen Mädchen auf den Bäumen wachsen'."

Beim Abschied nahm er noch den Kameraden von der Artillerie beiseite und frug ihn, was das Wörtlein quaggiù bedeute?

„Hier unten," erwiderte der und sah kopf=
schüttelnd dem haftig davonstürmenden Mein=
hold nach.

Stundenlang noch wälzte sich der arme Böhme
schlaflos auf seinem harten Kasernenbett hin und
her. Mehrmals noch war er aufgestanden, um
zum Fenster hinauszusehen, die frische Nachtluft
einzuatmen. Wohlthätig umfächelte sie ihm die
heiße Stirne, aber das Fieber seiner Sehnsucht
konnte sie nicht kühlen. Und das Wörtlein
quaggiù summte ihm noch im Halbschlaf in den
Ohren. Dort unten an jener Wasserpforte ver=
hieß es ihm ein Stellbichein? Ob sie seiner heute
Nacht dort geharrt hatte? Der Lichtschimmer,
den er von der Schwimmanstalt aus dort zu
bemerken geglaubt, hatte ihm als Herofackel
leuchten sollen? Aber wie wäre sie auf den Ge=
danken gekommen: war es doch vom Ufer aus
unmöglich, die Pforte trockenen Fußes zu er=
reichen, und zu Schiffe — woher sollte der
Soldat bei Nacht sich ein Boot verschaffen können,
ohne gerechtes Mißtrauen zu erwecken. — Über
solchen Gedanken schlief er allmählich ein.

Am nächsten Vormittag beim Dienst erhielt
der sonst so zuverlässige Zugsführer Meinhold
einen Rüffel von seinem wohlgeneigten Herrn

Hauptmann, der ihn unter anderen Umständen auf acht Tage unglücklich gemacht hätte. Als er aber heute wieder in seiner Schwimmanstalt saß, hatte er die Schande schon verwunden, und seine Gedanken gingen einzig nach dem schwarzen Hause hinüber. Je näher die Nacht rückte, desto ungeduldiger wurde er und trieb die Zögernden am Ende so grob zur Eile an, daß keiner zweifelte, das Liebesglück habe ihm trotz aller nationalen Feindseligkeit gelächelt und er harre einer schönen Rivenserin auf seinem einsamen Posten.

Auch diese Nacht sank sternenklar, windstill herab. In banger Sehnsucht wartete Meinhold auf das Aufleuchten des Lichtes dort drüben. Jetzt wurde es hell hinter den Fenstern; aber so angestrengt er auch spähte, das Licht in der Wasserpforte wollte sich nicht wieder zeigen. Gleichwohl beschloß er, das kühne Abenteuer, das ihm schon den ganzen Tag im Sinne gelegen, zu wagen. Als die Glocken der Stadt die neunte Stunde ausgeschlagen hatten, entledigte er sich hastig der Kleider und sprang ins Wasser.

Lau und lieblich umkoste die dunkle Flut seine kraftvoll geschmeidigen Glieder. Ruhig atmend, mit weiten langsamen Stößen schwamm er dem andern Ufer zu, den Blick beständig auf die beiden

hellen Fenster gerichtet. Als er etwa eine Viertel=
stunde in ruhigem Takte so fortgerudert hatte,
schaute er zurück. Ach! noch immer erschien die ver=
lassene Küste so nah, und die Felsen drüben so
fern! Doch er dachte nicht an Umkehr, denn noch
spürten seine stählernen Muskeln keine Ermüdung,
und wenn nur die Lunge den Atem hergab, so
hoffte er sicher drüben anzulangen. Sagte ihm
doch der tiefere Wellengang, daß er sich der Mitte
der Bucht schon genähert habe. Er legte sich
flach auf den Rücken, um, langsam treibend,
wieder zu Atem zu kommen. Die schweigenden
flimmernden Sterne da oben schienen seiner Narr=
heit zu spotten — er aber wollte in ihnen nur
die lachenden, funkelnden Augen der Geliebten
sehen, die seiner Kühnheit süßen Lohn verhießen!
Mit frischer Kraft schoß sein weißer Leib auf's
neue durch die Wellen — und als der Glocken=
schlag an sein Ohr tönte, der die halbe Stunde
verkündigte, da unterschied sein scharfes Auge
auch schon die Umrisse des finsteren Gemäuers.
Die Sehnen hielten es noch aus, aber das Herz
klopfte ihm so ungestüm, daß ihm mehr als ein=
mal der Atem versagte und das Wasser ihm in
die Kehle drang. Wieder legte er sich auf den
Rücken, raffte all' seine Kraft zusammen und

stieß sich mit den Beinen mächtig vorwärts. Und
da — es mochten abermals fünf Minuten oder
mehr verflossen sein — da streifte ein Lichtschimmer
sein Gesicht und als er sich umwandte, fand er
sich schon im Bereiche der Spiegelung und sah
die schwarze Mauer kaum zehn Schritt von sich
entfernt aus dem Wasser aufsteigen. Einen Augen=
blick später fühlte er Grund unter seinen Füßen —
und dann ließ er sich hochaufatmend auf der ober=
sten Stufe der schmalen steinernen Treppe nieder,
welche zu jener Pforte hinaufführte. Das Blut
schlug ihm in starken Wellen fühlbar bis ins
Hirn hinauf. Es ward ihm plötzlich zu Mut,
als wälzten sich gewaltige Wellenberge über den
See her auf ihn zu und dann hatte er ein Ge=
sicht, wie wenn alle Sterne des Himmels herunter=
schössen gleich feurigen Pfeilen und einen tollen
Irrwischtanz auf der brausenden, gurgelnden
Brandung aufführten. Er lehnte sich zurück und
drückte seine Hände in die Augenhöhlen. Noch
war's ihm, als würde er auf und nieder, hin
und her willenlos von Welle zu Welle geschleu=
dert. Endlich kehrte die Besinnung zurück, er
begann ruhiger zu atmen und seine nächste Um=
gebung zu erkennen. Vorsichtig richtete er sich
auf und stieg die schlüpfrigen Stufen hinauf.

Das Wasserthor war offen. Er betrat einen völlig dunklen Raum, in dem er kaum die Hand vor den Augen sehen konnte. Wohin er auch mit Händen und Füßen tastete, fand er keinen andern Widerstand, als zur Rechten und zur Linken Schranken von hölzernen Latten. Er gab die zwecklose Wanderung auf und trat wieder an die Thür. Die Fenster der Gaststube zu seinen Häupten standen offen. Männerstimmen drangen an sein Ohr, auch Barbaras hohe und helle Stimme glaubte er dazwischen zu erkennen. Lange lauschte er; aber es wurde nur italienisch gesprochen — er verstand kein Wort. Plötzlich schwiegen die Stimmen; es wurden ein paar Accorde auf einer Guitarre angeschlagen, und dann sang eine weiche Altstimme ein leidenschaft= liches italienisches Lied. Meinhold horchte mit verhaltenem Atem: das mußte Maddalenas Stimme sein! Und sie sang ein Liebeslied — den fremden Männern da oben! Ein wütende Eifersucht packte ihn. Wie sollte er ihr seine Gegenwart bemerklich machen, wie sollte er sie zu sich hinunterlocken?

Lautes Bravorufen lohnte ihren schönen Ge= sang. O wenn der schmachtende Tritone dort unten jetzt einen Blick in das Gastzimmer hätte werfen können! Wie die Männer die Sängerin umdrängten mit Schmeichelworten; wie ein schwarzbärtiger Seemann mit der Kapitänsmütze auf dem Kopf Maddalena, die just vor ihm stand, hinterrücks auf seine Knie zog und ihr einen raschen Kuß auf die Lippen drückte — wie sie mit einem kurzen Ruck sich befreite und mit ihrem Instrument einen so kräftigen Schlag gegen den Lockenkopf des Kapitäns führte, daß der dünne Boden zersplitterte und die Guitarre, als eine gar neumodische Hutform, auf seinem Schädel sitzen blieb! Aber das laute Fluchen des so übel Abgeblitzten, das schadenfrohe Lachen der andern, das drang wohl zu dem Lauscher hinunter, und mit der Hellsichtigkeit des Verliebten mochte er sich wohl den Zusammenhang annähernd richtig vorstellen. Und jetzt bat Barbara mit ironischem Mitleid für die Genossin um Verzeihung: „Ella è innamorata, la poverina!" und lautes Lachen, derbe Späße folgten dieser überraschenden Mitteilung.

Meinhold hatte die letzten Worte deutlich vernommen — ihren Sinn mochte er ahnen. Er lauschte nur auf die Stimme der Geliebten — aber die ließ sich nicht mehr vernehmen. Maddalena war entrüstet den lachenden Gästen davon=

gelaufen und hatte die Thür dröhnend hinter sich
ins Schloß geworfen. Es währte auch nicht
lange, so verriet der Widerschein auf dem Wasser,
daß sie in ihr Zimmer zur Linken getreten sei
und dort Licht angezündet habe.

Meinhold ließ sich lautlos wieder ins Wasser
zurückgleiten, und es bedeckte wie mit einem
warmen Mantel seinen Körper, der in der kühlen
Kellerluft schon frostig zu zittern begonnen hatte.
Vorsichtig tastete er sich auf dem harten Stein=
grund nach jener Richtung hin und heftete die
Augen sehnsüchtig auf ihr Fenster. Die Persiane
war leider noch herabgelassen und es war nur
ein schwacher Hoffnungsschimmer, der dem Ver=
schmachtenden leuchtete. Im Gastzimmer wurde
es nun stiller — Barbara mochte den Leuten
wohl von dem schönen böhmischen Ketzer erzählen,
der ihnen das Herz der feurigen Maddalena
entfremdet habe — und so ward es möglich, daß
der Lauscher ziemlich deutlich vernehmen konnte,
wie sich dort oben in gedämpftem Tone ein hef=
tiger Wortwechsel zwischen der bösen alten padrona
und der Angebeteten entspann.

Ein demütiger, verzagter Liebhaber war Mein=
hold nicht, denn wie er sich bisher alles, was
er hörte, so zusammengereimt hatte, wie es zu

seinen Wünschen paßte, so zweifelte er auch jetzt keinen Augenblick, daß die Geliebte seinetwegen gescholten werde. Süße Hoffnung goß neue Kraft in seine Glieder, neuen Mut in sein Herz, während er kurz zuvor noch nach einem Schlucke Wein, einem Bissen Speise schier verschmachtete und mit Grauen an den Rückweg dachte. Endlich, endlich sollte er für sein leidvolles Harren belohnt werden!

Maddalena zog die Persiane in die Höhe und lehnte sich zum Fenster hinaus, um die weiche Kühle der Nacht zu genießen. Jetzt hielt Meinhold nicht länger an sich, und: „Maddalena, Maddalena!" rief er leise, so innig als nur seine nordischen Lippen die fremden weichen Laute formen konnten, hinauf.

Das Mädchen fuhr mit einem unterdrückten Schrei aus seiner Stellung auf. „Chi è la?" flüsterte es hastig hinunter.

In toller Hoffnungstrunkenheit stammelte er, wie gestern, seine ganze italienische Weisheit in einem Atem hervor: „T'amo, t'amo, a rivederci oggi sera!"

Und als sie darauf nur mit unbestimmbaren Lauten antwortete, die halb wie Schluchzen klangen,

fügte er noch sein letztes Wort: „quaggiù“ mehr=
mals hinzu.

„Aspetta-mi, io vengo!“ — erwarte mich, ich
komme! — flüsterte sie, leise aufjauchzend, hinunter
— und dann verschwand das Licht aus ihrem
Zimmer.

Auch ihm kostete es nicht geringe Überwindung,
nicht laut in die Nacht hinauszujauchzen, als er
der Thür wieder zusteuerte und dann, vor Er=
wartung an allen Gliedern bebend, die Treppe
hinauf kroch. Nicht allzu lange brauchte er zu
warten, da hörte er schon eine Fallthür hoch
oben leise zuklappen und dann sah er sie im
Flackerscheine einer kleinen Blendlaterne die
schmale steinerne Treppe hinunterhuschen.

Naß triefend, wie er aus dem Wasser kam,
stürzte er ihr entgegen auf dem schmalen Gang,
zwischen den Lattengittern. Er dachte an alles
andere eher denn an seine göttliche Blöße. Sie
aber prallte mit einem leichten Schrei zurück,
wandte sich ab — und einen Augenblick später
hatte sie die Blendlaterne geschlossen auf die
Treppenstufen gestellt und im Dunkeln den Weg
in seine offenen Arme gefunden.

In einem langen Kusse wärmten sich seine
kühlen Lippen an ihren heißen — und mit diesem

erften Kuffe geftanden fie fich, daß bei ihnen beiden auf den erften Blick die Liebe wie ein Blitz gezündet hatte.

Sie machte fich zuerft, tief aufatmend, von ihm los. Dann band fie ihre Schürze ab und begann unter leifem, glückfeligen Lachen ihn darin abzutrocknen. Es war ja Nacht um fie, was hatte er fich zu fchämen? Ruhig ließ er fie gewähren. Und dann ergriff er die Laterne und leuchtete ihr damit voll ins Geficht.

„Ach, mein Schatz, mein Schatz, wie fchön bift Du!" flüfterte er felig. Und auch fie wandte ihre Augen nun nicht mehr fcheu von feiner Nacktheit ab, fondern flocht bewundernd die Hände ineinander und ftammelte: „Iddio — che bello! che bello!"

So ftanden fie, in Schauen verloren, geraume Weile, bis fie fich wieder an feine Schulter fchmiegte und mit einfchmeichelnder weicher Stimme auf ihn einzufchwatzen begann.

Mit komifcher Verzweiflung in den Mienen laufchte er den fremden Lauten. Und dann that er ihr es gleich und flüfterte ihr in feinem fchönften Deutfch die zärtlichften Liebesworte zu. Und dann lachten fie gemeinfam über ihre Hülf=

losigkeit und kehrten zu der holden Weltsprache des Kusses zurück.

Schließlich blieben denn aber doch allerlei wichtige Dinge übrig, die durchaus gesagt und verstanden werden mußten. Bei der glücklichen Auffassungsgabe, welche Südländer für die Gebärde besitzen, gelang es ihm auch wirklich, ihr klar zu machen, daß er von der Militärschwimmschule aus herübergekommen und daß er nach der Anstrengung des fast dreiviertelstündigen Schwimmens nunmehr ein dringendes Bedürfnis nach etwas Speise und Trank habe. Er hatte seine lebhaften Gebärden mit deutscher Erklärung begleitet und sie drückte ihm ebenso auf italienisch ihr Entsetzen über dieses Wagestück aus und suchte ihm klar zu machen, daß sie geglaubt habe, er sei von einem irgendwo in der Nähe versteckten Boot aus herangeschwommen. Hatte er eins ihrer Zeichen begriffen, so sprach er ihr das Wort dafür nach und übersetzte es gleichzeitig — so daß sie schon in dieser ersten Schäferstunde sich gegenseitig einen recht ersprießlichen Unterricht erteilten.

Es mochte wohl eine halbe Stunde so verflogen sein, ohne daß sie es merkten, als Mabdalena sich seiner Bitte erinnerte, und hinauf eilte,

um ihm etwas zu essen und zu trinken zu be=
sorgen. Die kurze Zeit, während deren er sich
selbst überlassen war, kam ihm schier unendlich
vor; auch begann ihn in der kühlen Kellerluft
wieder empfindlich zu frösteln. Um sich warm
zu machen, lief er in dem finsteren, engen Gang
auf und ab und schlug sich die Arme um die
Brust. Endlich hörte er die Fallthür in ihren
Angeln knarren und eilte an den Fuß der Treppe
zurück. Er hörte, wie Maddalena, schon im
Niedersteigen, einige Worte mit der padrona
wechselte; dann schritt die Geliebte weiter und
ließ die Thür über sich zuklappen. Auf ihrem
lieblichen Gesicht stand ängstliche Verwirrung
deutlich zu lesen, als er sie im Schein der Blend=
laterne wieder vor sich hatte. Auf seine besorgte
Frage wandte sie die großen Augen nach oben,
und das eine Wort „la padrona“, das er aus
ihrer Antwort verstand, sagte ihm, daß sie eine
Entdeckung befürchte. Sie brachte aus ihrer
Tasche Brot und etwas kaltes Fleisch zum Vor=
schein, wovon er trotz aller verliebten Ungeduld
gierig zu essen begann. Und dann öffnete sie
eine Thür in einem der hölzernen Verschläge
und holte alsbald eine jener strohumflochtenen,
langhalsigen Flaschen daraus hervor, in welchen

gewisse italienische Weinsorten aufbewahrt zu werden pflegen. Wohlthätige Wärme durchrieselte seine Adern, nachdem er einen langen Zug gethan hatte. Dann aber wollte sie seine glühenden Zärtlichkeiten kaum mehr dulden, sondern trieb ihn in immer steigender Unruhe zur Heimkehr. Sie hörte nicht auf sein stammelndes Flehen und gab sich keine Mühe mehr, seiner lebhaften Gebärdensprache zu folgen. Mit Gewalt riß er die Widerstrebende an seine Brust und bedeckte ihr Gesicht, Hals und Arme mit glühenden Küssen. Da brach sie in Thränen aus und entwand sich mit einer Kraft, die nur die höchste Angst ihr verleihen konnte, seiner Umarmung. Dann lief sie nach dem Wasserthor und spähte und lauschte mit verhaltenem Atem in die Nacht hinaus. Erstaunt wollte er ihr folgen, aber sie winkte ihm heftig, zurückzubleiben. Plötzlich stieß sie einen leisen Schrei aus und kehrte zurück zu ihm. Im selben Augenblick ward oben die Fallthür geöffnet, auf der Treppe erschallte ein schwerer Tritt und gleich darauf erblickte Meinhold im Scheine einer flackernden Kerze das von einem dichten schwarzen Vollbart umrahmte Gesicht eines Mannes, der in stark nach vorn gebeugter Haltung auf einer der oberen Treppen-

stufen stand und in den dunklen Raum hinab=
lugte. Beim ersten Geräusch hatte Maddalena
die Klappe ihrer Laterne geschlossen und war vor
den Geliebten getreten, um ihn mit ihrem Leibe
zu verbergen.

Meinhold, die Gefahr erkennend, duckte sich
sofort zu Boden und schlich geräuschlos dem
Wasser zu. Er hörte, wie der Mann eine eifrige
Frage hinunterflüsterte und wie dann die Geliebte
fast laut hinaufrief: „No, no, no — niente,
niente!“ Sie wollte damit wohl den Eindring=
ling zur Umkehr bewegen; aber der Mann stieß
nur ein kurzes heiseres Lachen aus und stieg
mit dem Rufe: „Tanto meglio!“ weiter herunter.

Meinhold hatte schon die Füße im Wasser,
aber noch zögerte er abzustoßen, als Maddalena
schon wieder vor ihm stand und ihm mit fliegen=
dem Atem bedeutete, daß er sich retten möge,
ehe es zu spät sei. Er küßte den Saum ihres
Kleides, flüsterte ein zärtliches „addio“ und dann
ließ er sich ins Wasser gleiten und war mit
wenigen kräftigen Stößen außer Bereich der ver=
räterischen Lichtspiegelung. Dort hielt er lauschend
inne, denn er glaubte Maddalena rufen gehört
zu haben. Er hatte keinen Grund mehr unter
den Füßen und mußte sich durch Wassertreten

aufrecht und auf der Stelle halten. Da hörte er deutlich aus dem Innern des dunklen Ganges hervor das heisere Lachen jenes Mannes und Maddalenas gedämpfte Stimme, die ihn zornig abzuweisen schien. Schon wollte Meinhold alle Vernunft bei Seite setzen, um der Geliebten zu Hilfe zu eilen, als sie selbst wieder in der Thür sichtbar ward, und mit ihr der schwarzbärtige Mann, der die Widerstrebende zu umfangen suchte. Ein kurzes Ringen entstand zwischen beiden und der Lauscher, von eifersüchtiger Wut übermannt, hatte sich wirklich bereits wieder in der Richtung auf das Haus in Bewegung gesetzt, als der heim= tückische Angreifer, durch einen kräftigen Stoß von Maddalenas Fäusten vor die Brust getroffen, das Gleichgewicht verlor und rücklings ins Wasser plumpte.

Meinhold hielt inne und atmete erleichtert auf. Das herrliche Mädchen wußte sich ja selber kräftig genug zu wehren — er brauchte sich nicht zu verraten! Er hatte nicht übel Lust in ihr leises Hohnlachen mit einzustimmen; doch in diesem Augenblick wurde seine Aufmerksamkeit durch ein neues, ganz unerwartetes Geräusch in seiner Nähe gefesselt. Von der linken Seite her hörte er vorsichtigen Ruderschlag und das Rauschen

des Wassers um den Kiel eines Bootes er=
schallen. Und da tauchte auch schon das Fahr=
zeug selbst aus dem Dunkel hervor — ein an=
sehnliches Fischerboot, von vier Ruderern vorwärts
getrieben.

Jetzt galt es, sich rasch in Sicherheit zu brin=
gen, denn wenn das Schiff in seiner Richtung
blieb, so mußte es dicht an ihm vorbei schneiden.
Leicht und rasch wie ein Fisch schoß der vortreff=
liche Schwimmer durch die Flut, und als er nach
etwa zwanzig Stößen wieder inne hielt, um Atem
zu schöpfen, da mußte er sich vor jeder Gefahr
der Entdeckung geborgen. Noch einmal schaute
er jetzt nach dem Hause um — und da sah er,
wie jenes Fischerboot vor der Wasserpforte hielt
und die Gestalten seiner vier Insassen schatten=
gleich in der Dunkelheit untertauchten. Ein paar
Mal noch zuckte der Schein von Maddalenas
Laterne auf, er glaubte kichern, lachen und fluchen
zu hören — dann war alles finster und still. Er
spürte es wohl, daß er alle seine Kräfte für die
Heimfahrt brauchen würde, sonst hätte die bren=
nende Neugier, zu erfahren, was jener geheim=
nisvolle nächtliche Besuch wohl zu bedeuten habe,
ihn doch vielleicht veranlaßt, noch einmal umzu=
kehren. Aber nachdem er es mit angesehen hatte,

wie übel Maddalena einem allzu zudringlichen Bewerber um ihre Gunst mitspielen konnte, war eine heitere Zuversicht über ihn gekommen und er hatte sich fest vorgenommen, sich nicht mehr von eifersüchtigen Grillen übermannen zu lassen.

Als er endlich wieder Grund unter seinen Füßen fühlte, ging es schon auf Mitternacht. Da er versäumt hatte, in der Schwimmanstalt ein Licht brennen zu lassen, so war er um ein Beträchtliches aus der Richtung gekommen und mußte noch eine ganze Strecke auf steinigem Ufer mit bloßen Füßen zurücklegen. Alle seine Glieder zitterten vor Überanstrengung, als er seine Kleider anlegte, und wie er nach kurzer Rast die Kaserne aufsuchte, da schaute der wachthabende Unteroffizier, der ihm das Thor öffnete, dem taumelnden Kameraden bedenklich lächelnd nach. Die ganze Nacht umrauschten ihn im Traume die blaugrünen Wogen des Gardasees und sein Bett trug ihn schwebend auf und nieder, wie einen, der eine lange Meerfahrt hinter sich hat. — —

Es war ein Glück für Meinhold, daß er am andern Morgen vom Felddienst befreit war. Sein Erstes war, als er in die Stadt ging, sich einen kleinen italienischen Sprachführer zu kaufen; und damit zog er sich auf seine Schwimmanstalt zu-

rück und studierte so eifrig, als es ihm seine
Dienstobliegenheiten irgend erlaubten. Er machte
sich klar, daß es eine Thorheit, sein Leben so
aufs Spiel zu setzen, ohne die Sicherheit, daß
der Lohn der Mühe würdig sei. Hatten sie
doch gestern in der Hast des Abschiedes nicht
bereden können, wie sich in Zukunft ihre Zu-
sammenkünfte veranstalten ließen. Er hätte ja
auch blind sein müssen, wenn er nicht gemerkt
hätte, daß in jenem Hause irgend ein lichtscheues Treiben herrsche, und daß auch seine
Geliebte in einer Weise, die ihrer Freiheit starke
Fesseln anlegte, daran beteiligt sei. Er sah ein,
daß er zunächst einmal einige Herrschaft über die
Sprache erlangen müsse, ehe er daran denken
konnte, das Geheimnis der schwarzen Trattoria
zu ergründen, oder seiner Geliebten irgendwie zu
helfen. Alle mögliche Gespräche mit ihr stellte
er sich vor und suchte sich in seinem Büchlein die
wichtigsten Worte daraus zusammen, um sie aus-
wendig zu lernen. Und doch fehlte es natürlich an
allen Ecken und Enden, da er ja von der Grammatik
noch gar keine Ahnung hatte. Aber es ist ja eine
alte Weisheit, daß es keinen rascheren Weg giebt,
eine fremde Sprache zu erlernen, als sich in ein
schönes Mädchen jener Zunge zu verlieben. —

Als er am frühen Abend dieses Tages die Straße zur „Bella vista“ hinanschritt, wiederholte er immer noch in Gedanken seine Vocabeln. Etwa hundert Schritte von dem Hause entfernt, begegnete ihm ein Priester, welchen er sofort als den nämlichen wieder erkannte, den er vor einigen Tagen in anscheinend so vertraulichem Zwiegespräch mit Maddalena überrascht hatte. An dem stechenden Blick, den ihm der Schwarzrock aus seinen tiefliegenden dunklen Augen zuwarf, durfte er schließen, daß auch er ihn wiedererkannt habe und diese Annahme bestätigte jener noch durch die Absichtlichkeit, mit welcher er zur Seite und an der Felswand hinaufschaute, um den ironisch-höflichen Gruß des Österreichers nicht zu bemerken. Meinhold fürchtete den Schwarzen jetzt nicht mehr. Pfiff sich einen lustigen Marsch und dann betrat er unverzagt das düstre Haus, das die Liebste beherbergte.

Da niemand seinen Eintritt gewahrte, so schlich er sich zunächst auf den Zehen nach Maddalenas Zimmer. Er drückte rasch die Thür auf, um sich ihrer Überraschung zu freuen, falls er sie wirklich allein fände. Doch das Zimmer war leer und finster. Er zog die Thür hinter sich zu, tappte im Dunklen nach dem Fenster und zog

die Persiane in die Höhe. Die Sonne war eben
hinter den Felsen verschwunden. Die frische Kühle,
die rosige Dämmerung drangen zum Fenster
hinein und erfüllten das kleine Zimmer mit
ihrem traulichen Hauche. An der Wand links
von der Thür stand ihr Bett, über das eine
saubere weiße Waffeldecke gebreitet lag, und über
dem Kopfende war in der Ecke der Wand ein
kleiner geschnitzter und vergoldeter Schrein be=
festigt, welcher ein fast schon bis zur Unkenntlich=
keit nachgedunkeltes Madonnenbild umrahmte.
Allerlei alte Seidenbänder mit aufgedruckten
Sprüchen, frische und trockne Blumen waren in
den Lücken des Schnitzwerks befestigt und von
der Decke an einer leichten Kette herabhangend,
brannte eine ganz kleine rote Ampel als ewige
Lampe vor dem Heiligenschrein. Einige weitere
Heiligenbilder, abscheuliche Buntdrucke mit auf=
geklebten Goldflittern, waren an den beiden Längs=
wänden des Zimmers verteilt, dazwischen als
einzige weltliche Darstellung eine einfach gerahmte
Lithographie des Re Galantuomo hoch zu Roß.
Fast alle diese Bilder hingen schief, und Mein=
hold, der mit der zärtlichen Aufmerksamkeit des
Liebenden in dem einfachen Zimmerchen Umschau
hielt, bemerkte das sofort und beeilte sich, dem

Übelstande abzuhelfen, der sein für jede Ab=
weichung von der Richtung sehr empfindliches
militärisches Auge nicht wenig verletzte. Sonst
gab es in dem Zimmer nicht viel zu sehen; ein
Tisch mit einem alten Sofa dahinter, ein Gestell
mit Waschgeschirr und eine große Kommode vervoll=
ständigten die Einrichtung. Aber da auf der Kom=
mode, da war doch etwas, das seine Aufmerksamkeit
auf sich lenkte. Maddalena hatte hier, wie fast alle
Mädchen ihres Schlages, ihr eigenes Bildnis in
einem wertlosen lackierten Blechrahmen aufgestellt.
Es war ein herzlich schlechtes Photogramm, immer=
hin aber doch erkennbar — und Meinhold besann
sich keinen Augenblick, das Bild aus dem Rahmen
herauszuziehen und in seine Tasche zu stecken.
Ja, er machte sich auch kein Gewissen daraus,
die unverschlossene oberste Lade der Kommode
herauszuziehen und neugierig wie ein kleines
Mädchen in dem bunten Allerlei von wertlosen
Schmucksachen, Bändern, seidenen Tüchlein,
Spitzen, Fächern, Haarnadeln, Fläschchen, Büchs=
chen und dergleichen mehr herumzukramen. Er
verfuhr dabei ganz gedankenlos. Es machte ihm
nur eine kindliche Freude, die Gegenstände zu
berühren, die auch sie berührt. Hatte er sich
vorgenommen, aufs Ungewisse hin, Maddalenas

hier zu harren? Er wußte es nicht. Kaum daß
er auf das Stimmengewirr acht gab, das aus
dem Gastzimmer zu ihm herüberdrang, oder daß
er daran dachte, wie er seine Anwesenheit erklären
sollte, falls plötzlich die padrona oder sonst ein
anderer als Maddalena hereintreten sollte. Seit
ihm die wunderseltsame nächtliche Zusammenkunft
die Gewißheit ihrer Liebe gebracht hatte, war es
ihm, als ob er Maddalena schon lange kenne,
aber er fühlte sich in ihrem Zimmer zu Hause
und ihre geringen Habseligkeiten schienen ihm
vertraut wie eigener lieber Besitz.

Ein plötzliches Anschwellen des bisher so
gleichgültigen Stimmengeräusches aus der Gast=
stube zu lautem Toben machte Meinhold aus
seiner glückseligen Gedankenlosigkeit auffahren.
Er lauschte zum Fenster hinaus und unterschied
in dem Lärm deutlich die Stimme der Geliebten,
welche dem Drohen, Lachen und Höhnen der
Gäste und dem Zanken der padrona eine trotzige
Weigerung entgegenzusetzen schien. Nun galt es,
der Liebsten schützend zur Seite zu stehen! Kampf-
lustige Entschlossenheit blitzte in seinen blauen
Augen auf und er schritt eilig der Thür zu, um
Maddalena zu Hülfe zu kommen. In demselben
Augenblick, als er die Thür aufriß, ward auch

die des Gaſtzimmers aufgeworfen und Meinhold
ſah, wie die knochige alte Wirtin ſein Mädchen
mit rauhem Griff am Arm gepackt hatte und die ver=
gebens Widerſtrebende nach ſich zog, während
fünf oder ſechs Männer aus dem Gaſtzimmer
heraustraten und lachend, höhnend, drohend dem
Vorgang zuſchauten. Zornröte flammte in Mein=
holds hübſchem Geſicht auf, mit einem Satz ſtand
er neben der Geliebten, befreite ihren Arm von
dem harten Griff der Alten und donnerte der
ganzen Geſellſchaft ein urkräftiges: „Ihr Himmel=
tauſendſakramenter — daß mir keiner dem Mädel
zu nahe kommt!“ entgegen.

Erſtaunt, verblüfft über die plötzliche Erſchei=
nung eines öſterreichiſchen Unteroffiziers an dieſem
Orte ſtand die ganze Geſellſchaft einen Augenblick
ſtumm und unthätig da. Maddalena aber warf
ſich ohne langes Beſinnen dem Geliebten, dem
Befreier an die Bruſt und umſchlang ſeinen
Hals feſt mit ihren weißen Armen. Jetzt kam
wieder Leben und Bewegung in die Gruppe der
Gäſte und ſie drangen mit Fragen und Ver=
wünſchungen auf die padrona ein, die zunächſt
nichts zu erwidern wußte, ſondern nur mit ihrer
Fauſt, einer gewaltigen, knochigen Männerfauſt,
das Liebespaar bedrohte.

Ein helles lautes Gelächter, das von der Küche her erscholl, ließ alle sich nach jener Richtung hinwenden. Da stand Barbara nachlässig gegen den Thürpfosten gelehnt, wiegte sich mit gerungenen Händen in den Hüften hin und her und lachte aus vollem Halse. „Eccolo, eccolo!“ rief sie dann immer noch prustend vor Lachen, indem sie mit den beiden verschlungenen Händen nach dem Österreicher wies. Und dann setzte sie auf Deutsch hinzu: „Winsch Ihne viel Glike zu neien Schatz, mein schenner 'err Offizier!“

„Ja wohl, kannst mir auch Glück wünschen!“ rief Meinhold übermütig, indem er zärtlich mit der Rechten über Magdalenas dunkle Locken strich. „Das Mädel hier ist meine Braut und wenn ich los komm' vom Militär, dann nehm' ich sie mit heim als meine Frau!“ Und sich zu ihrem Ohre hinab beugend, bot er sein ganzes neugebacknes Italienisch auf, indem er mit drollig-ungeschickter Aussprache fragte: „Vuoli essere mia moglie?“

Ein dröhnendes Gelächter sämtlicher Anwesenden war die Antwort auf diese so gut gemeinte und nur etwas gar zu öffentliche Werbung. Magdalenas Antwort darauf bestand darin, daß sie in Thränen ausbrach und ohne

ihn anzublicken ihren Kopf fest gegen seine Brust
drückte.

Die dicke Barbara fand den Gedanken, ihre
Schwester in Venere als Frau Zugsführerin
scheiden zu sehen, ganz besonders komisch. Sie
wußte sich vor Vergnügen gar nicht zu lassen
und rief einmal über das andere den Italienern
Worte zu, die auch deren Heiterkeit immer wieder
auf's neue entfachten. Meinhold ließ erst alles
über sich ergehen, obwohl die Zornesader auf
seiner Stirn schon bedenklich angeschwollen war.
Er wußte, wie übel es ihm in seiner Stellung
bekommen konnte, wenn er sich an diesem Orte
in eine Schlägerei einließ. Als aber jetzt mehrere
von den Männern laut schreiend und mit drohend
erhobenen Fäusten auf ihn eindrangen, blieb ihm
nichts anderes übrig, als gleichfalls seinem Herzen
in einigen Kraftausdrücken Luft zu machen und
seine Fäuste den Angreifern drohend ins Gesicht
zu schütteln. Die Alte und Barbara mischten
ihr Gekreisch unter die Stimmen der Männer
und machten Miene, Maddalena mit Gewalt
von seiner Seite zu reißen. Da faßte er das
Mädchen um die Hüfte und schob sie rasch vor
sich her in ihr Zimmer hinein. Eben wollte er
die Thür hinter sich zuziehen, als ihn von hinten

ein Faustschlag ins Genick traf. Wie der Blitz war er wieder draußen, warf die Thür hinter sich ins Schloß, stürzte sich auf den nächsten Besten und versetzte ihm eine so derbe Ohrfeige, daß ihm das Blut in Strömen aus der Nase schoß und er wie ein Betrunkener zur Seite taumelte. Dann zog er, ehe ihm noch einer der anderen zu nahe kommen konnte, vom Leder, schwang die kurze aber wuchtige Waffe über dem Kopfe und schrie: „Wem sein Schädel noch einen Kreuzer wert ist, der komme mir nit zu nahe!"

Die Männer stießen laute Verwünschungen aus, trauten sich aber doch nicht an ihn heran und er hätte nun wohl unbehelligt gehen können, wohin er wollte, wenn nicht Barbara plötzlich mit ganz verändertem Gesichtsausdruck, mit einem verschmitzten Lächeln furchtlos auf ihn zugetreten wäre, um ihm ganz harmlos die erhitzten Wangen zu streicheln.

„Ike 'aben immer gesagt, Du bise hibscher, lieber Kerl! Geh' zu, steck' Deine große Messer ein, die Signori solle Dir nix thun, ike will schon mit ihne rede."

„Ach, laß mich aus, Barbara! Du bist ein falsches Katzel!" rief er ärgerlich und suchte sich ihren Liebkosungen zu entwinden.

Daraus machte sich das zudringliche Mädchen wenig. Sie klammerte sich vielmehr an seinen Arm und suchte ihn mit sanfter Gewalt herunterzuziehen. Inzwischen hatte einer der Italiener sich hinter Meinholds Rücken geschlichen und mit raschem Griff sein freies Handgelenk umklammert. Fast gleichzeitig warfen sich die andern von vorn auf ihn, einer entriß ihm den Säbel, ein anderer packte ihn an der Kehle, ein dritter erfaßte ihn unter den Knieen, um ihn zu Falle zu bringen. Er knickte nur zusammen, schleuderte dann mit einem heftigen Tritt diesen einen von sich, die andern aber hielten fest — und dann warfen sich auch die beiden vorher so übel Abgewiesenen von hinten über den Wehrlosen her, bearbeiteten seinen Rücken mit ihren Fäusten und halfen dann den andern ihn an die Luft zu setzen.

Das Unglück wollte es, daß gerade ein paar Offiziere seines Regimentes, von ihrem Spaziergange heimkehrend, an der Trattoria vorbeigingen, als der schmucke Zugsführer durch den Teppich hindurch auf die Straße hinausflog. Fast kein Unteroffizier im ganzen Regimente war bei allen seinen Vorgesetzten so beliebt, als der stramme diensteifrige stets so gefällige wohlerzogene Schwimmmeister. Um so größer war das Erstaunen der beiden Leutnants, ihm in einer so unwürdigen Lage zu begegnen. Höchst betroffen und unwillig traten sie näher und forderten Aufklärung. Trotz seiner Schmerzen im Rücken, richtete sich Meinhold doch stramm auf und gab der Wahrheit gemäß die Auskunft, daß es eines Mädchens wegen zu einem Streit gekommen sei und daß er sich nur im Stande der Notwehr befunden habe.

Die Italiener samt den beiden Weibern standen noch in der Thüröffnung und sahen mit mürrischem Trotz den weiteren Schritten der Offiziere entgegen. Einer derselben, der des Italienischen mächtig war, drohte der Wirtin wegen dieses Vorfalls mit einer Anzeige bei der Polizei und forderte in strengem Ton die sofortige Herausgabe des Säbels. Die dicke Barbara lachte dazu ganz harmlos und hielt triumphierend die Waffe, die ihr vorher der Mann, der sie Meinhold entrissen, zugeworfen hatte, in die Höhe. Dann kam sie herausgelaufen und machte einen koketten Knix vor den beiden Offizieren und bot ihnen lächelnd die blanke Waffe dar. Meinhold riß sie ihr wütend aus der Hand und stieß sie mit einer ingrimmigen Verwünschung für die falsche Katze in die Scheide.

Barbara hatte aber auch dafür nur ein gut=
mütiges Lachen. Mit einem drolligen Aufblick
wandte sie sich wieder an die Leutnants und
sprach: „Ah, Euer Gnaden, Eccelenza — bitte
sagen selber: wenn Sie komme zu ‚Bella vista‘
zu trinke gute Wein, vino santo und zu liebe
gutte arme Mädle, was ise von ’o’er Polizia er=
laubt zu liebe — werden bok nix zufrieden sein,
wann dumme Gansel sagt: nix amore Eccelenza
— ife bin zu gut für große Signor Capitano, ife
lieben nur mein klein dumme caporale! Disse klein
dumme caporale ’at ver’ext unsere bella Mabba=
lena, daß sie nix mehr will fare l’amore und nur
’eiraten disse klein dumme caporale!“

Die beiden Offiziere verbissen sich nur mit
Mühe das Lachen über Barbaras drollige Ver=
teidigung und machten sich eiligst wieder auf den
Weg, um nicht etwa in solcher Gesellschaft be=
troffen zu werden. Dem armen Meinhold aber
eröffneten sie die Aussicht auf eine strenge Be=
strafung; denn es sei ihnen unmöglich, da der
Zufall sie einmal zu Augenzeugen gemacht und
der ärgerliche Vorfall, daß ein angesehener Unter=
offizier sich in jenem verrufenen Hause in eine
Schlägerei eingelassen habe, jedenfalls in der

Stadt herumkommen werde, den Vorgesetzten die Sache zu verschweigen.

Meinhold nahm die Hacken zusammen, sagte, ohne eine Miene zu verziehen: „Zu Befehl, Herr Leutnant!" und dann überließen ihn die Offiziere sich selbst. Bitter lächelnd, sein unglückliches Schicksal verwünschend, schleppte er seine schmerzenden Gliedmaßen der Stadt zu.

Schon am Nachmittag des folgenden Tages war der Zugsführer Meinhold vom Herrn Major zum Rapport befohlen und zu 48 Stunden strengem Arrest verurteilt worden. Es war die erste derartige Strafe, die der sonst so musterhafte Soldat zu verbüßen hatte, und wenn nicht die Liebe sein Gefühl für alles andere außer dieser Liebe abgestumpft hätte, so würde er die Strafe als eine unauslöschliche Schmach empfunden haben. Auch die Offiziere seiner Kompagnie erwarteten das von seinem feinen Ehrgefühl, denn sie sahen sich veranlaßt, ihm nach Beendigung des Verfahrens in teilnehmendster, fast kameradschaftlicher Weise gut zuzureden, daß er sich die Sache nicht allzusehr zu Herzen gehen lassen möchte; es sei nun einmal ihre verwünschte Pflicht und Schuldigkeit, hier in diesem unglücklichen verwelschten Pfaffenneste die Disziplin ganz besonders streng zu handhaben, damit der feindselig gesinnten Bevölkerung jeder Anlaß zu einer boshaften Kritik der österreichischen Soldateska entzogen werde. Die verflixten Frauenzimmer könnten ja freilich auch den Vorsichtigsten einmal in Ungelegenheiten bringen und seine Offiziere würden darum nicht schlecht von ihm denken — unbegreiflich sei es ihnen nur, wie gerade er, der doch von Hause aus mehr Gesittung und Bildung mitgebracht habe, als die große Mehrheit seiner Kameraden, sich in allem Ernste zum Ritter eines solchen Geschöpfes aufwerfen könne!

Meinhold schüttelte auf diese wohlgemeinte Auseinandersetzung seines Hauptmanns mit einem leichten Seufzer den Kopf und entgegnete kein Wort. Als er draußen vor der Thür stand, da murmelte er mit einem schier verklärten Lächeln vor sich hin: „Nein, mein Herr Hauptmann, ein solches Geschöpf ist meine Madbalena nicht, — das weiß ich besser! Mag sie's auch früher ein bissel arg getrieben haben — was geht's mich an! Seit wir uns kennen, ist sie treu wie Gold — mögt Ihr sagen, was Ihr wollt!"

Er ließ sich mit einer solchen gleichgültigen Ergebung nach dem Arrestlokal abführen, daß der begleitende Unteroffizier ganz ängstlich wurde

und vermeinte, der überempfindliche Zugsführer
möchte wohl gar einen verzweifelten Entschluß ge=
faßt haben. Die vorgeschriebene Leibesuntersuchung
nahm er daher besonders aufmerksam vor, fand
aber, nachdem er ihm das Taschenmesser und
sogar die Hosenträger abgenommen hatte, nichts
an und um ihn, womit er sich hätte ein Leid
zufügen können. Den „Kleinen Italiener", der
in seiner Brusttasche steckte, ließ er ihm zum Zeit=
vertreib gern zurück. Als der Mann hinaus=
gegangen war und die schwere Thür hinter ihm
verrammelt und verriegelt hatte, machte sich Mein=
hold mit einem Eifer über sein kleines Lehrbuch
her, wie wenn ihm keine größere Freude hätte
werden können, als diese überaus günstige Ge=
legenheit zum ungestörten Studium. Nicht einen
Augenblick dachte er an den Stoß, den seine Ehre
erlitten hatte, all' seine Gedanken waren bei der
Heißgeliebten. Kein Schatten von Eifersucht
trübte sein sehnsüchtiges Sinnen; er war ihrer
Treue so sicher, wie wenn seine Leidenschaft einer
jungfräulichen Unschuld von sechzehn Jahren ge=
golten hätte, die unter der Obhut frommer
Eltern weltabgeschieden aufgewachsen wäre. Nur
die Furcht vor den Hindernissen, die sich seiner
Vereinigung mit Maddalena noch entgegenstellen

mochten, zog hin und wieder seine Aufmerksamkeit von dem Studium ab. Aber mochten immerhin die wütende padrona und die eifersüchtige Barbara List und Gewalt aufbieten, um ihm den Zudrang zu ihr zu wehren, den Wasserweg konnten sie ihm nicht versperren und wenn es sein mußte, so getraute er sich wohl, jede Nacht den Kampf mit der blaugrünen Garda aufzunehmen. Im Herbst war seine fünfjährige Dienstzeit ab= gelaufen. Nun er dieses Mädchen gefunden hatte, dachte er nicht mehr daran, weiter zu kapitulieren. Er wollte sie als seine Frau mit heimnehmen und in das Kaufmannsgeschäft seines Vaters ein= treten. Auch daran dachte er nicht, daß sein Vater über eine solche Schwiegertochter höchst wahrscheinlich sehr wenig erfreut sein würde und daß sie schon ihrer katholischen Bigotterie wegen allerlei Mißhelligkeiten in seiner ganz prote= stantischen Familie hervorrufen könnte. Ach, der sonst so klar denkende, erzgescheidte Mann war thatsächlich taub geworden gegen die Stimme der Vernunft, blind gegen das Licht der Wirklichkeit.

Im Wechsel phantastischer Träume und eifrig= sten Studiums waren ihm die 48 Stunden so rasch verflogen, daß er es fast bedauerte, sobald schon der Freiheit und dem Dienste zurückgegeben zu werden. Der Urlaub nach Zapfenstreich war ihm auf 14 Tage entzogen worden; doch hatte man ihm wenigstens die Aufsicht über die Schwimmanstalt gelassen, weil man als Schwimm=lehrer doch wohl keinen Bessern hätte finden können. Die neue Verfügung, wonach er in der Anstalt schlafen sollte, da in jüngster Zeit mehr=fach mutwillige Sachbeschädigungen und Ent=wendungen von Wäsche vorgefallen waren, kam ihm gerade recht, indem sie ihm seine heimlichen Schwimmfahrten sehr erleichterte. Freilich mußte er auch allnächtlich den Besuch der Ronde und damit eine Entdeckung gewärtigen, aber er sah eben in seiner Verblendung von allen Dingen nichts weiter, als was seiner Liebe günstig war.

Am Morgen nach seiner Entlassung war es ganz einsam auf seiner Anstalt, denn die Truppen waren zu einer größeren Feldbienstübung zu=sammengezogen und er hatte nichts zu thun als den Fremden, welchen die Benutzung der Anstalt gestattet war, ihre Zellen anzuweisen. Er hatte sich im Schatten einer Weide ins Gras gestreckt und sich eifrigst in die Konjugation des Verbums amare vertieft, als er auf dem Kies des Fuß=weges hinter sich einen leichten Schritt hörte. Aber ehe er sich noch wenden konnte, um nach dem Kommenden umzuschauen, wurden ihm die Augen von hinten mit ein paar weichen Händen zugehalten. Eine Vermutung, die ihm das Herz bis in die Kehle schlagen machte, schoß ihm durch den Kopf.

„Mabdalena!" rief er laut, indem er sich hastig los machte.

Aber es war nicht Mabdalena: vor ihm stand die falsche Katze, die dicke Barbara und zeigte ihm im lustigen Gelächter ihr ganzes beneidens= wertes Gebiß — so harmlos, als wären sie immer die besten Freunde von der Welt gewesen.

Meinhold sprang auf die Füße und maß das kecke üppige Mädchen, das sich so schön wie mög= lich herausgeputzt hatte, mit einem entrüsteten Blick. „Wie kommen Sie daher? Was wollen Sie von mir?" fuhr er sie zornig an.

„Nix bese sein!" bat sie mit affektiertem Kinderton, indem sie den Kopf auf die Schulter neigte und ihn verliebt anäugte. „Ike bloß schaue will, was schaffe klein dumme Caporale. Bin ike molto brutta, brutta, brutta gewese zu arme verliebte Caporale — will ike nix wieder thun — will ike sein so gute zu mein 'ibsche Caporale!"

Sie näherte sich ihm zutraulich, um ihren

Worten durch Liebkosungen einen größeren Nach=
druck zu verleihen, aber er streckte ihr abwehrend
die Arme entgegen und rief ärgerlich: „Zehn
Schritt vom Leibe, i bitt' schön! 48 Stunden
schwarzes Loch hast Du mir eingebracht mit
Deiner Falschheit. Hol' Dich der Kuckuck!"

Er wandte ihr den Rücken und that ein paar
Schritte nach dem Ufer zu, um ihr klar zu machen,
daß er die Unterhaltung für beendet ansehe.

Barbara ging ihm nach und hub ganz klein=
laut von neuem an: „Ma povera mia! Ike
bring schene Gruß von Mabbalena!"

„Ist das wahr? Kann man Dir trauen?"
rief Meinhold, sich rasch zu ihr wendend.

„Arme Mabbalena ise ganze kranke von Liebe.
La padrona 'at sie in finstre Keller gesperrt;
aber Mabbalena 'at gesagt, daß lieber in finstre
Keller sterben will als wieder zu die Signori
gehen. Und dem prete 'at sie gebeichtet alles
von die grosse Liebe und der prete 'at gesagt,
daß sie in der 'elle kommt, wenn deitsche Ketzer
'eiraten will. Arme Mabbalena barmt mi so!
Ike will nix mehr brutta sein — ike weiße, wie
grosse Liebe weh' thut!" Sie deutete mit ernst=
haftem Kopfnicken auf ihr Herz und ihre lustigen
Augen standen wirklich voller Thränen.

„Könnt' ich bloß dem Pfaffen an die Gurgel!“ knirschte Meinhold ingrimmig vor sich hin, „der macht mir das Mädel noch verrückt.“

Aber Barbara hatte sein Gemurmel verstan=den. Sie drängte sich an seine Seite und flüsterte ihm ins Ohr: „Ike weiße, was niemand weiße! Unser prete ise gar nix Pfaff! Ise sehr verliebt in Maddalena; aber wenn Maddalena weiße, daß nix prete ise, kann sie ihn nix leide, weil so 'äßliche garstige Mann ise.“

„Was ist das? Er ist kein Pfaff? Desto sicherer ist er ein Schuft! Die ganze Gesellschaft, die Ihr da abends bei verschlossener Thüre bei Euch habt, kommt mir gar nicht recht geheuer vor!“ versetzte Meinhold mit drohendem Stirnrunzeln.

Barbara legte bittend ihre Hände zusammen und flehte: „Nix bese sein! Wir gutte arme Madele sein, die Maddalena und ike! Wir nix Beses thun. Padrona make bloß Thür zu, da= mit nix scandalo giebt mit die Signori, die alle Abend komme zu trinke Wein; weil polizia so f'limm ise. 'at schon padrona verbote, zu gebe Wein für die militari. Ahimè, was ise padrona witig auf arme, verliebte Caporale! Wann sie wieste, wo ike jetzt bin, käm' ike auk in finstere Keller — haha!“

„Wie bist Du denn hierher gekommen? Hat Dich denn der Posten durch die Citadelle gelassen?"

„Ma no — ike 'aben ein barca genomme und bin gefahre bis dort oben an Land."

„Nur um mir den Gruß von Maddalena zu bestellen?"

Sie nickte trübselig.

„Du bist ein gutes Mädchen, Barbara — ich danke Dir!" sagte Meinhold und reichte ihr versöhnt die Hand. „Kann Maddalena nicht auch einmal zu Schiff herüberkommen und mich besuchen?"

„Nein, nein, die padrona laßt sie gar nix mehr 'erausgehen. Sie 'at den Slissel zu Keller im Sack und wenn ike geh, Wein zu 'olen, bleibt sie droben stehe, bis ike wieder 'eraufkomme."

„Und — darf auch der prete nicht zu ihr in den Keller?" frug Meinhold mit aufsteigender Eifersucht.

Da lachte Barbara laut und erwiderte: „Dio ci liberi! Der prete geht nix zu zweite Mal zu ihr in die finstere Keller, weil Maddalena neulik ihn 'at geworfen in Wasser."

„Was! den prete hat sie ins Wasser geworfen?" rief Meinhold mit funkelnden Augen.

„Denselben prete, der so große Gewalt über sie

hat und ihr mit der Hölle droht, wenn sie mich heiraten will!"

„Maddalena weiße ja nix, was ike weiße!" lächelte Barbara.

„Was weißt Du denn!" forschte er eifrig.

„O ike 'aben die Ohr an die Thire gelegt und durk die Slisselloke geschaut — ma zitto! zitto!"

Sie schlug sich mit der Hand leicht auf den Mund und war durch kein Bitten zu bewegen, ihm zu verraten, was sie gehört und gesehen.

Auf dem Kiesweg nahten Schritte. Meinhold trat rasch hinter einen deckenden Baum und zog das Mädchen nach sich.

„Man darf uns hier nicht zusammen sehen, Barbara. Ich danke Dir, daß Du gekommen bist; aber nun mach Dich schnell davon — hier hinter den Bäumen. Grüße mir die Maddalena und sag' ihr, ich würde schon kommen. Sie sollte meine Frau werden, und wenn alle Teufel sich dawider setzten!"

Barbara sah ihm wehmütig in die Augen und dann sagte sie fast weinend: „Soll ike Maddalena keine kleine Kuß bringe?" Sie spitzte ihm verlangend die Lippen entgegen.

Und er besann sich nicht lange, drückte einen

warmen Kuß darauf und schob sie dann lächelnd sanft von sich. Dann trat er auf den Weg hinaus und ging einigen Badegästen entgegen, die bereits in der Anstalt nach ihm suchten.

Nicht lange darauf fuhr Barbara in ihrem Boote ziemlich nah vorüber. Der Schiffer kehrte der Anstalt den Rücken zu und so durfte Barbara es wagen, ihm noch eine zärtliche Kußhand zuzuwerfen. Er nickte ihr lächelnd zu und schaute noch lange dem Fahrzeug nach. —

Sobald an diesem Abend der Dampfer von Peschiera eingelaufen war, sprang Meinhold ins Wasser, um zum zweiten Male die kühne Fahrt anzutreten. Er hatte diesmal Licht und Feuerzeug mit sich genommen, das er in ein Stückchen Gummitaffet fest eingewickelt in seinem ledernen Geldtäschchen um den Hals trug. So groß den ganzen Tag über seine sehnsüchtige Aufregung gewesen war, so ruhig schlug ihm nun das Herz, als er mit seinem kräftigen Arm die dunkle Flut durchfurchte. Er wußte ja nun, daß ihm das Wagestück gelang, wenn er seine Kräfte richtig einteilte, und dies Bewußtsein machte ihn kühl und besonnen. Er brauchte diesmal sogar ein paar Minuten weniger Zeit als das erste Mal und langte an der Wasserpforte an, als die

Glocken von Riva eben die zehnte Stunde verkündigten.

Er fand die Thür offen wie das erste Mal — denn sie wurde absichtlich zur Nacht geöffnet, um die Kühle in den Keller bringen zu lassen. Als er wieder zu Atem gekommen war, wickelte er sein Feuerzeug aus. Er hatte es trocken herübergebracht. Er zündete den Lichtstumpf an und spähte mit verhaltenem Atem rings umher. Rechts und links leuchtete er durch das Gitterwerk, sah aber nur Haufen von Kohlen und Brennholz, Weinfässer und Flaschen dahinter aufgespeichert. Am Fuß der Treppe blieb er mit einem tiefen Seufzer stehen. Die Geliebte war nicht mehr in ihrem Gefängniß! Sollte er aufs Ungewisse hin hier warten oder — hatte ihn Barbara vielleicht gar belogen? Eine ganze Zeit lang stand er unschlüssig da, vor Kälte und Überanstrengung am ganzen Leibe zitternd. Dann rief er, indem er sich schon zum Gehen anschickte, mit bebenden Lippen klagend den Namen der Geliebten. Ganz leise hatte er den teuren Namen gehaucht, und doch weckte er einen dumpfen, unheimlichen Widerhall, der ihn erschrocken zusammenfahren ließ. Eine Fledermaus streifte seine nackte Schulter und hätte beinahe das Licht gelöscht.

Noch einmal leuchtete er rings umher und entdeckte nun erst, daß die Thür zu dem Verschlage, welcher der Treppe gerade gegenüber lag, und welchem damals die Geliebte die Flasche Chianti entnommen hatte, nur leicht angelehnt war. Er betrat ohne Zaudern den Raum, um sich für den Fall, daß er wieder fort mußte, ohne die Geliebte gesehen zu haben, wenigstens durch einen tüchtigen Schluck zu stärken. Er beugte sich herab, um unter den zahlreichen Flaschen, die dort standen, eine zu wählen. Und das ging nicht ohne ein wenig Geklirr ab, denn noch immer zitterte ihm die Hand. Da schlug, eigentümlich gedämpft, aber jedenfalls aus nächster Nähe, deutlich vernehmbar, der Ausruf: „Chi è là?“ an sein Ohr.

Wie ein ertappter Dieb schreckte er zusammen und richtete sich horchend auf.

„Chi è là?“ erklang es noch einmal lauter und diesmal meinte er deutlich zu hören, daß die Stimme von rechts, d. h. von der Bergseite herkam.

Er griff sich an die Stirn — er glaubte zu träumen. Hier hatte doch der Keller ein Ende — stand er doch kaum ein paar Schritte von der Hinterwand entfernt.

Und wie er noch so sann, da klang es zum dritten Mal: „Barbara? Perchè non respondi?" Und dann wurde mit der Faust leicht gegen eine hölzerne Wand geschlagen, so daß die Flaschen, welche auf dem an der Hintermauer angebrachten Bord ruhten, ein wenig schwankten. Meinhold vermochte einen leisen Jubelruf nicht zu unter= drücken. Er hatte die Stimme der Geliebten erkannt und raunte ihr zu, seinen Mund so weit wie möglich der Wand nähernd: „Maddalena! Maddalena! Sono io — il tuo amante!"

Ein halb ersticktes „Maria-Gesù!" war die Antwort; und dann wurde von innen heftig an jenem Flaschenbord gerüttelt und Maddalena er= klärte ihm mit überstürzten Worten, so daß er keines davon verstand, wie er zu ihr gelangen könne.

Er zitterte vor Aufregung so stark, daß er kaum das Licht halten konnte, um die Holz= verschalung hinter den Flaschenbrettern zu unter= suchen. Er vermochte zunächst nichts Auffälliges an den ungehobelten Brettern zu entdecken. Es half ihm auch nichts, als er die Geliebte bat, recht langsam und deutlich zu sprechen — alle die Worte, die ihm jetzt gerade so nötig waren, hätte er vergebens in seinem „Kleinen Italiener" gesucht! Maddalena schien noch viel aufgeregter zu sein, als er, denn bald erstickten Thränen ihre Stimme, da sie einsah, wie vergeblich sie sich bemühte.

Immer wieder und wieder leuchtete er an den Brettern auf und ab, hin und her, und tastete mit der Hand darüber. Da endlich fielen ihm inmitten eines der obersten Bretter zwei in der Entfernung von wenigen Centimetern parallel laufende Einschnitte auf; und als er nun mit dem Daumen auf jener Stelle herumtastete, gab plötz= lich das Holz nach und wich zur Hälfte dem Druck nach innen, während die andere Hälfte des Keils sich nach außen bewegte. In der Lücke zeigte sich eine Rinne, in welcher ein eiserner Bolzen lief, der sich ganz leicht zurückschieben ließ. Mit einem leisen Hurra! zog Meinhold nun an dem Flaschenbord; aber die Holzwand gab nur oben nach — es mußte also unten noch ein zweiter Riegel gefunden werden. Der Ritze folgend ward es ihm nun nicht schwer, auch unter dem untersten Bord den entsprechenden Keil zu entdecken und nun auch den zweiten Riegel zurückzuschieben. Nun zog er vorsichtig, um kein Geräusch zu machen, an dem mittelsten Bord und siehe da! — die merkwürdigste aller geheimen Thüren drehte sich lautlos in ihren Angeln.

Im nächsten Augenblick lagen sich die Lieben=

ben in den Armen. Er wußte nicht wo er sich befand, denn sie hatte gleich das Licht ausgepustet. Für ihn gab es keine Neugier mehr, da er ihr Herz an seiner Brust pochen, ihre glühenden Lippen auf den seinen brennen fühlte!

Lange hielten sie sich umschlungen in überseliger Selbstvergessenheit. Da wankten ihm die Kniee. Die Überanstrengung, die tolle Aufregung der letzten zehn Minuten und die dumpfe Kellerluft raubten ihm die Besinnung; er fühlte nur noch, wie sie mit starken Armen seinen Leib umklammerte, ihn einige Schritte weit fortschleppte und dann auf ein weiches Lager niedergleiten ließ. — — — —

Als er — er wußte nicht, nach wie langer Zeit — wieder zum Bewußtsein erwachte, durchströmte seinen Körper behagliche Wärme. Er fühlte sich weich gebettet und warm zugedeckt — eng an seine Seite geschmiegt, lag die Geliebte — ihr heißer Atem streifte seine Wange. —

Es mußte schon tief in der Nacht sein, als die beiden Liebenden plötzlich aus seligem Schlummer emporgeschreckt wurden. Ein heller Lichtschein hatte ihre Augen getroffen. Vor ihrem Lager, die Blendlaterne über ihren Häuptern haltend, stand Barbara.

Maddalena war zuerst ihrer Sinne mächtig. Unwillkürlich beugte sie sich über den Geliebten, als ob sie ihn verbergen wollte. Aber sie sah wohl, daß es zu spät sei — und so streckte sie in stummem Flehen die Hände gegen Barbara aus.

Die blickte ohne ein Zeichen der Überraschung auf das Paar herab und drückte nur mit einem tiefen Seufzer die freie Hand gegen ihren Busen. Dann setzte sie die Leuchte auf die Erde, kniete am Rande des Lagers nieder, ergriff Maddalenas bloßen Arm, drückte ihre Stirn darauf und flüsterte fast schluchzend: „Come tu sei felice! Come tu sei felice!"

Und dann entspann sich ein langes lebhaftes Gespräch im Flüstertone zwischen den beiden Genossinnen, von dem Meinhold so gut wie gar nichts verstand. Er hatte während dessen reichlich Zeit, sich umzuschauen, wo er sich befinde. Es war ein geräumiges, mehr als vier Meter hohes Gewölbe, welches zum größeren Teile in den Fels gehauen sein mußte. Ein einziges, stark vergittertes Fensterchen war so nahe an der Scheidewand angebracht, daß es von außen wohl als noch zu dem eigentlichen Keller gehörig erscheinen konnte. Außer dem niedrigen Bett, in

dem er lag, war kein Möbel in dem Raume zu
sehen, als nur eine Anzahl großer Kisten, die
durch starke Vorlegeschlösser verwahrt waren, .
sowie ein geräumiger alter Wandschrank und ein
jämmerlicher dreibeiniger Tisch, worauf einige irdene
Schüsseln und Gefäße standen. Offenbar diente
diese so sorgfältig verborgene Höhle zum Unterschlupf für polizeilich verfolgte Menschen, und
jene großen Kisten mochten wohl schon viel kost-
bare geschwärzte Ware beherbergt haben.

Barbara bemerkte, wie er die Augen forschend
umherschweifen ließ. Sie drohte ihm mit dem
Finger und sagte im ernstem Tone: „Wenn Du
lebendig ’ier ’erauskomme will, darf Du nie-
mande sagen, was Du ’ast gese’en ’ier. Wenn
Du ein einzige Mensche sage, bise Du morgen
tot! Wer verrät die Italia irredenta, muse
sterben!“

Meinhold hatte von dem dunklen Treiben
der Irredenta in den Zeitungen gelesen, ohne
jedoch eine ganz deutliche Vorstellung von dem
Wesen und den Zielen dieser Genossenschaft gewonnen zu haben. Um nicht den Verdacht zu
erregen, als ob er hier weiter spionieren wolle,
setzte er eine harmlose Miene auf und sagte
lachend: „Kinder, macht mir nit bange! Ich bin

ja so glücklich, daß ich mein herziges Schatzerl
hier endlich erwischt hab'. Ich werde mich wohl
hüten und das einem Menschen verraten! Brächte
mir ja doch nur wieder so und so viel Tage
schwarzes Loch ein. Und überhaupt, meine
Damen, ein braver Soldat fürcht' sich nit.
Wenn's befohlen wird, kriegt er den Teufel bei
den Hörnern zu fassen, und kann er gar so ein
liebes schönes Mädel damit erobern, so holt er
ihm seine Großmutter aus der Hölle fort! —
Höre, gute Barbara, kannst Du mir nicht einen
Bissen zu essen verschaffen? Ich habe noch schwere
Arbeit vor." Dabei zog er die nackten Arme
unter der Bettdecke hervor und machte die Be=
wegung des Schwimmens.

Barbara war sofort aufgesprungen und hatte
ein Körbchen vom Boden aufgenommen, das sie
beim Eintritt aus der Hand gestellt hatte. Es
enthielt allerlei gute Bissen, die sie für die arme
gefangene und auf schmale Kost gesetzte Madda=
lena bei Seite gebracht hatte. Während die beiden
Liebenden davon schmausten, erzählte Barbara,
wie sie, um der unglücklichen Genossin zu Hülfe
zu kommen, abgewartet, bis sie die padrona in
festem Schlafe wußte und ihr dann den Keller=
schlüssel aus der Tasche ihres Rockes entwendet

habe. Sie sei nicht wenig erschrocken gewesen, wie sie die geheime Thür entriegelt, ja halb offen gefunden, und habe schon umkehren und Lärm schlagen wollen, in der Annahme, daß Maddalena entflohen sei. Sie hätten es auch nur ihr zu danken, daß sie nicht von einem andern hier überrascht worden seien; denn ein gewisser Herr — da blinzelte sie Meinhold verständnißinnig zu — habe durchaus noch in aller Nacht zu Maddalena hinunter gewollt, um ihr ins Gewissen zu reden, und wenn sie dem Manne nicht ins Ohr geraunt hätte, Maddalena habe geschworen, ihm das nächste Mal, wenn er wieder wagen sollte, zudringlich zu werden, mit Feuer statt mit Wasser aufzuwarten (sie machte dabei die Gebärde des Pistolenschießens), dann würde die padrona ihm wohl den Schlüssel herausgegeben haben.

Während Meinhold der dicken Barbara für ihre Gutthat dankte, dachte er im Stillen: „Aha, der Kerl mit dem schwarzen Bart gehört also auch zu der Bande, die hier Bescheid weiß! Nun, das Spitzbubengesicht will ich schon wieder erkennen!" Und dann benutzte er die gute Gelegenheit, die ihm einen Dolmetsch verschafft hatte, um Maddalena durch Barbaras Mund mit seiner

Absicht, den Dienst zu quittieren und sie als sein Weib mit heimzunehmen, bekannt zu machen.

Statt aller Antwort legte Maddalena nur ihr dunkles Köpfchen an seine Brust und begann bitterlich zu weinen.

„Was hat das zu bedeuten?“ wandte sich Meinhold erstaunt an Barbara, „ich dächte doch, sie könnte froh sein, wenn sie von diesem Leben und von dieser gefährlichen Gesellschaft erlöst würde!“

Barbara zuckte die Achseln. „Das weise Du nix, das versteh’ Du nix — Du bise deitsche Ketzer!“

„So hat ihr der verdammte Pfaffe wirklich schon die Hölle heiß gemacht?“ knirschte Mein=hold ingrimmig. „Wenn ich nur mit meinem bißchen Verstand begreifen könnt’, was das für ein feiner Unterschied ist! Heiraten will sie mich nit, weil das ihr Seelenheil verspielen hieß, aber mein Schatz kann sie sein — das ist wohl mit ein bißchen Fegefeuer abzumachen — wie?!“

Barbara mochte ihn nicht ganz verstanden haben. Sie zuckte wieder die Achseln und erwiderte lächelnd: „Dio mio, die Maddalena ise so fromm, so fromm! Die geht zu Beikte alle Tag und wann sie ’eite ’at gemakt ein grosse Sinde, biekt sie morgen alle wieder ab!" Und dann fragte sie Maddalena auf italienisch, ob sie nicht auch ihre Liebe zu dem Österreicher brühwarm dem prete anvertraut habe?

Maddalena nickte mit dem Kopf.

„Und hast Du ihm auch gesagt, daß Du mich schon hier unten getroffen hast?" forschte Meinhold erregt.

Barbara übersetzte ihr die Frage und da brach das arme Mädchen in lautes Schluchzen aus und erwiderte, sie habe dazu nicht den Mut gefunden: und darum sei auch diese gerechte Strafe über sie gekommen und der Teufel habe sie in ihrer Einsamkeit heimgesucht und ihr gedroht, gerade so wie es der prete vorhergesagt.

„Herr des Himmels!" rief Meinhold verzweifelt, „dann bin ich ja keinen Augenblick sicher, daß sie nicht morgen hingeht und beichtet, welche Heimsuchung sie heut Nacht erfahren hat! Und dann wär's vorbei mit unserm Glück!"

Maddalena ahnte, was er gesagt hatte und ließ ihn durch Barbara darauf aufmerksam machen, daß der Priester das Beichtgeheimnis ja unbedingt wahren müsse.

„Und der da ganz besonders!" versetzte er

bitter auflachend, indem er durch eine Kopf=
bewegung nach oben deutete. Und dann wandte
er sich wieder zu Maddalena, preßte sie heftig
an sich und sagte: „Ach carissima mia, wenn
Du nicht willst essere mia moglie, che cosa
wirst Du dann fare, wenn io sono futsch?“

Barbara konnte sich nicht enthalten, über das
sonderbare Italienisch ihres Schützlings herzlich
zu lachen, trotzdem er es mit so verzweifelter
Miene herausgeschleudert hatte. Sie kicherte auch
immer noch, während sie ihm der Liebsten Ant=
wort übersetzte: „Wenn Du geh futsch, Du sieße
kleine Caporale, dann geh Maddalena in Wasser
oder in Kloster!“

Und Maddalena bestätigte diesen so lustig
angekündigten Entschluß, indem sie von Neuem
in Thränen ausbrach und mit ihren bebenden
Lippen, gleichsam Verzeihung flehend, des Ge=
liebten Mund erhaschte.

Während das arme Ding noch so trostsuchend
in seinem Kusse sich berauschte, beugte sich Bar=
bara gleichfalls auf das Kissen herab und flüsterte
ihm ins Ohr: „Dio, ise die Maddalena dumm!
Wenn Du mir sage, lauf’ ike nok ’eit Nakt mit
Dir davon! Da in die große armadio (sie deutete
nach dem Wandschrank) sind viele, viele Kleider

für Männer und Fraue und Peruken und Barte
zu maken der Gesikt ganße falsche!"

Meinhold fuhr empor. Er vermochte einen
lauten Ausruf nicht zu unterdrücken. Und auch
Maddalena richtete sich erstaunt halb auf und frug
mit großen Augen: „Che dice, che dice Bar=
bara?"

Er vermochte so rasch die italienischen Worte
nicht zu finden — auch war das Mädchen rasch
bei der Hand, ihm den Mund zuzuhalten. Sie
lachte überlaut, so daß es unheimlich von der
Wölbung wiederhallte, und dann tanzte sie wie
eine Tolle herum, indem sie die Arme über dem
Kopfe schwenkte und ein übermütiges Lied zu
singen begann.

Maddalena sprang im Hemd, wie sie war,
aus dem Bette, ergriff sie bei den Schultern und
schüttelte sie heftig. Sie beschwor sie mit fliegen=
den Worten, ruhig zu sein und sie nicht alle zu
verraten. Aber sie vermochte das ganz außer
sich geratene Mädchen nicht zu bändigen, so daß
Meinhold nichts übrig blieb, als gleichfalls aus
dem Bette zu springen und der Geliebten zu
Hülfe zu eilen. Mit festem Griff umfaßte er sie
von hinten und drückte ihr die Arme gegen den
Leib, so daß sie sich nicht mehr rühren konnte.

„Mädel, wenn Du jetzt nit Ruh' giebst . . .!“ raunte er ihr drohend zu.

Da ließ sie den Kopf hintüber auf seine Schulter sinken, bohrte ihre schwarzen Augen verlangend in die seinen und ihre lechzenden Lippen formten fast tonlos die Worte: Amami, amami!“

Mit einem Fluch stieß er sie von sich, so daß sie mehrere Schritte vorwärts taumelte. Da kehrte sie sich blitzschnell um und sie standen sich gegenüber — er in seiner göttergleichen Nacktheit, sie mit zorn- und liebeflammenden Blicken ihn verschlingend.

Wenige Augenblicke nur standen sie so, jeder in gespannter Erwartung, was der andre thun werde. Da plötzlich lachte Barbara abermals laut auf, dann schritt sie — das Haupt verächtlich zurückgeworfen — an ihm vorüber, ergriff ihre Laterne und huschte zur Thür hinaus.

Meinhold atmete, wie befreit, tief auf und wandte sich seinem unglücklichen Liebchen zu, das leise weinend auf das Lager zurückgesunken war — als er plötzlich den Riegel leise klirren hörte! Er war mit einem Sprung an der Thür und stemmte sich dagegen — zu spät! Die Verräterin hatte schon beide Bolzen vorgeschoben.

„Nun mag da kommen, was da will,“ rief

Meinhold mit einem Seufzer der Ergebung, „Du bist mein Weib und bleibst mein Weib in alle Ewigkeit!" Er stürzte auf das Lager zu und riß die Geliebte an sein wildpochendes Herz.

Die drohende Gefahr, vielleicht gar den Tod vor Augen, schlürften sie zum Abschiedstrunk den Becher namenloser Seligkeit in großen durstigen Zügen aus. Aber die unheilvolle Nacht schlich lautlos wie ein Dieb auf Socken an ihnen vorüber — und als Maddalena von einem bösen Traum erschreckt emporfuhr, da drang durch das dick verstaubte Fenster schon ein kühler grauer Tagesschimmer herein und der dichte Vorhang der Spinnennetze, vom Nachttau mit den feinsten Perlen bestickt, blähte sich leicht im Morgenwind, der durch eine zerbrochene Scheibe in die Schmugglerhöhle einzudringen versuchte.

Maddalena weckte den festschlafenden Geliebten, und als er sich die Augen wachgerieben hatte und verwundert um sich schaute, da deutete sie stumm auf das Fenster. Mit erschrockenen Augen starrte er empor. Er drückte mit beiden Händen seine Schläfen fest zusammen, als ob er seinen Kopf zum klarem Denken zwingen könnte.

Den Tag erwarten, die sichere Entdeckung, die unauslöschliche Schmach, die ihm als Soldat,

als Mann von Ehre daraus erwachsen mußte,
vielleicht gar grobe Mißhandlung, unerträgliche
Gefangenschaft in diesem Fuchsbau, den die
Spürhunde der Gerechtigkeit vielleicht niemals
auswitterten, und in dem man ihn lebendig be-
graben konnte, ohne jede Furcht vor Entdeckung?!
Ja wenn er durch sein Bleiben wenigstens von
der Geliebten die Gefahr hätte abwenden können!
Aber nackt, waffenlos, war er der Übermacht
seiner Feinde völlig preisgegeben. Er konnte ihre
Sache nun verschlimmern, wenn man ihn noch
bei ihr fand — also galt es das Äußerste zu
wagen.

Ein rettender Gedanke blitzte in seinem Hirne
auf. Noch einmal preßte er Maddalena an sein
Herz und flüsterte ihr ein zärtliches „Addio! addio
carissima!“ in die Ohren. Dann sprang er auf,
holte tief Atem und . . .

Aber Maddalena war fast so schnell gewesen,
wie er selbst. Sie lag zu seinen Füßen, umklammerte seine Kniee, „Lascia mi morire! Lo
non ti rivedrò mai!“ rief sie verzweifelt, mit
heißem Flehen.

Er hatte Mühe, nicht in Thränen auszu-
brechen. Er strich ihr leise über das verwirrte
Lockenhaar und sagte zuversichtlich: „Doch! doch!

wir werden uns wiedersehen! Du sollst nit ster=
ben, wir werden zusammen glücklich sein! Fürcht'
Dich nit vor dem Pfaffen und seiner Hölle — wo
unsere Liebe ist, da ist der Himmel!"

Sie blickte mit ihren großen überströmenden
Augen fragend zu ihm auf. Ach so — der arme
Schelm! — sie verstand ihn ja nicht! Er beugte
sich zu ihr nieder und nahm Abschied mit den=
selben Worten, die sie zuerst aus seinem Munde
so berauschend gegrüßt hatten: „T'amo, t'amo,
a rivederci oggi sera!"

Dann riß er sich los von ihr, holte abermals
tief Atem, und warf sich mit gewaltiger Wucht,
die linke Schulter voran, gegen die Thür. Mit
lautem Krachen und Klirren durchbrach der oberste
Eisenbolzen die Holzwand, stürzten außen die
Flaschen vom Bord und zerschellten an einander.
Der untere Riegel saß noch fest — es wäre auch
vergebliche Mühe gewesen, gegen ihn noch weiter
anzurennen. Mit aller Kraft seiner starken Arme
stemmte er sich oben gegen die Thür und drückte
sie nach außen, bis der Spalt weit genug war,
um ihn hindurchzulassen. Ohne darauf zu achten,
daß die Scherben seine Füße zerschnitten, drängte
er sich hindurch, tappte im Finstern nach dem
Gang hinaus, den der grauende Morgen schon

dämmerig erhellte, und dann stürzte er sich ins Wasser.

Er sah sich nicht um, er lauschte nicht zurück, ob es im Hause lebendig würde — mit kräftigen Stößen ruderte er vorwärts, der Freiheit entgegen.

Weißer Nebel wogte und braute noch über dem See. Der Morgenwind, die Ora, war schon am Werk und blies den leichten Wolkenflaum vor sich her, so daß er hier sich säulengleich emportürmte, dort in Fetzen zerrissen breit auseinanderwallte. Dem rüstigen Schwimmer war es, als habe er außer der warmen smaragdenen Wasserflut auch eine zweite, kalte Schicht mühsam mit dem Kopf zu durchfurchen. Der frostige Wind blies ihm gerade ins Gesicht, der dicke Nebel beklemmte ihm die Brust. Er mußte langsamer schwimmen und doch strengte ihn das mehr an, als das rasche Vorwärtsrudern in der warmen, windstillen Nacht. Das Ufer entzog sich seinen Blicken, nur der immer breiter werdende rote Streifen, der dort oben durch den Nebelschleier hindurchschimmerte, wies ihm den Weg und deutete an, daß die Sonne nun bald über den Monte Baldo emporsteigen müsse.

Ein leises Zucken und Ziehen in seinen Sohlen

sagte ihm, daß seine Füße bluteten und er mußte sich in banger Sorge fragen, ob der Verlust nicht auf die Dauer seiner Kraft gefährlichen Abbruch thun könnte, mit der er doch gerade heute vorsichtiger haushalten mußte, denn je. Wenn er auf dem Rücken schwamm, fürchtete er, zu weit von der geraden Richtung abzukommen; so blieb ihm nichts anderes übrig, als möglichst langsam und gleichmäßig, den Kopf zur Seite geneigt, vorwärts zu streben. Da sauste mit hellem Pfeifen ein starker Windstoß daher und zwang ihn, sich rasch umzuwenden, damit er ihm nicht den Atem benehme. Nebelberge vor sich herwälzend, stürmte es vorüber. Für wenige Augenblicke war der Wasserspiegel hinter ihm reingefegt, und als der Schwimmer umschaute, gewahrte er zu seinem Schrecken, daß er sich bereits beträchtlich in der Richtung auf Torbole zu verirrt habe. Er machte eine scharfe Wendung zur Linken und nahm alle seine Kräfte zusammen, ohne doch verhindern zu können, daß das Herz ihm immer angstvoller schlug.

Durch das Sausen des Windes klang der zitternde Ton einer Turmuhr von der Stadt her an sein Ohr. Er hielt lauschend den Atem an und zählte zwei hohe Schläge. Halb vier Uhr

schon! Die Sonne mußte in höchstens zehn Mi=
nuten über den Berg sein — das war ein Trost
— dann würde wenigstens das Ufer deutlicher zu
erkennen sein! Die Windstöße wiederholten sich
und schleuderten jedes Mal die Nebelmassen wie
eine himmelhohe Brandung gegen die steilen Fels=
wände da drüben. Immer dünner, durchsichtiger
wurde das Schleiergewebe vor ihm, immer häu=
figer blitzten breite, klare Wasserstreifen vor ihm
auf.

Die Ora begann nun gleichmäßiger, mit
ruhiger Wucht sich über den See zu wälzen.
Die Wogen gingen immer höher, trugen den
Schwimmer auf und nieder, und jedes Mal,
wenn eine Welle unter seinem Leibe hinwegglitt
und hinter ihm sich wieder emportürmte, ward
er ein gut Stück vorwärts geschleudert. Er hatte
bereits die Erfahrung gemacht, daß es sich gegen
die Wellen leichter schwimmt als mit ihnen —
und er war dankbar gegen Wind und Wogen.
Andererseits aber war auch die Atmung noch be=
schwerlicher geworden, da die herankommenden
Wellen immer wieder seinen Kopf überspülten.
Mehrmals schon hatte ihm das Wasser Nase und
Mund erfüllt und ihm den Atem in der Gurgel
erstickt; mehrmals hatte er schon die Arme kraft=

los sinken lassen mit dem Gedanken, daß nun doch alle Anstrengung vergebens und daß es das Beste sei, sich widerstandslos von der singenden, klingenden Flut mit weichen Armen zum ewigen Schlafe hinunterziehen zu lassen.

Glühend rot brannte der Himmel auf dem lang gestreckten Kamm des Monte Baldo. Immer wieder starrte der matte Schwimmer, so bald er aus einer Woge emportauchte, in die wunderbare Purpurpracht, und aus dem Brausen und Rauschen der Flut löste sich in vollem Chor die Melodie des wehmütigen Soldatenliedes los, die er so oft mitgesungen hatte:

> „Morgenrot, Morgenrot,
> Leuchtest mir zum frühen Tod!
> Bald wird die Trompete blasen,
> Dann muß ich mein Leben lassen,
> Ich und mancher Kamerad!“

Was war das?! Klang da nicht wirklich eine schmetternde Trompete vom Ufer her über den See? Ja, es war keine Täuschung — von der Zitadelle her tönte deutlich das Signal zum Füttern — so deutlich, daß das Ufer nicht mehr fern sein konnte! Meinhold nahm seine letzte Kraft zusammen. Jetzt wurden die Wellen kleiner und schwächer, immer schwächer, — jetzt sah er den

Strand vor sich — und da stieg die Sonne in blendender Pracht über den Berg!

Er mußte die Augen schließen; rote, grüne, gelbe Kreise, die sich bald weit ausdehnten, bald wieder zusammenzogen, schwebten vor ihm — wunderbare Farbenpracht umfing seine schwindenden Sinne — er sank unter — — da fühlte er Grund unter seinen Füßen, raffte sich noch einmal auf, taumelte fast besinnungslos vorwärts — und war gerettet! — — —

Die Sonne hatte die Nebel aufgesaugt — die letzten Fetzen nur hingen noch an den Felsen da drüben und zerflatterten immer weiter im frischen Morgenwind. Milliarden blitzender Demanten hatte die Sonne ausgestreut über die smaragdene Wasserfläche — und ihre Strahlen trockneten und wärmten den nackten Körper des Mannes, der dort immer noch bewußtlos im Ufersande ausgestreckt lag.

Schon vor geraumer Weile hatten die Glocken fünf geschlagen, als Meinhold endlich aus seiner Betäubung durch ein kräftiges Rütteln an der Schulter erweckt wurde. Vor ihm stand der Böhme Kropatscheck, derselbe Mann, der erst vor wenigen Tagen durch seinen Unfall auf dem Marsch die verhängnisvolle Bekannt=

schaft mit Magdalena vermittelt hatte. Immer noch dauerte es eine ganze Zeit, ehe Meinhold ihn erkannte und seine Worte verstand.

„Pane Zugsführer! Pane Zugsführer!" rief der gute Kerl aufgeregt. „So wachens doch auf! Ich Ihne suchens wie Stecknadel seit halbete Stund. So herens doch! Hab' ich g'führt Nachtpadrul in Schwimmschul, aber nix g'funden von Pane Zugsführer in Bett seiniges. Natirli Augen zudrickt, daß sichtme besser durch Finger, weil me sunst hat Malefizmeldung gehorsamste bei Pane Haubmann. Aber Teixel weiß, ob sein me sicher vor Pane Laitnant, was hat vielleicht Rond machens hintern meiniges. Na, wenn kummte auf ganze Panadel, so verratens nix arme Kropatscheck."

Ohne eine Miene zu verziehen, hörte Meinhold den Mann an. Er dankte ihm mit einem Händedruck und bat ihn nur, ihm bei seinem Gange behülflich zu sein. Mit Kropatschecks Unterstützung schleppte er sich nach der Anstalt — und dann sank er totmüde auf sein hartes Feldbett.

Kropatscheck zog ihm ein Hemd über, deckte ihn warm zu und überließ ihn dann dem Schlummer, um nach der Wachtstube zurückzukehren.

Nach abermals zwei Stunden wurde er wieder unsanft aus tiefem Schlafe geweckt. Diesmal war es der gestrenge Herr Hauptmann selbst, der mit rotem Gesicht und zornfunkelnden Augen vor ihm stand.

„Himmelsakrament noch mal!“ fluchte der Hauptmann, „was is denn nur für ein Satan in Sie g’fahren, Meinhold, daß Sie mir schon wieder solche Deifelsg’schicht’n machen! Soeben hat mir die Ronde Meldung g’macht, daß Sie die Nacht nit in Ihrem Bett g’wesen sind: wo, zum Deixel, haben Sie sich wieder ’rumg’trieben?“

Meinhold hatte sich halb aufgerichtet; er starrte auf die Bettdecke nieder und wußte nicht sogleich zu antworten.

Da stampfte der Hauptmann auf den Boden, daß die Sporen klirrten: „Sind’s etwa gar wieder da drüben in dem schwarzen Haus g’wesen, bei die verdammten . . . . . . !“

Er brauchte einen sehr starken Ausdruck, der Meinhold schmerzlich zusammenzucken ließ.

Aber er nahm sich krampfhaft zusammen, und erwiderte, als sein Vorgesetzter wieder eine un=geduldige Bewegung machte, rasch und fast ton=los: „Halten zu Gnaden, Herr Hauptmann, ich hab’ die Nacht eine wichtige Entdeckung gemacht.“

„So! so! He! he!“ brummte jener, „da bin

ich begierig. Das ist hoffentlich die Entdeckung, daß Ihr ein Erzesel g'wesen seid, als Ihr Euch mit die Weibsleut' da drüben eing'lassen habt, mein Herr Zugsführer!"

Meinhold überhörte absichtlich den Hohn dieser Worte und fuhr ruhig fort: „Herr Hauptmann! Ich bin heut Nacht da hinüber geschwommen, um heimlich meinen armen Schatz zu treffen, und dabei habe ich's dann entdeckt, was dort für Sachen getrieben werden. Vom Keller aus geht eine Höhle in den Berg hinein; da bringen sie alle ihre geschwärzten Waren unter — und dann glaube ich, ist auch die sogenannte Irredenta mit im Spiel — ich hab' davon reden hören, und ich müßt' mich sehr irren, wenn nit der hohl=äugige Pfaff, der tagtäglich dort ein= und aus=geht, die Seel' von der ganzen Spitzbuben= und Spionenwirtschaft da drüben wär!"

Mit immer größer und erstaunter blickenden Augen hatte der Hauptmann zugehört. Und nun setzte er sich zu seinem Zugsführer auf das Bett und drang eifrig in ihn, mehr zu erzählen. Meinhold sagte ihm die volle Wahrheit und er=suchte ihn zum Schluß, eine polizeiliche oder besser gar militärische Überrumpelung des Verschwörer=nestes noch in dieser Nacht veranstalten zu lassen.

Der alte verwetterte Soldat war Feuer und Flamme für diesen Plan und machte sich sofort auf den Weg, um sich mit der Mautbehörde in Verbindung zu setzen. Schon in der Thür, kehrte er noch einmal um, klopfte dem nach der Anstrengung des Erzählens wieder matt zurückgesunkenen Meinhold ermutigend auf die Schulter und sagte: „Ja, ja, Mann — die verfluchtige Lieb'! Euch hat's übel zug'setzt — ui Jegerl! Da niber zu schwimmen, über'n See — Alle Deixel! Das heiß ich ein Parforcestickl, da können's Ihne weiter nix einbülde. Das ist ja grad wie in der Kamedi von dem Ding da, dem Herrn von Grillparzer von Hero und Leander! Die verfluchtige Lieb'! Hehe! Die verfluchtige Lieb'!" Also brummend schloß er die Thür und stieg klirrend davon.

Als Meinhold am Nachmittag aus einem langen tiefen Schlaf erwachte, fühlte er sich frisch und stark, wie zuvor. Er ließ sich nur von dem Feldscheer seine verwundeten Füße bepflastern, stärkte sich durch eine tüchtige Mahlzeit und begab sich dann dem erhaltenen Befehl gemäß zu dem Platzkommandanten und dann zum Mautdirektor, bei welchem er seine Aussage ausführlich zu Protokoll gab. Es wurde beschlossen, daß von zehn Uhr an ein kleiner Mautkutter mit sechs wohlbewaffneten Männern sich in der Nähe des Hauses auf die Lauer legen und ebenso auf der Straße einige Constabler und Soldaten, unter Führung ihres Wachtmeisters sich bereit halten sollten, auf ein gegebenes Zeichen von der Straße wie vom Wasser aus, in die gefährliche Trattoria einzudringen. Meinhold wurde dabei die Aufgabe zu Teil, von dem Kutter aus schwimmend sich dem Hause zu nähern und, falls die Gelegenheit dazu sich ergab, wieder in dasselbe einzubringen; er sollte dann mit der Signalpfeife das Zeichen zum Vorgehen geben.

In der Uniform eines Mautsoldaten, um kein Aufsehen zu erregen, stellte sich der Zugsführer · zur festgesetzten Stunde am Hafen ein und bestieg den bereitliegenden Kutter. Die Nacht war stockfinster, da der Himmel mit dicken, schwarzen Wolken bedeckt war. Es lag ein Gewitter in der Luft und ein starker Nordwest schien in einzelnen heftigen Stößen, die durch längere Pausen unheimlicher Stille unterbrochen waren, den Anlauf zu einem Sturme zu nehmen. Der See hatte schon einen bewegten Tag hinter sich und ging noch immer hoch, mit hohlem Meeresbrausen gegen die Ufer brandend. Das schlanke, festge-

fugte Fahrzeug hatte sich mit möglichster Heim=
lichkeit aus dem Hafen hinausgestohlen und der
gefährlichen Windstöße wegen keine Segel beige=
setzt, sondern nur zwei Ruder ausgelegt, die es
langsam genug vorwärts brachten. Zunächst
steuerte es mitten in die Bucht hinein, um von
der Höhe aus das verdächtige Haus zu beob=
achten.

Wie gewöhnlich waren die Fenster des Gast=
zimmers hell beleuchtet, während in Barbaras
benachbarter Stube nur von Zeit zu Zeit Licht
aufleuchtete. Maddalenas Fenster erschien dunkel,
und Meinhold glaubte daraus schließen zu müssen,
daß man sie immer noch in der Kellerhöhle ge=
fangen halte. Freilich, wenn Barbara geplaudert
hatte, dann mußten die Leute auf einen Überfall
vorbereitet sein. Andererseits aber war zu be=
denken, daß Barbara durch ihre geschwätzige
Wichtigthuerei ihm gerade die deutlichsten Winke
über die Natur der unterirdischen Geheimnisse
des Hauses erteilt hatte. Wenn das Mädchen
in seiner eifersüchtigen Tollheit überhaupt einer
vernünftigen Überlegung fähig war, so mußte es
sich sagen, daß es durch die Drohung mit der
Rache der Irredenta dem Österreicher das ge=
fährlichste Geheimnis preisgegeben habe und daß

ihr selbst der Verrat am teuersten zu stehen kom=
men müsse. Wenn aber Barbara geschwiegen
hatte und Maddalena klug war, so hätte sie
sagen können, daß sie selbst, bei dem Versuche sich
gewaltsam zu befreien, jenen obersten Riegel
der geheimen Thür zertrümmert habe. Eine
solche überlegte Lüge war freilich dem armen,
verzweifelten Mädchen nicht zuzutrauen, auch
hätten die Blutspuren, die Meinholds verwundete
Füße höchst wahrscheinlich zurückgelassen hatten,
sie gar zu leicht der Unwahrheit überführt.

Alle diese Überlegungen gingen Meinhold durch
den Kopf, während er mit gespannter Aufmerk=
samkeit das Haus im Auge behielt. Da sich aber
nach etwa einhalbstündiger Beobachtung nichts
Auffallendes entdecken ließ, so ruderte der Kutter
im weiten Bogen über die Bella vista hinaus
vorwärts und legte sich hinter der nächsten vor=
springenden Felswand vor Anker. Er war hier
wenig mehr als hundert Schritte von dem Hause
entfernt, ohne daß man ihn doch in der Finsternis
von dort aus hätte bemerken können. Benutzten
die Schmuggler, noch ungewarnt, die günstige
Nacht, so mußte ihr Boot den Mautbeamten,
sobald es um den Felsvorsprung herumbog, mit
leichter Mühe in die Hände fallen.

Die Uhr war halb elf, als Meinhold von dem Rand des Kutters sich ins Wasser gleiten ließ. Das Schwimmen war bei dem starken Wellenschlag recht schwere Arbeit, und er brauchte wohl eine Viertelstunde, um die kurze Strecke zurückzulegen. Mit größter Vorsicht näherte er sich dem Wasserthor und das erste, was ihm sogleich als verdächtig in die Augen sprang, war ein leichtes Ruderboot, das, an einem Mauerring befestigt, vor der Wassertreppe lag. Sobald er Grund unter den Füßen fühlte, schlich er sich, jedes Geräusch vermeidend, näher und suchte in den Kellergang hineinzuspähen. Er sah nichts und vernahm keinen Laut, wagte aber dennoch nicht hineinzugehen, um nicht etwa in einen Hinterhalt zu fallen. Er drehte das Boot quer vor die Thür und beschloß, dahinter verborgen, abzuwarten, was etwa weiter sich ereignen möchte.

Die Glocken der Stadt schlugen die elfte Stunde an, ohne daß der Lauscher außer dem gedämpften Stimmengewirr von der Gaststube her irgend etwas zu beobachten Gelegenheit gefunden hätte. Bald nachher jedoch ward er am Ende des Ganges einen schwachen Lichtschimmer gewahr. Rasch duckte er sich hinter die bergende Bootwand. In einem Augenblick der Windstille

hörte er einen leise tappenden Schritt der Thür
sich nähern — und jetzt vernahm er deutlich einen
halblauten Seufzer, der unzweifelhaft aus Frauen=
munde kam! Vorsichtig spähte er hinter dem
Kahn hervor — und sah Maddalenas helles Ge=
wand, ihre weißen Arme, ihr buntes Brusttuch
sich von der umgebenden Finsternis abheben.

„Maddalena!" flüsterte er entzückt und stieg
lautlos die glatten Stufen empor.

Sie hatte einen leisen Jubelruf ausgestoßen
und war ängstlich in das Dunkel des Ganges
zurückgetreten. Die Blendlaterne stand mit ge=
schlossenen Klappen auf der Treppe. Im nächsten
Augenblick hielt er das Mädchen in seinen Armen
— sie klammerte sich um seinen Hals, so fest als
wollte sie ihn an ihrem Busen erdrücken — und
mit so wilder Glut hatte sie ihn noch nie ge=
küßt. Er mußte sich fast mit Gewalt von ihr
los machen, denn es war ihm heute mehr ums
Fragen als ums Küssen zu thun. Sie antwortete
ihm gar nicht — immer von Neuem drängte sie
sich mit der Zärtlichkeit des Vampyrs an seinen
Leib und schob ihn dabei allmählich dem Eingang
zur Höhle näher.

„Nein, nein, nicht da hinein!" flüsterte er
auf deutsch, „heut sind wir nicht mehr sicher dort!"

Da brach sie endlich ihr Schweigen und ver=
setzte leise mit tiefer, heiserer Stimme: „Dok,
dok — ise ganse siker!"

Meinhold fuhr zusammen, machte mit einer
heftigen Bewegung seine Arme frei, riß die La=
terne an sich, die just in seinem Bereich stand,
und öffnete die Klappen.

Er hatte Barbara, die Verräterin, umarmt!

Blutgierig, wie die einer Katze blitzten ihm
ihre dunklen Augen entgegen. Ein triumphieren=
des Lächeln zuckte um ihre wollüstigen Lippen und
mit weit zurückgebeugten Armen reckte sie ihm
ihre hochgewölbte Brust entgegen, als wollte sie
sagen: „Hier hast Du mich, töte mich oder zieh'
mich an Dein Herz."

Meinhold war sprachlos vor Zorn. Er konnte
nur seine Zähne aufeinander beißen und die
geballte Faust ihr ins Angesicht schütteln —
und es kostete ihm eine gewaltige Anstrengung,
sie nicht mit wuchtigem Schlage niedersausen zu
lassen.

Sie zuckte mit keiner Wimper, das tückisch=
verliebte Lächeln wich nicht aus ihren Zügen,
auch nicht, als sie nun ganz leise zu flüstern be=
gann: „Warum bise so bees? Ike darf dok auk
lieben der sieße schene Caporale! Ike will Dik

lieben, ike will — und wenn Du mi willst tor=
cere il collo — den 'als umbrehen or ora, su=
bito!!"

Er packte sie fest an einem Handgelenk und
raunte ihr zu: „Ich will Dir nichts thun, ver=
dammte Katze, ich will Dir auch das vergessen,
wenn Du mir jetzt die Wahrheit sagst! Hast Du
mich gestern verraten?"

Sie schüttelte verächtlich den Kopf. „Die
dumme Maddalena 'at selbst verraten! Die pa=
drona ise von die große Lärme aufgewakt und
'at gleik gefunden das Blut auf Erde e tutta la
vila porcheria mit die Flasken und die Thir.
'at sie gleik gewißt, wer ise dagewesen und dumme
Maddalena 'at nix gesagt, daß nix wahr ise!"

„Und wo ist Maddalena jetzt? Hat man ihr
nichts zu Leid gethan?"

„O nein! Die Maddalena ise wieder in ihre
camera eingeslossen und weint und betet ganse
Tag." Mit höhnischer Grimasse drückte sie die
Hände in die Augen und ahmte ein kindisches
Schluchzen nach.

Wütend stampfte Meinhold auf den Boden:
„Reize mich nicht noch — oder ich thue, was
mich gereut!"

Sie lachte höhnisch auf: „Ahi poveretto!

Was wille Du mir thun!?" Ehe er sich's ver=
sah, hatte sie ihn am Arme gepackt und flüsterte
ihm in's Ohr: „Da drin warten sie auf Dik" —
sie deutete hinter sich nach der Höhle zu — „wenn
ike rufe, komme sie 'eraus — und Du bisse tot!
Ma povera mia! Ike lieben Dik so sehr — die
grosse Liebe verbrennt mir das 'erz. Was wille
Du mit die dumme Maddalena, die immer zu
die prete laufe und nix lustik ise? Dort ise
unsere barca — vieni, vieni, Du lieber Mann!
Wir steige 'inein ganz piano, piano und fahre
davon, haha! In eine Stunde sind wir in Italien,
ike 'aben eine Freundin in Malcesine — dort
sind wir frei."

Und dann schlang sie die Arme wieder um
seinen Hals und flehte mit tiefer, wahrer In=
brunst: „O fuggi, fuggi con me — ti amo,
ingrato, ti amo!"

Er schien ihrem Flehen nicht widerstehen zu
können und ließ sich willenlos nach dem Boote
führen. Sie stieg hinein, während er die Kette
aus dem Ring zu ziehen sich anschickte. Er kam
im Finstern nicht recht damit zu stande. Da
leuchtete der erste Blitz grell auf, in demselben
Augenblick, als Meinhold die Kette losgebracht
hatte. Barbara hatte wohl das schadenfrohe

Lächeln in seinen Zügen gesehen. Angstvoll erhob sie sich von ihrem Sitz und frug: „Was wille Du thun?"

Er hielt die Spitze des Bootes mit beiden Händen umklammert und schickte sich an, es von der Treppe abzustoßen, auf der es, durch Barbaras Gewicht niedergedrückt, noch festsaß. Da lachte er laut auf und rief: „Was ich Dir thun will, Mädel? Was man mit Katzen macht, die einem zu viel werden!"

Barbara kreischte laut auf, und dann ergriff sie das Ruder, das ihr gerade zur Hand lag, und führte damit in ihrer Angst einen Schlag nach Meinhold, dem er durch einen raschen Sprung rückwärts nur eben auszuweichen vermochte.

Und gleichzeitig rollte und krachte es mit furchtbarem Getöse über den See dahin; mit vollen Backen wütete der Sturm los und die mächtig aufgerührte Flut schleuderte ihre Wellen wütend gegen die Mauer. Das leichte Boot wurde wie ein Spielzeug bis auf die Thürschwelle hinaufgehoben, so daß es wieder festsaß. Die Blitze folgten jetzt rascher aufeinander. Meinhold sah das weißarmige Mädchen mit weit geöffneten erschrockenen Augen zum Schlage bereit, das Ruder hoch über den Kopf erhoben, dastehen. Da hielt er den Zeitpunkt für gekommen. Er setzte die kleine Pfeife, die er um den Hals trug, an die Lippen und ließ einen schrillen Pfiff ertönen. Eben wollte er nun, trotz Barbaras Drohen, den Sprung in das Boot wagen, als er sich von einer sehnigen Hand im Genick gepackt fühlte. Er riß sich los und stürzte sich ins Wasser.

Ein Schlag, den Barbara mit dem Ruder nach ihm führte, traf ihn nicht, und ehe sein Angreifer das Boot wieder flott und aus der Brandung herausgebracht hatte, war Meinhold schon ein gut Stück vorwärts gekommen. Er wußte, daß es um sein Leben ging; aber wenn der Kutter oder die Patrouille auf der Straße sein Signal vernommen hatten, so mußte ihm in wenigen Augenblicken Hülfe, wenigstens aber die Verfolger abgelenkt werden.

Und wirklich vernahm er gleich darauf, während einer Pause des Donners, wie mit lauten Schlägen an das Thor der Trattoria gepocht und im Namen des Gesetzes Einlaß gefordert wurde. Aber fast gleichzeitig fielen auch vor ihm mehrere Schüsse — und als wieder ein langer Blitz, von furchtbar krachendem Donner gefolgt, weit draußen in

den offenen See herniederfuhr, da sah er in einer
Entfernung von ungefähr 150 Schritten den Maut=
kutter unter Segel hinter einem andern Fahrzeug
herjagen, das gleichfalls vor dem Winde lief mit
der Richtung nach Südosten.

„Hierher! hierher! Hülfe!" schrie Meinhold
laut, mit Aufgebot aller Kräfte gegen die Wogen
ankämpfend.

Aber schon hatten ihn die Verfolger erreicht.
Er gab das Schwimmen als nutzlos auf und
wandte sich ihnen zu, um sein Leben bis aufs
Äußerste zu verteidigen. Hinten im Boot stand
ein Mann, den er kannte — — derselbe schwarz=
bärtige Geselle, den Magdalena jüngst vor seinen
Augen ins Wasser gestoßen hatte! Vorn kauerte
Barbara mit dem zweiten Ruder in den Händen.
Jetzt hatte sie ihn erblickt — jetzt holte sie zum
Schlage aus — — aber blitzschnell war er unter=
getaucht und mit einem kräftigen Stoß unter dem
Boot hinweggeschwommen. Auf der andern Seite
kam er wieder zum Vorschein, dicht an Steuer=
bord. Wie er die Augen öffnete, da blickte er
gerade in zwei haßerfüllte andere Augen hinein.
Über den Bootrand gebeugt, erwartete jener Mann
sein Emportauchen — und da — da fühlte er
schon die beiden Hände an seiner Kehle. Er

reckte die Arme empor und griff mit allen zehn
Fingern dem Mann in den dichten Vollbart.
Ha, was war das! Er hielt den ganzen Bart
in seinen Händen und im grellen Schein des
Blitzes sah er vor sich — das wohlbekannte,
hagere Gesicht des verhaßten Priesters, der seiner
unglücklichen Geliebten so unheilvoll den Sinn
verwirrt hatte!

Er schrie auf und riß mit übermenschlicher
Anstrengung die eisernen Klammern von seiner
Gurgel.

Der falsche Priester stieß einen wilden Fluch
aus und rief Barbara wütend zu: „Colpilo!
colpilo!“ — Triff ihn! —

Und das Mädchen holte aus zum Schlage
— im fahlen Scheine des Blitzes sah Meinhold
sie in dem schwankenden Boote, das Gleichgewicht
suchend, vor= und rückwärts taumeln.

„Schlag' zu!“ schrie er, — „und grüß' meinen
Schatz!“

Da ließ sie die weißen üppigen Arme sinken,
das Ruder fiel polternd nieder und sie brach in
die Knie: „Misericordia!“ stöhnte sie laut auf,
„non posso!“

Und jetzt riß der Mann das Ruder vom
Boden auf, schwang es hoch über dem Haupte

— und nun sauste es herab und traf mit der Schneide des Blattes Meinholds Kopf — traf ihn, obwohl er rasch genug untergetaucht war, noch wuchtig genug, um ihm die Besinnung zu rauben. — Aufgurgelnd verschlang ihn die Tiefe.

————————————

Am andern Morgen war es bereits in ganz Riva bekannt, daß der Mautkutter ein Boot mit vier Schmugglern und einer Menge wertvoller Waren abgefangen, während gleichzeitig die Polizei in der „Bella vista" eine Haussuchung veranstaltet und dabei den Schlupfwinkel der Pascher in einer wohlverborgenen Höhle entdeckt hatte. Die padrona und einige ihrer späten Gäste waren in Untersuchungshaft abgeführt worden. Die schöne Kellnerin Maddalena hatte man in schier unzurechnungsfähigem Zustande in ihrer Kammer eingeschlossen gefunden und sie auch vorläufig unter der Obhut einer frommen Schwester dort gelassen. —

Die andere Kellnerin, die immer lustige dicke Barbara, war, so hieß es, in Malcesine und in einigen anderen Orten weiter landeinwärts gesehen worden, blieb aber dann spurlos verschwunden, ebenso wie jener fremde Priester, welcher, der Geistlichkeit der Stadt völlig unbekannt, einige

Wochen hindurch häufig in der Stadt, und be=
sonders in jener Trattoria, gesehen worden war.
Es hatte sich das Gerücht verbreitet, er sei gar
kein Priester, sondern vielmehr ein italienischer
Spion, ein irredentistischer Aufwiegler gewesen. —

Fünf Tage später fand das stille Begräbnis
eines Zugsführers vom 51. Regiment statt, dessen
Leiche, schon stark in Verwesung übergegangen,
der See unweit Torbole ans Ufer gespült hatte.

Unmittelbar nach der Feierlichkeit machte sich
sein Hauptmann auf den Weg nach der verein=
samten Trattoria, deren einzige Bewohnerin
Maddalena samt ihrer Pflegerin war.

Die Nonne verdolmetschte ihr die Worte des
Hauptmanns, der ihr in schonender Weise den
Tod ihres Geliebten im Dienste des Vaterlandes
mitteilte und ihr das Anerbieten machte, in ein
Kloster in Steyermark einzutreten, dessen Äbtissin
eine nahe Verwandte von ihm sei.

Das bleiche schöne Mädchen schien völlig
gefaßt. Ihre großen Augen strahlten in wunder=
barem Glanze und blieben doch thränenlos. Sie
ging langsam auf den Hauptmann zu und küßte
dankbar seine Hand. Dann aber lächelte sie
müde und sagte leise, doch entschieden, sie dürfe
den Ort nicht verlassen, wo ihr Geliebter die

ewige Ruhe gefunden; sie könne hier so gut für seine Seele beten, wie anderwo.

Kopfschüttelnd, das Herz von Wehmut erfüllt, nahm der gute Hauptmann von ihr Abschied. — Wenige Wochen später mußte man sie ins Irren=haus bringen.